クロ
ユイシア
テト
チセ
女神：ルリエル

『しー、なので
魔女様
シャエル

魔力チートな魔女になりました
a Witch with Magical Cheat
創造魔法で気ままな異世界生活
5

目次

0話【猫の恋は、弟子を連れてやってくる】……8
1話【海の幸を目指して】……13
2話【港町での穏やかな休暇】……21
3話【勤勉な魔女は、ギルドを見守る】……28
4話【海上の魔物討伐】……36
5話【クラーケン討伐海戦】……43
6話【魔杖・飛翠】……51
7話【ローバイル王都への旅立ち】……61
8話【交易船の護衛と海母神の神託】……67
9話【嵐の脅威】……76
10話【妖精猫・ケットシー】……85
11話【交易王都での半隠居】……94
12話【進化する奉仕人形と虚無の荒野の変化】……103
13話【港町での掘り出し物】……113
14話【サザーランド一門】……129
15話【落ちこぼれ門下生】……137
16話【浮遊島を待つ半隠居な日々】……147
17話【魔女が教える生きるための目安】……155
18話【創造の魔女の教導法】……166
19話【地味で地道な反復訓練】……172
20話【ユイシアの魔法の杖】……183
21話【5年目の共同生活】……189

contents

22話【サザーランドの魔の手】……200
23話【サザーランド家の凋落の始まり】……207
24話【正体を告げる時】……217
25話【オルヴァルトの悪あがき】……224
26話【浮遊島の接近とユイシアの選択】……232
27話【一人と一匹の戦い】……242
28話【ユイシアの弟子入り】……251
29話【旅立つ者と治める者】……261
30話【浮遊島に住まう者たち】……267
31話【浮遊島の歴史と古竜の願い】……278
32話【虚無の荒野への招待】……286
33話【不老因子】……296
34話【竜魔族の戦士ヤハド】……304
35話【移住計画の軌跡】……309
36話【移住派と保守派】……318
37話【ユイシアの成長】……324
38話【収穫祭と決闘】……334
39話【シーサーペントの腹の中】……345
40話【浮遊島の大規模転移】……353
41話【神々の空間での語らい】……360
42話【古竜の咆哮と旅立ちの時】……366
番外編【今度は魔女が弟子に会いに行く】……379

0話【猫の恋は、弟子を連れてやってくる】

その日、【創造の魔女の森】に暮らす幻獣たちの体調を診ていた私とテトは、この地に強い魔力が伸ばされるのを感じ、そちらの方向を見上げる。

「これは……【転移魔法】ね」

【創造の魔女の森】と呼ばれるこの地に、【転移魔法】で来ることを許された人間はそう多くはない。

「魔女様、誰か来るのですか？」

「この魔力は……あの子ね」

テトに尋ねられてそう呟《つぶや》いた直後、【転移魔法】が完成して屋敷に強い魔力の持ち主が現れたのを感じる。

「テトは、先に屋敷に戻ってくれる？　私も幻獣たちの診察を終えたら戻るから」

「了解なのです！」

先にテトを屋敷に帰らせた私は、幻獣たちの診察を続ける。

今年も幻獣たちは健康体そのものであるが、一部の幻獣たちは恋の季節が始まろうとしていた。

「幻獣たちって個体数を自動調整するけど、子作りするとなると一気に生まれるのよねぇ……」

そう呟きながら屋敷に帰ると、屋敷の周りからは、にゃぁにゃぁという猫の鳴き声が聞こえてくる。

「あっ、魔女様。お帰りなのです！」

「先生、お久しぶりです」

テトと一緒に沢山の幻獣のケットシーたちに囲まれているのは、私の弟子のユイシアだった。

「ケットシーを連れてきたってことは、この子たちのお見合いかしら？　ちょうど、この地の幻獣たちも恋の季節に入ったところよ」

「はい。ちょうど若い子たちが一斉に番《つが》いを求め始めたので、番いのいない子たちを連れてきたんです」

そう言ってユイシアは、肩に乗る黒猫のケットシーを優しく撫でている。

この【創造の魔女の森】には、野生に近い状態で希少な幻獣が数十種も暮らしている土地である。

そのため幻獣たちの恋の季節になれば、世界各地から番いを求める幻獣たちが集まり、お見合いが行なわれるのだ。

魔力を取り込み高い知性を持つ幻獣たちは、自分が好ましいと思う言動や魔力の質で相手を選ぶ。

好ましい魔力を持つ異種族を見つければ、友人として寄り添う。

そして、同種の異性で互いが互いの魔力を好ましいと感じた場合、幻獣たちは番いとなって子どもを作ることが多い。

そうして番いができた幻獣たちは、番いと共に【創造の魔女の森】に留《とど》まるか、別の保護地に番いを連れて帰り、新たな血脈を広げるのだ。

弟子のユイシアは、この地を旅立った時に連れたケットシーの子孫たちの番いを求めて、こうして【創造の魔女の森】を訪れるのだ。

とは言っても、小型の幻獣のケットシーは昔よりも数が増えている。

そのためにケットシー自身の本能からか個体数を調整しているために、やたら滅多に増えることはなく、現在では純粋なカップル探しとなっている。

そんなカップル探しに来たケットシーたちは、ユイシアから離れて【創造の魔女の森】の方々に走り出し、妖精の羽で跳びながら自分の運命の相手を探しに行く。

「番いを見つけるまでに、何日も、何十日も掛かるんだから、どうせ一度帰るんでしょ？　なら、その前にお茶でも飲んで行きなさい」

「とっておきのお菓子も出すのです！」

「先生、テトさん、ありがとうございます」

私とテトは、屋敷の裏手にある庭園の東屋にユイシアを案内し、そこでお茶を飲む。

「ケットシーのお見合いで来たけど、もう少し頻繁に来てくれてもいいのよ。折角、【転移魔法】を習得しているんだから」

「そうなのです！　もっと遊びに来ても良いのです！」

弟子のユイシアは、長い歳月を掛けて魔力を鍛えて、【転移魔法】を習得した魔女である。

その気になれば、いつでもこの【創造の魔女の森】にやって来れるのに、会わない時は何十年も会わないのだ。

前回の訪問だって、今回と同じくケットシーのお見合いを理由に送りと迎えに一回ずつ来ただけである。

「あははははっ……あんまり帰ってくると先生に甘えそうで……」

困ったように笑う弟子のユイシアに私は、仕方のない子を見るような目を向けて溜息を吐く。

「まぁ、ユイシアも責任ある立場とかになって、人を頼るのが難しいのは分かるわ」

私の下を旅立って紆余《うよ》曲折《きょくせつ》あったようだが、今のユイシアは大陸で一、二を争う魔法学園の理事長をやっている。

周りに指示を出すだけで、自由気ままに暮らす私よりも多忙かもしれない。

「何かと忙しいと思うけど、もう少し私の所に顔を見せに来なさい。もし来ないのなら、今度は私の方からユイシアの所に行くわよ」

「それいいと思うのです！　ユイシアの住んでいる近くを案内して欲しいのです！」

ユイシアがこちらに滅多に会いに来ないのなら、今度はこちらから会いに行くことを伝えると、少し驚くも嬉しそうな表情を浮かべている。

「それは、先生たちを歓迎しないといけませんね。その時は、改めてゆっくりとお話ししましょう」

お茶を飲んで一息吐いた弟子のユイシアが立ち上がり、【転移魔法】で相棒の黒猫のケットシーと共に帰って行くのを見送る。

「とりあえず、ケットシーのお見合いが終わってユイシアの所に帰る子が集まったら、私たちで送り届けましょう」

「今から、ユイシアの所に遊びに行くの楽しみなのです！」

そう言って、弟子の魔女が転移していった方角を見詰めて、再び会う時の思いを膨らませる。

これは、私たちが出会った落ちこぼれの魔法使いが偉大な魔女になるために旅立つまでの話。

あるいは、長い時の中で、時折交わる魔女同士の最初の物語である。

a Witch with Magical Cheat
~ a Slowlife with Creative Magic in Another World ~ 5

1話【海の幸を目指して】

女神・ラリエルの依頼を終えて廃坑の町を旅立った私とテトは、海産物を食べに行くために、海辺の町を目指しながら、道中にある町々の冒険者ギルドに立ち寄っていく。

「魔女様〜、このギルドにも沢山の依頼が残っているのです！」

「それじゃあ、ここの依頼が片付くまで滞在しましょう」

急ぐ旅でもないために、立ち寄った町々が溜め込んだ不人気依頼を粗方達成するまで滞在する。

不人気依頼には、町中の雑務依頼や農家で発生した害獣の駆除、近場の薬草採取など、どこの冒険者ギルドでも『きつい、きたない、賃金が安い』の三拍子が揃った内容である。

Aランク冒険者の私たちが、わざわざ受けるような依頼ではないが、もはや不人気依頼の処理は、人助けのライフワークとなっている。

そうして、不人気依頼の達成で得た報酬で町の特産品の食べ物をテトと味わい、冒険者ギルドにある資料室や本屋、町の食事処などで町々の歴史や文化を見聞きして過ごす。

町を離れる時には冒険者ギルドの職員たちから感謝され、【空飛ぶ絨毯《じゅうたん》】に乗って次の町を目指すことを繰り返しながら、少しずつ海辺に近づいていく。

廃坑の町を旅立って寄り道を繰り返した私たちは、ようやく港町を目前にしていた。

いつも使っている【空飛ぶ絨毯】で港町の入り口近くまで進んだために、衛兵たちが不審に思って私たちのところまでやってくる。

「そこのお前ら！　何者だ！」

「私たちは、この町に海の幸を食べに来た冒険者よ」

「エビやカニ、焼き魚とか美味しい海の幸を食べに来たのです！」

「う、海の幸を食べに来た？　冒険者？　と、とりあえず……ギルドカードを見せてくれ！」

港町を守る衛兵の人たちが訝《いぶか》しげに私とテトを見る。

寄り道している間に私の年齢も42歳になり、冒険者としてのキャリアも30年になっていた。

だが、外見で言えば十代に見える二人組の私たちが、魔物と切った張ったを繰り広げる冒険者のイメージからかけ離れているために、衛兵たちが訝しむ。

こうしたやり取りは、町の入り口で度々行なわれるので、もう慣れた物だ。

今回もギルドカードとパーティー名を見せれば、大体は解決する。

「これがギルドカードよ」

「Aランク⁉　それに【空飛ぶ絨毯】⁉　あの有名な！」

先程まで移動に使っていた【空飛ぶ絨毯】と私たちを見比べて、怪しんでいた態度から姿勢を正す。

「高名な冒険者がこの町に来て下さるとは、ありがとうございます！」

「おろ？　魔女様とテトのことを知っているのですか？」

「もちろんです！　ガルド獣人国で有名な【空飛ぶ絨毯】の話はこの国にも伝わっており、つい先日も、懸賞金の懸けられた裏組織の幹部を捕まえて下さり感謝しております！」

そう言って、姿勢を正して敬礼する衛兵の姿に、気恥ずかしさを感じてしまう。

どうやら、私たちが町々の雑務依頼などを受けながら寄り道している間に、私たちの情報がこの町にも届いたらしい。

大きな町には伝わっていると言うことは、やっぱりアリムちゃんたちが住む廃坑の町は、重要な情報の伝達経路から外れているようだ。

「それでは、こちらからどうぞ！」

「いえ、別に緊急ではないからこのままゆっくりと列に並んで待たせてもらうわ」

「テトも魔女様と一緒に待つのです！」

Aランク冒険者は、貴族に準じた立場が保証されている。

ただ、それは緊急性のある依頼を受ける際に、貴族が使う通用口などを利用できるようにするための身分保証である。

そのために急ぎでもない時は、一般の冒険者列に交じって待っているのだ。

「は、はぁ、そうですか」

怪しいと感じた私たちへの疑いも晴れて、高位の冒険者への優遇を遠慮された衛兵は、渋々戻っていく。

そんな衛兵の後ろ姿を苦笑いを浮かべながら見送り、町の出入り口を行き交う人々の顔を観察しながら、自分たちの順番が来るのを待つ。

町を出入りしている人の表情は明るく、血色もいい。

ローバイル王国の内陸側では、廃坑に住まう虫魔物の母体であるマザーが地脈の魔力を吸い上げていたために不作傾向にあった。

だが、沿岸部付近では内陸から距離があり、漁業で採れる食べ物もあるために、不作の影響はなさそうである。

そうして順番がやってきて町中に入ることができた私とテトは、冒険者ギルドに向かう。

「ようこそ、パーティー【空飛ぶ絨毯】。俺がこのギルドのギルドマスターのドグルだ」

町の衛兵が気を利かせて、待っている間に冒険者ギルドに連絡を入れてくれたのだろう。

私たちを待っていたのは、身長が2メートルを超す筋骨隆々な男性だ。

腕は、灰褐色の鱗に覆われ、地面に擦れるほど長い尻尾、地の肌は日焼けして浅黒く、頭部には二本の角が生えていた。

人と竜の両方の特徴を持つ亜人種――竜人である。

「初めまして【空飛ぶ絨毯】のチセよ。そして、相棒の――」

「――剣士のテトなのです！」

そう言って元気よく手を挙げるテトに、竜人のギルマスは鷹揚に頷《うなず》く。

そして、私たちと話をするために、応接室に案内してくれる。

Aランク冒険者になると、何かと守秘義務が発生する依頼を受けることがあるために、案内してくれたようだ。

「さて、【空飛ぶ絨毯】の二人は、何の用でこの町に来たんだ？　必要なら俺も協力するが？」

そう言って問い掛けてくるドグル氏だが、私とテトは、首を傾げる。

「衛兵から話は伝わってない？　海の幸を食べに来たのよ」

「協力してくれるなら、美味しいお魚が食べられるお店を教えてほしいのです！」

私とテトがそう言うと、はぁ？　と言った感じで呆けた顔になるドグル氏。

「いやいや、ガルド獣人国で有名な冒険者が隣国まで足を伸ばしたんだから、何か目的があったんだろ!?」

「目的と言うか、知り合いからのちょっとした頼まれ事でローバイル王国まで来たけど、それも終わったからね。今は、休暇しつつ海産物を食べに来ただけよ」

「目的もなくフラフラ旅の予定なのです！」

そう言って、ほぼ旅行気分で立ち寄ったことを伝えると、ドグル氏は深い溜息を吐き出す。

「マジかぁ。まぁ、内陸のガルド獣人国側からしたら新鮮な海の幸は、旅してまで来る価値があるんだろうな……」

そう言って、私たちの予想外の話に長身の男性が空を仰いで脱力する。

「まぁ、しばらくは滞在する予定だから、手が空いたらギルドで溜まりがちな不人気依頼を手伝うわ。得意なのは薬草採取よ」

「雑務依頼って楽しいのです。お婆ちゃんたちの買い物のお手伝いをするとオマケが貰えるのです！」

「薬草採取が得意で、買い物の手伝いとかの雑務依頼を好むAランクかぁ。お前ら、ある意味凄いな」

竜人のドグル氏の言葉を受けた私は苦笑いを浮かべ、テトは自信満々に胸を張る。

冒険者は、ランクが上がれば上がるほど、依頼の割が良くなるために薬草採取や雑務依頼は軽視し、不人気依頼などになっていく。

また、高位の冒険者がランクの低い依頼を受けることは、冒険者の価値を貶《おとし》めるので快く思われない場合もある。

その結果、気位が高くなるなどと言われるが、私たちの場合は――

「別に生活やお金に困ってないし、そもそも私たちに合うAランクの依頼が殆どないのよね」

「だから、魔女様とテトは、困っている人を助けるために残っている依頼だけを選んでいるのです！

シャカイホーシってやつなのです！」

「なるほど……【空飛ぶ絨毯】の話は分かった。なら、こっちから残りがちな不人気依頼を用意しておくから時間がある時に頼む」

その後、ドグル氏から受付嬢に案内が引き継がれ、町でオススメの宿や借りれる家などを聞いた。

宿の宿泊は短期ではいいが、長期で泊まる場合には割高になり、【転移門】も設置しづらい点がある。

今回は、海の幸を堪能するために長期滞在の予定なので、借家を借りることにした。

2話【港町での穏やかな休暇】

「休暇ついでに何日か町を観光させてもらうわ。依頼はその後で受けるけど、何か急用があったら借家の方にメモとかよろしくね」

「魔女様！　明日から楽しみなのです！」

冒険者ギルドのドグル氏や受付嬢にそう伝えた翌日から、私たちは町に繰り出す。

私たちが滞在するこの港町は、ローバイル王国でも五本の指に入るほど大きな港がある。

海辺には、漁業を中心とする漁港と浜辺の製塩施設や獲れた魚介類の加工場がある工業区画、そして貿易港の三つに区分けされている。

漁業を中心とする漁港には、小型船が並び、夜明け前から漁師たちが魚を捕りに海に出かけていく。

工業区画では、港町の女性たちが海水を製塩プールに運び、日光と風の力で水分を飛ばして、濃度の高い海水を作っている。

そうしてできた海水を更に竈《かまど》で煮詰めて、塩を作り、そうした塩を使って魚の干物や塩漬けなどの加工品を作っている。

貿易港では、ローバイル王国の他の港や大陸南部や西部から航行してきた船が停まり、様々な商品を積み卸し、商人たちが交易のやり取りをしている。

また港で下ろされた交易品は、流れの緩やかな河川を川舟で遡上し、上流の町々にも運ばれていく。

港町から少し離れた場所には、貴族や富裕層向けの保養地があり、海水浴ができるように海岸も整備されている。

「魔女様、活気があるのですね」

「そうね。落ち着いたら商業区画の方に行ってみましょう」

朝の散歩として海岸近くまで来た私とテトは、この町の人々の活気を見つめていた。

そして、漁師たちの船が朝の漁を終えて戻ってくるのを見つけた私とテトは、船を追うように朝市の方に向かう。

漁港の朝市では、取れ立てで新鮮な魚が並び、それを屋台で調理して海辺の労働者たちに振る舞っている。

『いらっしゃい、いらっしゃい！　新鮮な魚の炭火焼きだよぉ！』

『魚介類のトマトスープだよ！　漁で冷えた体にはいい一杯だ！』

『こっちは、貝の網焼きだぞ！　秘伝の塩辛調味料が絶品だ！』

『魚のフライは今が揚げたてだよ！　南方で作られたソースを掛ければ絶品だ！』

『南方産の穀物を平鍋で炊き込んだ魚介のパエリアもあるぞ！』

秘伝の塩辛調味料とは、魚醤の類いではないだろうか。

他にも複数の野菜や果物を熟成させたソースの類いに、お米まであり、食文化も中々に高いようだ。

「古代魔法文明の崩壊を逃れた食文化が残っているのかしら。それとも、これまでに来た転生者たちが伝えた可能性も……」

この港町の屋台にある多様な食文化に歴史とロマン、先人の転生者たちの存在を想像していると、テトがローブの裾を引っ張ってくる。

「魔女様～、どれも美味しそうなのです～」

「そうね。朝食を食べずに散歩に出てきたから、お腹が空いたわよね。それじゃあ、食べましょうか」

私とテトもそんな屋台の香りに食欲が刺激され、さっそく気になる料理を注文する。

「魔女様は、何を選んだのですか？」

「私は、焼き魚と魚介のパエリアよ」

【創造魔法】で創り出せる米とは、少し品種が違うかもしれないが、他人が作る米料理に出合えたことを嬉しく感じる。

「テトは、何を頼むの？」

「テトは、トマトスープと魚のフライと貝の網焼きを食べるのです！　でも魔女様の料理も美味しそうなのです！」

「じゃあ、後で少し交換しましょう」

「はいなのです！」

私とテトは、気になる屋台の食べ物を購入して、屋外テーブル席に座り朝食を取る。

「うん、新鮮な魚ね。それにふんわりと焼けていて美味しい。パエリアもトマトの酸味と魚介スープの旨味が染み込んでいて美味しいわ」

「トマトスープも優しい味なのです。テトは、これ好きなのです！　それとこっちの魚のフライと貝の網焼きは美味しいけど、魔女様の調味料の方がもっと美味しくなるのです！」

「ああ、醤油とソースね。まぁ、アレは、特別だから」

日本の食品メーカーが研究に研究を重ねた醤油とソースを【創造魔法】で再現したのだ。

安心と信頼の【創造魔法】産の調味料は、我が家の食卓でも人気である。

「後で市場で食材を買って、醤油やソースを試しましょう。それにイカとかエビを買って、シーフードカレーにしてもいいかもね」

「おおっ！　カレー大好きなのです！　楽しみなのです！」

そうしてテトと料理を一口ずつ交換しながら朝の屋台料理を楽しんだ後は、鮮魚を仕入れに朝市に向かう。

そこでは朝に食べた魚介類の他にも、周囲の村々や貿易港から運ばれてきた食材や商品などが並び賑わっている。

「どれも美味しそうね」

「魔女様、どれを買うのですか？」

テトは、様々な食材を吟味する私を見て楽しそうにしていた。

「いらっしゃい。この時期の採れ立て野菜は旨いよ！」

「こっちの朝に水揚げされたばかりの鮮魚だって負けていないよ」

「これは、旬の食材ね。美味しそうだから、これを四本ずつ貰えるかしら？」

旬の野菜やこの時期に美味しい魚などを八百屋や魚屋のおじさんたちに尋ねながら、購入していく。

ローブ姿の変わった恰好で買い物に来た少女の私とその買い物を見守る美少女のテトを見たお店の人たちは、にこやかに対応してくれる。

市場の人と話す時は、フードを外して視線を合わせて食材について尋ねるので、市場の人たちからは魔法使いの弟子がお遣いに来たと思われる。

そして、そんな私たちにお店の人がオマケをくれる時は、この成長しない【不老】の体に少しだけ得した気分になる。

「魔女様、魔女様。あのお魚、美味しそうなのです」

「あー、時期は早いけどサンマっぽいわね。調理法としては、サンマの塩焼きや開いて蒲焼き、竜田揚げ、梅肉煮とかもあるわね」

私も白いご飯と一緒に食べる場面を想像して食べたくなり、それらも衝動買いしてしまう。

その後、貿易港の商業区などを見て回り、気分が乗ったためにそのまま富裕層の多い保養地にある小洒落たレストランまで足を伸ばす。

この町は、王都から離れて休暇を楽しむ貴族や富裕層のためのリゾート地としての側面もあるので、中々に美味しい食事が楽しめる。

「もぐもぐ……魔女様、このパスタ美味しいのです！」

「ええ、良かったわね」

テトは、アサリを使ったパスタ——ボンゴレビアンコを口いっぱいに頬張り、私はそんなテトを微笑ましげに見つめながら、オーブンで溶けて表面に綺麗な焦げ目が付いたカニグラタンをフォークで崩しながら食べる。

「うん、こっちも美味しい」

「魔女様のグラタンも美味しそうなのです」

「ふふっ、じゃあ、少し分けてあげる」

小食の私には少し多いと感じたカニグラタンをテトにも分けながら、昼食を楽しむ。

富裕層向けの小洒落たレストランではあるが、一般庶民も年に一度のお祝いなどで使うらしく、それほどマナーには煩くないお店だ。

むしろ、美味しい美味しいと笑顔で料理を食べるテトの姿を、ウェイターや奥の料理人が微笑ましそうに見つめている。

「ごちそうさま。美味しかったわ」

「次は、別の料理を食べに来たいのです！」

レストランの会計を済ませてお店を出た私たちは、午後もぶらりぶらりと当てもなく港街を歩く。

「魔女様。次は、どこに行くのですか？」

「そうね。海まで行こうかしら」

港町の海辺の北側から干潟や漁港、貿易港となっており、少し離れて南側には、海水浴場もあるらしい。

「魔女様？　泳ぐ練習をするのですか？」

「いいえ。こうしてただ海の景色を見るだけで十分よ」

金鎚の私は、どんなに頑張ってもなぜか泳げないために、こうして海を眺めているだけだ。

それに少し海水浴シーズンからは外れているために、人も疎《まば》らである。

私とテトは、波の音を聞きながら砂浜を歩き、浜辺に落ちている貝殻などを拾っていく。

「綺麗ね。ベレッタたちへのお土産にしましょう」

「はいなのです！」

穏やかな時間を過ごした私とテトは、夕方には借家に設置した【転移門】で【虚無の荒野】に帰り、ベレッタたちと朝市で買った魚介類を調理して海の幸に舌鼓を打つのだった。

3話【勤勉な魔女は、ギルドを見守る】

港町での数日間のんびりと過ごした私とテトは、冒険者ギルドに通い始める。

「チセ様、テト様、いらっしゃいませ。ギルマスのご指示で不人気依頼を纏めておきました」

「ありがとう。それじゃあ、何を受けようかしら」

「魔女様、これが良さそうなのです！」

ギルドマスターのドグル氏に言ったとおり、Aランク冒険者として派手に活躍するのではなく、雑務依頼をコツコツとこなしながら港町でゆったりと過ごしていく。

そのために、私とテトの生活は一般の冒険者とは異なる物となる。

依頼の取り合いで忙しい朝の時間帯には、朝市に出向き仲良くなった漁師や屋台の人たちと挨拶を交わして、朝食を食べて新鮮な食材を買う。

冒険者ギルドが忙しい時間帯を抜けた頃にギルドを訪れて、取り合いの起きない不人気依頼の中から依頼を選んで受注する。

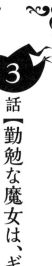

依頼によっては、短時間で終わる物から町の外に出向く依頼などもある。

短時間で終わる物は午前中に終えて、午後は好きなことをして過ごす。

町の外に出向いたり、複数日掛かりそうな依頼では、【空飛ぶ絨毯《じゅうたん》】に乗って移動距離を短縮することで一日の内に終える。

一週間の内、冒険者として四日ほど過ごし、残り三日は休息として港町でのんびりと過ごしたり【転移門】で【虚無の荒野】に帰ってベレッタたちとも過ごしたりする。

そんなのんびりとした日々を1ヶ月ほど過ごす。

「なぁ、チセの嬢ちゃん……こっちの依頼を受けないか？」

私たちが十分に余力を残しているのを知っているドグル氏は、度々依頼などを勧めてくる。

「残念だけど、今日はもうお休みよ」

今日も午前中に雑務依頼を終えた私は、冒険者ギルドの一角に座り、港町で購入した本を読んでいる。

様々な場所との流通があるために、今まで見たことがない本なども手に入れることができた。

テトの方は、ここでも趣味の一貫としてギルドの訓練所で冒険者相手に模擬戦を繰り広げている。

「だがなぁ……お前ら、まだまだ余力あるだろ？　それに金は必要じゃないのか？」

本に視線を落としたままの私にドグル氏が尋ねてくるが、私は横目でチラ見した後、本に視線を戻して答える。

「私たちは、あまりお金は困っていないってこと知っているでしょ?」

依頼で街の外に出る度に、【虚無の荒野】で採れた薬草や薬草から作ったポーションを納品しているので、のんびりと生活する分には懐は潤っている。

また、休日には、町から外れた海の中をテトと一緒に潜るのだ。

【結界魔法】を纏って潜水する私は、海底に沈んだ琥珀《こはく》や真珠貝にできた真珠、希少な香料の龍涎香《りゅうぜんこう》などを見つけて、ちょっとした宝探し気分を味わっている。

琥珀や真珠、龍涎香を売る気はないが、売ればかなりのお金になるだろう。

「はぁ……ここまでやる気のないAランク冒険者は初めて見たぞ」

「別にやる気がないわけじゃないわ。ただ、必要に駆られていないだけよ」

お金も名声も大して重要だとは思っていない。

むしろ30年を越すキャリアの先輩冒険者として、冒険者たちを牽引《けんいん》する立場を取っているのだ。

「それにしてもこのギルドの冒険者たち、結構体を鍛えているわよね」

今は本を読んで休んでいるが、私も体を鈍らせないためにテトと共に訓練所に立ち寄ることもある。

その時に思ったが、このギルドの冒険者たちは体幹がしっかりしているのだ。

「ガハハハッ! 当たり前だ! このギルドの冒険者どもを誰が鍛えたと思っていやがる!」

「でも、対人戦とかの技能面は、少し大雑把って感じよ」

「ウグッ……」

自信満々に自分のギルドに在籍する冒険者たちを自慢するドグル氏だが、私の指摘を受けて、唸《うな》り声を上げる。

港町の冒険者ギルドの特性上、交易船の護衛や船上での魔物討伐などの環境が予想される。

そのために、現役Aランク冒険者でもあるギルドマスターのドグル氏は、自身の経験やギルドの依頼傾向から冒険者たちの体幹を鍛える指導に重きを置いているようだ。

だが、ドグル氏自身が身体能力に優れた竜人族であり、その膂力《りょりょく》で大剣を振り回して魔物討伐を多く受けていた過去がある。

そうしたドグル氏自身の経験から、どうしても人間に合わせた武術や対人戦の指導が疎《おろそ》かになっている感じがした。

「まぁ、その辺は、テトが模擬戦を通して自然に教えてくれるでしょう」

普段から長剣を扱っているテトだが、多くの冒険者たちと模擬戦を繰り返してきたために、様々な武器の扱いを学習している。

そのために、あらゆる武器の使い方を他者に指導できるほどの技量を持っている。

「そうじゃないのです！　こうして、こうなのです！」

「こうして、こう！」

現に今も訓練所では、テトが他の冒険者を指導する声が響いている。

ただ、理論的な説明が苦手なテトは、徹底的な見取り稽古と反復練習で言葉を介さない直感的な指導をしているが、今よりも格段に技術面で向上するはずだ。

「なぁ、お前さんは、冒険者たちに指導しないのか？」

「魔法の素質が高い子が居れば、簡単な魔法を教えてもいいけどねぇ……」

ガルド獣人国の国民の大多数は、獣人種族である。

彼ら獣人たちは、一般的に魔力や魔法の素養が低いと言われている。

それでも時折、魔力が高い獣人の子たちが現れる。

そうした子たちには私が、野外活動で必要な生活魔法から始まり、徐々にその人に適した攻撃魔法やポーションの作り方などを教えていた。

だが、多種族が暮らすローバイル王国ではあるが、不思議とギルドに訪れる魔法使いは、既に誰かの師事を受けている人が多いのだ。

「ああ、それは魔法一門の者たちだな。この国では野良の魔法使いに頼むよりは、魔法一門に弟子入りした方が確実って言われてる」

「魔法一門？」

本を読む手を止めてドグル氏を見つめると、魔法一門とは何かを教えてくれる。

「魔法一門ってのは、この国の魔法使いを育てる……集団だな」

現在のこの世界では、２０００年前の魔法文明の暴走で魔力の大量消失が起きた。

それを契機に低魔力環境下に耐えられなかった人々が大量に死に、環境に耐えた人たちも魔力量が低くなり、魔法使いの総数が減った。

そんな稀少な魔法使いの保護と自国の戦力確保のために、各国に魔法貴族という物が誕生した。

そうした魔法貴族たちは、自分たちの魔法を維持して、発展を目指し、途絶えさせないために弟子を取って継承するようになった。

そうして長い歴史の中で才能ある魔力持ちを育成するノウハウを持ち、稀少な魔法使いの数を増やした組織が、魔法一門だそうだ。

「そうした魔法一門に入って学んだやつは、宮廷魔術師になるのが一番の成功の道だって言われている」

「ふぅ〜ん。魔法一門ってどんな魔法を使うのかしらね」

長い間、魔法の継承と研究を行なっていた集団だ。

独自の魔法や新しい魔法に関する知見などが得られるかもしれない。

「魔法一門と言っても派閥毎に特色があるからな。まぁ、どこの国も同じような物だが、ローバイル王国ではそれが顕著だな」

そうした者たちの中で一握りのエリートが宮廷魔術師になり、それ以外は貴族や商人に雇われたり、冒険者として身を立てたり、方々の町で私塾を開いたりしているらしい。

「まぁ、最近じゃ権威主義が強すぎて、大して役に立たねぇのにプライドばかり高い奴もいるって話だ」

「なるほどねぇ……」

「ああ、思い出したら腹立ってきた！　ちょっくら、テトの嬢ちゃんの模擬戦に加えさせてもらうわ」

そうして私と話していたドグル氏は、勢いよく立ち上がって訓練所のところに向かう。

ギルドマスターのドグル氏にそんな暇があるのか、というツッコミが来そうであるが、これも彼なりの息抜きなのだと思い、テトが楽しそうにドグル氏と打ち合うのを眺める。

身長が2メートル近いドグル氏との打ち合いでは、テトも力負けしておらず、竜人のドグル氏の大剣を打ち返している。

そして結果は――

「かぁー！　まさかこの俺が負けるなんてな。これでもこの国では一、二を争う怪力の持ち主なんだけどな！」

竜人のドグル氏の体は頑丈らしく、テトの最後の一撃を受けても、外傷らしい外傷はなく、模擬戦の負けを認めて武器を下ろす。

「ありがとうなのです！　とても楽しかったのです！」

「おう、またやろうな！　それから、同じAランクのチセ嬢ちゃんも……」

「私はやらないわよ。疲れるだけじゃない」

期待するように屋内にいる私に目を向けるギルドマスターのドグル氏は、断られたことで肩を落とす。

「そろそろ時間ね。みんな、テトに付き合ってくれてありがとう。――《ヒール》《クリーン》！」

いつものように訓練所にいる冒険者たちの怪我を回復魔法で癒やし、清潔化魔法の《クリーン》で汚れを落としてあげる。

訓練所に居た冒険者たちに感謝されつつ、そろそろ依頼で出ていた冒険者たちも帰ってきてギルドの酒場などが賑わいを見せる前に私とテトは帰るのだった。

4話【海上の魔物討伐】

私とテトは、不人気依頼をコツコツと消化して薬草やポーションを納品しながら、気ままな日々を過ごしていた。

だが、冒険者ギルドとしては高ランク冒険者の私たちに、相応の依頼を受けて欲しいようだ。

そんな港町での日々が三ヶ月ほど過ぎた初夏のある日、ドグル氏が珍しく神妙な顔をして私たちに依頼の話を持ってくる。

「二人とも……依頼があるんだが、協力して欲しい」

「頼むじゃなくて、協力して欲しいなのね。詳しく話してちょうだい」

いつもは適当に聞き流すのだが、ドグル氏の表情を見るに深刻な依頼のようだ。

「この町の近海にクラーケンが現れた」

「クラーケンって言えば、巨大なイカの魔物よね」

B+ランク魔物のクラーケンは、巨大な頭足類の魔物で、その無数の触腕を使い獲物を締め上げて海中に引きずり込む。

そのために、中型船など簡単に壊され、大型船でも航行が不可能になるほどの力を持つ。

「ああ、クラーケンのせいで貿易港から船が出航できず、また漁師たちも海へ出れずに困っているんだ」

「それは大変なのです！　でも、なんでクラーケンが現れたのですか？」

強い魔物ほど生きるために、魔力が多い場所を好む。

そのために、魔力が豊富な土地などを自身の縄張りとして、そこから抜け出すことは滅多にない。

可能性としては下位の魔物がクラーケンに進化したか、海中にできた魔力溜まりから生まれた可能性が高いが……

「流石《さすが》に海の中は、調査も難しいから分からん。だがこの近海に住み着いたのは確かだ」

「分かった、この依頼を引き受けるわ。でも流石に海運が関わることは、冒険者ギルドじゃなくて領主の仕事じゃないの？」

ふとした疑問をドグル氏に投げ掛けると、渋い表情を作る。

「その領主からの依頼だ。領主自身は、海賊や水棲魔物の対策として軍艦を保有しているが、雇用している魔法使いが役立たず……ゴホン、クラーケンに通用しないと判断した」

「ねぇ今、役立たずって言わなかった？」

途中、ドグル氏は咳払いして誤魔化すが、私がジト目を向けると素直に話してくれる。

海の脅威に備えて軍艦を用意してはいるが、領主が契約した魔法一門の魔法使いたちは、B+ランクのクラーケンに通用する魔法が使えないそうだ。

「領主も今までの付き合いで特定の魔法一門から魔法使いを雇ったが、質が低かったと言うことだ」

「競争が起きないと、質って少しずつ下がるものよねぇ」

「海賊やCランク以下の魔物相手なら問題ないだろうが、Bランク以上の魔物に対しては心許《こころもと》ないと領主が判断した。そこで、実力が確かな【空飛ぶ絨毯《じゅうたん》】に依頼してきたんだ」

もしこれでクラーケンを討伐できなければ、次は国から宮廷魔術師を派遣してもらう必要がある。

そうなれば、港町を預かる領主の資質が問われる可能性もあるそうだが、そこは私たちには関係ない話だろう。

「それで、依頼はいつから始まるの？」

「早急に解決したいから、二日後に領主の軍艦でクラーケンの出没する海域に向かい、そこで戦う。一応、俺も同行する」

「ところで、大事なことを聞き忘れていたのです！」

依頼を受けることを決めた後、テトが真剣な表情でドグル氏に尋ねる。

「その、クラーケンって魔物は美味しいのですか？」

「……一応、珍味らしいな」

尋ねられたドグル氏が渋い表情で答えるが、私はテトらしいと思い小さく笑ってしまう。

そして、クラーケン討伐の日がやってきた。

ドグル氏と共に領主の保有する軍艦に乗った私とテトは、クラーケンの出没する海域に向かう。

「なぜ、我らがいるのに冒険者などに頼るのだ！　領主様は我らの実力を分かっておられぬ！」

「その通りだ！　どこの馬の骨とも知れぬ魔法使いなどにクラーケン討伐のような大役を任せられない！」

そんな船の甲板の上で、二人組の魔法使いが盛大に騒いでいた。

軍艦を操る船員や兵士たちが鬱陶しそうに見つめる中、船の指揮官である男性に叱られて、ふて腐れたような態度で持ち場に付いていく。

「ねぇ、あれはまさか……」

「ああ、いけ好かない魔法一門の連中さ」

ドグル氏は、ふんと鼻を鳴らし、領主が契約する魔法使いたちを半目で睨《にら》む。

私から見ても彼らの実力は、精々Cランク冒険者程度だろう。

確かにクラーケン討伐には、やや心許ないだろうが、決して無能というわけではなさそうだ。

「わぁぁぁっ！　魔女様！　船が速いのです！」

テトは、軍艦の船首近くで風を感じ、楽しそうにしている。

この軍艦はマストに自然の風を受けて進むだけではなく、領主の雇った魔法使いたちが断続的にマストに風を送って進んでいるようだ。

「船の高速移動は、海賊討伐なんかに重要でしょうね」

領主の雇った魔法使いたちの魔力配分を考えると、船の加速に断続的に魔力を使い、更にクラーケンの討伐にまで魔力を使った場合、帰還もしくは逃走時に船を加速させられないかもしれない。

そうなれば、最悪全員が軍艦と共に海の藻屑となる。

それを避けるために討伐のための戦力として私やテト、それにドグル氏を船に乗せたのだろう。

そして、程なくしてクラーケンの住み着いた海域に辿り着く。

「これよりクラーケン討伐を始める！　全員、撒き餌を投げ入れろ！」

船に乗る兵士たちが甲板から血抜きのされていない魔物の死体を海に投げ捨てていく。

魔物の死体を撒き餌として血の匂いと死体に残された魔石の魔力に惹かれてクラーケンを誘《おび》き出す寸法だ。

だが、この方法では、クラーケン以外にも他の有象無象の水棲魔物たちも寄ってくる。

「テト、私は空から船を守るわ！　――《フライ》！」

「魔女様～、テトも頑張って船を守るのですよ～」

私が飛翔魔法を使って甲板から空に飛び立つのを、テトが手を振って見送ってくれる。

そんな中、船に乗る船員や兵士、魔法使いたちが驚いた表情で見上げてくる。

特に魔法一門の魔法使いたちは――『ひ、飛翔魔法だと!?』『馬鹿な！　我らの一門でも一部の者しか使えない高等魔法を!?』なんて言って驚いている。

「大丈夫なんでしょうか。あのような少女に任せて」

船から一人飛び立ち、海中から魔物がやってくるのを上空で待ち構える中、甲板にいるこの船の兵士の一人が心配そうに呟《つぶや》いている。

「心配ないのです！　魔女様は、強いのです！」

「伊達《だて》に【空飛ぶ絨毯】は、Aランク冒険者じゃねぇよ。それに少女っていうけど、アイツは多分あんたらより年上だぞ！」

テトの言葉にまだ不安そうにする兵士だが、強さと実績、ギルドマスターの肩書きなどで信頼の厚いドグル氏の言葉に再度驚く。

「ふ、ふん！　ただ飛翔魔法が使えた程度、なんだと言うのだ！　その状態を維持したまま攻撃魔法を使うなど困難だぞ」

震えた声で強がりを言う魔法使いたちの言葉に、兵士たちの間でまた不安が広がるのを感じる。

「さて、兵士たちの不安を払拭するためにやりますか。――《サウンド・ボム》《サンダー・ボルト》！」

私は、海面に向けて二つの魔法を放つ。

一つは、風魔法による増幅した音を結界で包み、圧縮した音響爆弾。

そして、もう一つが私が使い慣れた落雷の魔法だ。

「な、なんなんだ!?」

音響爆弾の魔法は、海中で爆発して激しい水柱を上げ、撒き餌で集まっていた水棲魔物たちに衝撃波を与えて気絶させたり浮き袋を破裂させる。

それでも生き残った魔物たちは、落雷による高圧電流が海中に広がり、一気に感電死して海面に浮かんでくる。

「す、凄い……これがAランク冒険者【空飛ぶ絨毯】の力……」

落雷によって沸騰した海水が蒸気を発するが、私は風魔法でそれを払い、海面に浮かんだ魔物たちを見下ろす。

「大漁ね。これなら素材もあまり傷んでないわよね」

水中という地の利から討伐難易度は高めに設定される水棲魔物たちではあるが、水中という特殊な環境で生きているために様々な耐性に対しては弱かったりする。

私は、そうした耐性の弱点を狙いつつ、素材が綺麗に残るように魔法を選択したのだ。

「中々スマートに倒せたんじゃないかしら——《サイコキネシス》」

今度は、闇魔法の念動力を使い、海面に浮かんだ水棲魔物たちを引き上げる。

魔物の死体を軍艦に載せようと運ぶ中、海中深くから強い魔力の魔物が近づいてくる。

「——全員！　強い魔物が来たわよ！　気をつけて！」

風魔法の《ウィスパー》で全員の耳元に声を届けた直後、海面を突き破るように無数の触腕が現れる。

5話【クラーケン討伐海戦】

海面から突き出した触腕が《サイコキネシス》で持ち上げていた死体に絡みつき、その一部を海中に引きずり込む。

それを手始めに海面が持ち上がり、クラーケンの頭部が姿を現す。

『うぉぉぉぉっ！　クラーケンがでたぞぉぉぉぉっ！』『全員、持ち場を離れるな！　兵士は、クロスボウを持て！』『ありったけの銛《もり》を突き刺してやれ！』

流石《さすが》、軍艦に乗る船員や兵士たちだ。

小山のようなクラーケンの登場を覚悟していたために、船員たちがパニックを起こすことなく、それぞれができる限りの最善の方法を行なおうとしている。

その中で、幾本もの触腕が軍艦に伸びて、巻き付こうとするが――

「はぁぁぁぁぁっ！　なのです！」

【身体剛化】を纏い、魔剣に魔力を籠めたテトの斬撃が触腕を切り飛ばし、甲板に太い触腕が落ちてくる。

「俺も負けていられねぇなぁ！　――【竜化】！」

乗船していたドグル氏も背中の大剣を引き抜き、竜人固有のスキルを発動させる。

メリメリという音を立てながら顔が竜頭に変化し、腕を覆う鱗の範囲が広がる。

竜人の中に流れる竜の血を解放したために身体能力が大幅に向上し、そこから振るわれる大剣の一撃がクラーケンの触腕を切り飛ばす。

「流石、Aランク冒険者。ギルドマスターをやっているけど、竜人は長命種族だから、まだまだ現役みたいね――よっと」

そんな甲板上で戦うテトとドグル氏に感心していると、空中を飛ぶ私や念動力で持ち上げた魔物の死体に伸ばしてくるクラーケンの触腕を避けるために更に高度を上げる。

流石に、折角倒した水棲魔物の死体をこれ以上横取りされたら敵わない。

『我らがクラーケンを倒し、実力を示すのだ！　――《ウィンド・バレット》！』

『冒険者風情に遅れを取るな！　――《ウィンド・カッター》！』

甲板では、領主の雇った魔法使いたちも杖を掲げ、得意の魔法を放って応戦する。

当人たちの魔法はCランク魔物には通じていただろうが、Bランクでも上位のクラーケンの体には、風の弾丸の衝撃が吸収され、風刃の魔法も体の一部を薄く傷つけるだけで両断するには至らない。

『絶対にクラーケンを逃すな！　ここで仕留めるぞ！』

兵士たちも船の縁からクラーケンをクロスボウや銛で射貫《いぬ》いていき、傷跡から青い体液が流れ始めている。

「さて、そろそろ決着を付けましょうか。――《サンダー・ボルト》！」

高く掲げた杖を振り下ろした私は、1万ほど魔力を籠めた雷をクラーケンの頭上に振り落とす。

体を直に通り抜ける高圧電流がクラーケンの命を刈り取り、表面は雷に焼かれて白濁色になる。

「ちょっと生焼けになったかしら？」

【魔力感知】でクラーケンが絶命しているのを確認して、【サイコキネシス】で持ち上げていた魔物の死体と共に、甲板に降り立つ。

「魔女様、お帰りなのです～」

「テト、ただいま。美味しそうなお土産を確保できたわね」

甲板に下ろした水棲魔物の死体を兵士たちが邪魔にならないように運び、海面に浮かんだクラーケンに鎖の繋がった銛を突き刺していく。

このまま銛と鎖で繋がったクラーケンの死体を軍艦で牽《ひ》いて、町への凱旋となる。

『あれは、領主様のところの船じゃねぇか！』『きゃぁぁっ！　なにあれ!?　魔物を牽いてるわ！』『クラーケンだ！　沖に出たってやつが倒されたのか！』『おい、甲板にはドグルさんが乗っているぞ！』『ドグルさんがやってくれたのか！』

クラーケンを牽いて港町に戻ってくれば、沸き立つ住人たちの声が甲板まで届く中、港では人々が忙《せわ》しなく受け入れの準備を進めていた。

「魔女様？　魔石や美味しそうな魔物は、食べられるのですか？」

「残念だけど、今回討伐した魔物は全部依頼主の領主様の物って契約よ」

到着した港に運ばれていく水棲魔物やクラーケンの死体は、漁師や町で待機していた冒険者やギルド職員たち総出で次々と解体されていくのを眺める。

今回のクラーケンの出現で、一時的に船での流通が止まり、私とテト、ドグル氏のAランク冒険者に討伐依頼を出したのだ。

そのために、領主側の出費はかなり大きいだろう。

それを少しでも補うために契約の条項には、依頼中に討伐した魔物の所有権は領主側にあることが明記されている。

「二人ともお疲れさん。これで依頼は達成だが、この後どうする？」

ドグル氏が私たちに労《ねぎら》いの言葉を掛けつつ、この後の予定を聞いてくる。

「とりあえず家に帰って、二、三日後に報酬の受け取りに行くけど、何かあるの？」

首を傾げながらそう答える私に、ドグル氏が悪戯《いたずら》っぽい笑みを浮かべて教えてくれる。

「水棲魔物を大量に討伐したが、部位によっては傷みやすいからな。どうせ腐らせるならと領主様が直々に、魔物の討伐記念ってことで祭りを開くそうだ」

「おー！　それじゃあ、お魚食べられるのですか！　魔女様、食べに行くのです！」

目を輝かせたテトに促され、私も頷《うなず》く。

「そうね。魔魚の類いは美味しいって言うし、興味があるわ」

「よし、決まりだな！　酒も用意されているみたいだから、ここはパーッと打ち上げするか」

美味しい料理とお酒と聞いて嬉しそうにするテトに私は、程々にね、と苦笑を浮かべる。

そして、魔物の解体と食用部位の調理が終わるまで、私たちは冒険者ギルドで待つことになる。

テトとドグル氏は早速お酒を飲み始める一方、お酒を飲まない私は果実水を飲みながら先日購入した本を読んでいた。

「かぁっ！　テトの嬢ちゃんの酒、旨いなぁ！　どこの酒なんだ？」

「魔女様が用意してくれたのです～」

テトが取り出したお酒は、【創造魔法】産のブランデーでテトが好んで飲んでいる奴だ。

今日は、私の氷魔法で作り出した氷で薄めつつ、チビチビと飲んでいる。

「なぁ、チセの嬢ちゃんも酒は飲まねぇのか？　結構いい年だろ？」

少し血色の良くなったドグル氏がそう尋ねてくるので、私は本から顔を上げて答える。

「あまりお酒は強くないのよ。それに思考と判断力が鈍るし、美味しいとも感じないわね」

【不老】で停滞した12歳の体では、やはりアルコールには強くない。

飲めないことはないが、魔法による肝機能の強化やアルコールの分解などを行なわないといけないので、無理に飲むつもりはないのだ。

私がそう答えると、ふぅ〜んと気の抜けた返事をする。

「そう言えば、チセの嬢ちゃんは、本を結構読んでるけど何を読んでるんだ？」

「興味のある本なら、何でも読むわ。今はそうね——【ローバイル王国の物語集】って本の【ドグリーンの勇者】って物語を読んでいるわ」

この本は、ローバイル王国各地にある伝承や昔話などの物語を纏めた本だ。

一冊の中に複数の物語が書かれており、子どもに読み聞かせるには良さそうな本である。

今読んでいる【ドグリーンの勇者】とは——海岸に打ち上げられた美しい竜人の女性を見つけた竜人の青年が介抱し、思いが結ばれて子どもが生まれる。

生まれた子どもは非常に強い力を持ち、人々に仇なす魔物を倒して勇者と呼ばれる、と言う昔話だ。

異世界版のかぐや姫と桃太郎を合わせたような話には、親近感と懐かしさを覚えてしまう。

「【ドグリーンの勇者】かぁ……懐かしいなぁ。ちなみに言うと、その竜人の勇者の子孫ってのは、この俺だぞ」

ドグル氏の言葉に私は、酔っ払いの戯れ言を聞いた時のような胡乱《うろん》げな目を向けてしまう。

「チセの嬢ちゃん、視線が冷たいぞ……俺だって嘘かホントか知らないが、我が家ではそう言い伝えられてるんだよ」

そう言うドグル氏は、自身の首元から何かの鱗で作られたペンダントを取り出す。

ややボロボロで色も抜けて欠けていたりするが、それでも目が離せない魅力のようなものを感じる。

「これは？」

「ご先祖様から伝わる故も分からん鱗のペンダントだ。言い伝えだとドグリーンの母親は、竜の鱗のペンダントを持って、空から降ってきたって話だ」

「へぇ、そうなのね」

彼の持ちネタらしい話を聞き、自身が手に入れた本と見比べる。

伝承や昔話が伝わる過程で、抜け落ちた情報が幾つかあるのだろう。

ドグル氏の話の一部は、そうした散逸した情報の断片かもしれない。

「面白い話を聞かせてくれて、ありがとう」

「なんだ、チセの嬢ちゃんは信じるのか？　俺だって信じてねぇぞ。ただ、親父やお袋には、竜人の勇者・ドグリーンのように人助けする強い子になれって意味で聞かされてたんだ」

自分の昔話を語りながらお酒を飲むドグル氏が自嘲気味に笑うが、私は別のページの異なる伝承を開く。

「いえ、この本には、他にも『空から降ってきた』って内容で始まる昔話が多くあるのよ。だから、もしかしたら本当に空からやってきたのかな？　なんて……」

海に面した国の昔話なら、海からやってきたなどと始まるのが普通だろうが、こうも共通点が多くあると、本当に空からやってきたのかもしれない、と思ってしまう。

「魔女様、生き生きとしていて楽しそうなのです！　楽しそうな魔女様を見ていると、テトも嬉しいのです！」

「あー、昔話で空から降ってきたのが事実か分からないが、王国が生まれるより前から海上に浮遊島が巡回しているらしいな。十数年に一度、王都の方面に近づくんだと」

「なるほどね。もしかしたらその浮遊島を見た人が、面白おかしく昔話を作ったのかもしれないし、もしくは本当に浮遊島の上に人や物があるのかもね」

それを聞いて、いつかその浮遊島を見るために王都の方に行きたいなぁ、などと呟く。

その後、クラーケン討伐祝いの祭りの料理が完成し、それを食べて満腹になった頃、テトもお酒で良い感じに酔ったので、テトを連れて家に帰るのだった。

6話【魔杖・飛翠】

クラーケンの討伐を終えた私とテトは、冒険者ギルドで報酬の精算が終わるまで【虚無の荒野】の屋敷に帰ってきていた。

そんな屋敷の一室で私は、溜息を吐きながらある物を見つめていた。

「ふぅ、本当にこれどうしようか」

「魔女様、まだ悩んでいるのですか？」

私たちの目の前には、女神・ラリエルが残した浮遊石や希少な魔法金属が置かれている。

ラリエルの依頼で廃坑に巣食う魔物を退治した報酬として手に入れた物だが、おいそれと売り払うには少々危険な物である。

「魔女様の新しい杖にすればいいと思うのです！」

「杖？　そうね……それが良いかもしれないわね」

魔法使いの杖には、魔力を通すことで魔力の指向性を整えて魔力制御を容易にし、杖先に使われる触媒によって特定の属性魔法の威力を向上させ、相対的に魔力の消費軽減効果が見込める。

私が30年来使っている樫《かし》の杖は、実は性能はあまり良くない。

魔力の制御力向上や魔法の威力向上をイメージして【創造魔法】で創られたが、転生直後の魔力量が少ない状況で創られた杖であるために、性能が相応のただの頑丈な杖であった。

もしも、ゲーム的に言うならば『物理攻撃力2、魔法攻撃力1』と言ったようなまさに初期装備である。

「でも、今の杖だって利点がないわけじゃないのよねぇ……全属性の魔法に対応できるし」

魔法使いの杖の触媒には、特定属性の魔法の威力が向上する効果がある。

だが、逆に触媒と魔法の相性が悪い場合、魔法の威力が低下することがあるのだ。

そのために多くの魔法使いたちは、自身の得意な属性に合わせて、杖の触媒などを選び、使う魔法を絞っているのだ。

「でも、私の場合は、魔力量が多いから、わざわざ使う魔法を制限する必要はないのよね」

むしろ、今までの杖の方が、メリットは少ない分デメリットもないので扱いやすいのだ。

「魔女様は、空を飛ぶ時に杖と箒《ほうき》を使い分けているけど、空を飛ぶ時の杖を作ればいいと思うのです！」

「ああ、なるほど飛翔用の杖ね」

浮遊石を触媒に使えば、【風魔法】に属する飛翔魔法の移動速度が向上し、浮遊維持に必要な魔力制御と魔力消費を抑えてくれる。

「そうなると、なんの素材がいいかしら？」

「世界樹があるのです！」

「あー、あれね」

魔力放出量の多い植物として創った世界樹は、この【虚無の荒野】で育ち、最初期に植えた木々は、一際大きな大木となっている。

嵐の日の翌日などは、そんな世界樹から折れた太い木の枝が落ちており、希少素材としてベレッタたちが回収して保管してくれている。

「杖の素材としては、最高級品よね。他に杖作りに必要な素材は、何がいいかしら？」

「テトは、世界樹の枝を持ってくるのです！」

私は、これまで収集した蔵書の中から魔導具職人向けの杖作りの教本を取り出して読み始め、テトが世界樹の枝を取りに部屋を出て行く。

「魔女様～、杖の枝！　持ってきたのです！」

「ありがとう、テト。本も軽く目を通したし、早速作ってみましょう」

私たちの前に揃ったのは、世界樹の枝と浮遊石、ミスリル鉱石だ。

「まずは――《エクストラクション》！」

ベレッタが使っていた金属の抽出魔法をミスリル鉱石に掛けていく。

土魔法や錬金術で用いられる魔法であり、ミスリル鉱石から高純度のミスリルを精錬することができた。

そして、ミスリルのインゴットの形を整えた後、次は浮遊石を手に取る。

「――《チャージ》。……本当に浮くのね」

「わぁっ、綺麗なのです！」

浮遊石に魔力を込めると緑色に輝き、引力に反発する斥力が発生して、テーブルの上で浮かぶ。

どうやら浮遊石には、風属性の他にも重力魔法などの闇属性の性質を兼ね備えた触媒なのかもしれない。

「とりあえず、綺麗にしましょう」

魔力を込めた浮遊石の輝きを頼りに、不要な部位は削り出す。

浮遊石は、魔力を込めることで硬度を増すので、不要な部位の削り出しは簡単に終わる。

最後に【創造魔法】で生み出した研磨用のワックスで表面を磨けば、深い緑色が映える結晶体となる。

「おおっ！　宝石みたいになったのです！」

「カッティングして本当の宝石みたいにするよりも、このままの形で杖に使いましょう。さてと、台座は――」

先ほどテーブルに置いたミスリルのインゴットを膨大な魔力で粘土のように操る。

そして、細いミスリルの蔦《つた》が空中に浮かぶ浮遊石に巻き付くように台座を作り出す。

「先端部分は、完成ね。後は、杖の方を用意しないと」

私は、テトが用意してくれた世界樹の枝を何本か手に取り、太さや大きさを確認する。

そして、気に入った一本の世界樹の枝を研磨魔法で磨き、杖を作る。

綺麗に磨き上げた世界樹の枝にワックスを塗って乾かした後、浮遊石を乗せたミスリルの台座と繋ぎ合わせる。

そして、完成した杖には、杖としての機能だけではなく、【空飛ぶ絨毯《じゅうたん》】や今まで使っていた空飛ぶ箒と同じ飛翔魔導具としての機能も追加していく。

「できた。私の新しい杖」

飛翔時に使う空飛ぶ箒に近い大きさで作った長杖になった。

「試しに使ってみましょう」

「はいなのです！」

それを持って屋敷の外に向かう私たちは、その途中でベレッタと会う。

『ご主人様、新しい杖ができたのですか？』

「ええ、できたわ。これよ」

世界樹の枝とミスリル、浮遊石を使った長杖をベレッタにも見せる。

「これから試しにこの杖を使いに行くんだけど、ベレッタも見に来る？」

『私もお供します』

私は、改めてテトとベレッタを連れて、【転移魔法】で【虚無の荒野】でも手付かずの場所に移動した。

「よし、ここなら幾ら魔法を使っても迷惑を掛けないわね」

「魔女様、頑張るのです！　壁は用意したのです！」

『私が計測しております』

テトが土魔法で的となる壁を用意し、ベレッタが客観的な評価を受け持ってくれる。

二人の応援を受けた私は、杖を構えて魔力を通していく。

「……凄い、これは」

今までの杖は、【創造魔法】で創り出した汎用の杖であるが、浮遊石の杖は恐ろしいほどに魔力を内部で増幅している。

そして、内部で増幅された魔力が緑色の燐光《りんこう》となって周囲に広がっている。

「――《ウィンド・カッター》」

放たれた風刃は、私の知る《ウィンド・カッター》と同じ大きさだ。

だが、そこに含まれる魔力の密度が恐ろしく高く、テトの作り出した土壁を易々と両断していく。

「これは、人間には使えない威力ね。テト、大岩をお願い」

「はいなのです！」

地面の土を圧縮して作った大岩を的に、今度は風弾の魔法を放つ。

三十発の圧縮された風の弾丸が大岩を抉《えぐ》り、中程まで達する。

「貫通力と攻撃力が高いわね。他の魔法は――」

杖の性能をベレッタが計測したところ、風魔法は約10倍。闇魔法と無属性が3倍の威力向上が見込めるようだ。

その他の魔法の威力向上は認められなかったが、低下することもなかった。

「恐ろしい威力だったわね。なるべく、セーブして使わないと」

かなり攻撃力の高い落雷の魔法である《サンダー・ボルト》も風魔法の要素を含んでいる。

今までの感覚で使えば、威力が10倍にまで跳ね上がるので余計な被害を生み出しかねない。

「仕方がない。ストッパーを作るしかないわね」

杖の石突きには、ミスリル製のキャップを作り、そこに杖の能力を制限する付与魔法を込める。

それにより、触媒で増幅された浮遊石の杖も元々使っていた樫の杖と同じ程度まで魔法の威力が制限された。

また緑色の燐光を発している状態は、杖自体も魔力によって強度が上がっているので、杖術での打撃武器としても使えるようだ。

「それじゃあ、これで空を飛んでみるわ」

「魔女様、後で乗せて欲しいのです！」

『ご主人様、お気をつけて』

私は、能力に制限を付けた杖に跨がり地面を蹴る。

浮遊石が力を放出する際に発する緑色の燐光を残しながら上空に上がっていく。

「これはいいわね。前のやつに比べて、反応がいいわ」

今までの空飛ぶ箒は、加速と減速、旋回の反応が微妙に遅く感じた。

だがこの杖は、まるで私の思いのままに動いてくれる。

それに杖の周りに発生した斥力が、風除けの結界のように働いて、空気抵抗を感じずに飛べるのだ。

また、急速旋回で発生する遠心力に対しても杖が反対の力を生み出して支えてくれるので振り回されることなく飛べる。

「まるで、出せる速度に限界がないみたいに魔力を飲み込んでいく杖ね」

以前の空飛ぶ箒と同じ魔力量を流し込んで飛んでいるが、飛翔能力はそれ以上の性能を発揮している。

杖の触媒である浮遊石が次々と魔力を飲み込み、それを増幅して速度に変えている。

これに限界まで魔力を込めたら、どれほどの速度が出るのか、私は怖くなる。

「飛行速度に関しても制限が欲しいわ。高速飛翔している時の事故防止の魔導具も身に付けておかないと」

私は、杖を操りテトたちの下に降り立ち、その場で空飛ぶ杖の調整を行なう。

「ふぅ、こんな感じでいいわね」

杖の柄にもミスリルのリングを嵌《は》めて、そこに杖の能力制限を追加した。

飛翔時の速度制限と落下時の落下速度減少と保護の結界などの複数の魔法が発動するように付与魔法を込めて魔導具化しておく。

「よし、できた」

「魔女様、テトも魔女様の後ろに乗りたいのです！」

「いいよ。ベレッタは、どうする？　乗る？」

杖の大きさから言えば私とテトの二人乗りが限界で、順番になるがベレッタにも尋ねてみる。すると静かに首を横に振られた。

『ご主人様、お構いなく。私は、こちらでお茶の用意をしながら待っております』

「そう？　じゃあ、行ってくるわ」

ベレッタは、私が【創造魔法】で創ったマジックバッグからテーブルや魔導具のコンロを取り出して、お茶の準備をしてくれる。

そして私は、テトを後ろに乗せて、新しい杖の乗り心地を確かめ、三十分ほどの飛行を楽しむ。

調子に乗って勢いよくベレッタの下に戻った時は、風圧で砂埃《すなぼこり》が舞い上がるのでは、と不安が過ったが、浮遊石の斥力がスムーズに着地を決めてくれた。

「ベレッタ、ただいま」

「ただいまなのです！」

『お帰りなさいませ。お茶の用意ができております』

私とテトは、荒地の真ん中でお茶を飲み、遠くに生え始める草地や更に荒野の中心地の植林した木々を眺めて落ち着く。

上空からも確認したが、本当にこの30年ほどでよく広げたと思う。

『ご主人様、お疲れ様でした。ところでこの杖は、性能的に非常に素晴らしい物だと思いますが、なんという名前を付けるのですか？』

「名前……」

ベレッタの質問に私は、黙り込んで考える。

空飛ぶ杖や浮遊石の杖などと安直な呼び方をしていた私は、緑色の宝石のような浮遊石を見て、杖の名前を思い付く。

「そうね。――【魔杖・飛翠】なんてどうかな？」

空を飛ぶ時、鮮やかな翡翠色の燐光を放つために、この名前にした。

「良い名前だと思うのです！」

『素晴らしい名前だと思います』

「そうね。ただ、性能が良すぎて、最大スペックで使ってあげられないのが申し訳ないわね」

私はできたばかりの杖を一撫でして、【虚無の荒野】での休日を楽しむのだった。

7話【ローバイル王都への旅立ち】

クラーケン討伐後に港の活気が戻り、私たちは変わらぬ日々を過ごしていた。

冒険者ギルドに残る不人気依頼を受けつつ、【虚無の荒野】を行き来する生活を続けていたある日
――ギルドで依頼を受けようとした私たちがギルドマスターのドグル氏に呼ばれた。

「悪いな。呼び出したりして」

「いえ、大丈夫よ。それより、何かあったの？」

「また、クラーケンみたいな魔物が出たのですか？」

Aランク冒険者の私たちを応接室に呼び出すなんて、余程のことでも起きたのかと少し身構えてしまうが、苦笑を浮かべるドグル氏がそれを否定する。

「お前らが来てくれたお陰で、大分この町周辺の塩漬け依頼が減って助かった」

「そう言ってもらえると、ありがたいわね」

「テトたちは、楽しくやっていたのです！」

私たちAランク冒険者に見合う依頼など、月に1回発生すれば多い方だ。

そうなると必然的に、下位の依頼を受ける事が必要になる。

割のいい依頼は、該当するランクの冒険者に任せて、私たちは依頼報酬が平均相場通りか、それよりやや低い依頼を受けている。

あまりに報酬が低い依頼は、ギルドによって精査される。

依頼主に資産があるにも拘わらず報酬を出し渋れば、依頼の報酬相場が下がり、冒険者やギルドがお金を得られずに苦しい立場になる。

それを防ぐために、ギルドが事前に依頼を精査して弾《はじ》くこともある。

ただ、中には精査した結果、本当に依頼主が切迫している状況やそれしか報酬が出せない場合、または将来的に別の危機に発展する可能性がある依頼に関しては通されている。

そうした依頼は、割の合わない不人気な討伐依頼として残りがちになり、私とテトが解決して回っていたのだ。

「ローバイル王国の北部沿岸地域の潜在的な脅威となる不人気依頼の殆どが解消された。クラーケンの早期討伐もそうだが、改めて感謝する」

「止めてちょうだい。私たちに頭を下げる必要はないわよ」

「魔女様とテトは、できることをやっただけなのです！」

そう頭を下げるドグル氏に私たちが頭を上げるように言えば、ドグル氏が困ったように笑う。

潜在的な脅威が成長して報酬額が上がれば、そこでようやく冒険者たちは依頼に目を向ける。

だが、そうした依頼の裏には、既に起きてしまった被害が存在する。

だから私たちは、そうした被害を未然に防ぐ意味合いも込めて、自分たちの手の届く範囲で不人気依頼に隠れる潜在的な脅威を排除して回ってきた。

アリムちゃんたちが住む廃坑の町の魔物退治なんかは、その最たる例だっただろう。

「本当に、二人は高潔だな。昔はそんなことを考えて依頼を受けることはなかったが、ギルドマスターとして管理する側になって思い知ったよ」

そう言って、自分自身の過去に溜息を吐き出すドグル氏だが、まだまだ若々しく見える長命種族の竜人が行なうと、少しおかしく思う。

「とりあえず、感謝は受け取るけど、話はそれだけ？」

「いや、この地域の潜在的な脅威が少なくなったのに、Ａランクパーティーがこの地域に滞在し続けるのは勿体ないのでな。王都のギルドに移らないか？」

「『王都のギルド？』」

首を傾げる私たちにドグル氏が勧めてくる。

「前にクラーケン討伐の打ち上げの時に言っていただろ？　いずれ王都に行ってみたいって」

確かに、浮遊島を見るためにいずれ王都方面には旅をしたいとは言ったが、それを理由に勧められるとは思わなかった。

だがドグル氏の言うとおり、十分にこの港町を堪能して、ギルドの不人気依頼も粗方片付いている。

「そうね。確かに、王都に場所を移すのもいいかもね」

王都ならこの港町よりも、多くの交易品が運び込まれるので、面白そうである。

「ちょうど一週間後に、王都に向かう交易船の護衛依頼があるんだ。クラーケン討伐依頼で海上での戦闘実績もあるから、王都に行くついでに受けてみないか？」

「分かった。その依頼、引き受けるわ」

そうして、私とテトは、ローバイル王国の王都に向かうための準備をする。

まずは、借家の片付けと引き払いだ。

次に、この町から王都に移るので、馴染みの漁師や朝市で知り合った人々に挨拶回りをしつつ、食材の買い溜めをしておく。

「海に出るなら――海母神・ルリエル様のご加護があらんことを」

「船旅ならいい風に恵まれるように――天空神・レリエル様の恩寵があらんことを」

私たちにオマケをしてくれた漁師の老人たちから、そう言葉を送られた。

私とテトが、女神リリエルから使徒認定を貰ったことを知られたら大変だろうなと思いながら、この港町での残りの日々を過ごす。

そして、借家の【転移門】を回収して家の鍵を大家に引き渡し、その足で港に停泊された護衛対象の交易船に向かう。

「こんにちは。商人のワードさんですか？」

「ああ、そうだが、お嬢ちゃんたちは？」

日焼けした肌を持つ中年の商人に話し掛けると、振り返り私たちを見返す。

「ギルドマスターのドグル氏から交易船の護衛を受けた冒険者です」

「これがギルドカードなのです！」

私とテトがギルドカードを提示すれば、依頼主の商人が驚き、再び私たちを確かめるように上から下に視線を動かす。

「あなたたちですか！　クラーケンを退治したという冒険者は！　それにドグルさんから、見た目は少女だけど40歳を超えたベテランって話は聞いていますよ！」

この容姿だから訝《いぶか》しみ、侮られることが多いが、ドグル氏がちゃんと根回ししておいてくれたようだ。

「私たちは、交易船の護衛って初めてだから、逆に色々と学ばせてもらいます」

「お願いするのです！」

「それなら、うちで専属契約している冒険者から話を聞いて下さい」

若干腰の低い交易商に導かれて交易船に乗り込み、今回の護衛依頼の話を聞く。

冒険者と船員が一日4交代で海を監視して襲ってくる魔物を退治して航海を続けるそうだ。

この時期は、北から吹き下ろす風があるために、航海日程は二週間前後とのことらしい。

「とりあえず、監視の時間以外は好きに過ごしていいぞ。寝るもよし、飯を食うもよし、釣りをするのもいい」

「ありがとう。実際に、やりながら覚えるわ」

そうして船の甲板に登り、船員たちによって船内に運び込まれていく積荷を見つめる。

食料や水、食事を作る燃料などが大部分であり、その他にそれなりに収益性のあるものを詰め、本当に重要なものは商人のマジックバッグに入れているようだ。

「それじゃあ、出発するぞー！」

交易船が王都に向けて港を出港する。

ある程度までは船員の手漕ぎで進み、そして帆を広げて風を受けた船が沖を進んでいく。

私とテトは、船の後方からお世話になった港町を見つめる。

「楽しかったわね」

「また遊びに行きたいのです！」

港町の喧噪と陽気な人々の笑い声などが思い出される。

行こうと思えば、【転移魔法】でいつでも行き来できるが、その時々の一期一会の出会いの楽しみがある。

その楽しみを胸に、三角帽子を外して海からの風に髪を靡《なび》かせた私は、これから向かうローバイル王国の王都に思いを馳せるのだった。

8話【交易船の護衛と海母神の神託】

交易船の護衛依頼を受けて、ローバイル王国の王都に向かう私たちは、船の甲板から釣り糸を垂らしていた。

「魔女様、全然釣れないのです」

「まぁ、釣れたら御の字って気持ちで気長にやりましょう」

釣り竿を持つ私とその後ろから抱き抱えるように座り、私の頭の上に顎を乗せているテトと一緒に大海原を眺めている。

「嬢ちゃんたち、今晩のおかずは釣れたか？」

「ダメよ。全然」

交易船の商人に雇われた護衛のリーダーが、私たちに声を掛けてきた。

私が隣に置かれた空のバケツを指差せば、苦笑を浮かべている。

「そりゃ残念だ。ところで船での生活には慣れたか？」

「そこそこ慣れたかしら。食事は辛かったから、自分で用意させてもらえたのはありがたかったわ」

私たちの様子を尋ねる護衛のリーダーに、私がそう感謝の言葉を口にする。

食事は、保存の利くものや揺れる船内でも手早く作れるものが多い。

具体的には、水と麦を煮込んで作るポリッジ——麦粥だったり、干し魚や干し肉、塩漬けや酢漬けの野菜などが中心である。

そのため、船内の食事はあまり美味しくなかった。

だから、二日目には、自分たちで食事を用意したのだ。

「本当に、美味そうな料理を作ってたよな。テトの嬢ちゃんの方は、船での暮らしは、どうだ？」

「魔女様と一緒に眠れないからちょっと不満なのです」

流石《さすが》に交易船では船員一人一人にベッドを用意するスペースがないので、私たちはハンモックで寝ている。

テトは、私に抱き付いて眠れないことに不満を口にする。

私自身は、乗るのにコツがいるハンモックに揺られて本を読んだり、こうして釣りをして新鮮な魚を釣り上げたり、休憩中には冒険者や船員たちと話したりと、そこそこに楽しい時間を過ごしていた。

そして——

「……十時の方向から、魔物が現れたわ」

釣りをしながら、船の周囲に魔力感知を張り巡らせていた。

海中から迫る魔物の群れを感じ、船に迫っていることを伝える。

「見張りより速くに見つけるって、マジか⁉　仲間を呼んで迎え討つ！」

「いえ、私が出た方が早いわ。それに、今日の夕飯にしたいからね。テトは、船の方をお願い」

「魔女様、行ってらっしゃいなのです！」

そう言って私は、マジックバッグから取り出した【魔杖・飛翠】に跨がり、飛翔魔法で海原へと飛び出す。

そして、感知した魔物の群れが真っ直ぐにこちらに向かう中、海に向けて魔法を放つ。

「今晩のおかずになりなさい！　――《サウンド・ボム》！」

圧縮した音響爆弾を海中に放てば、縦に激しい水柱が上がる。

そして、音の衝撃波で気絶した魚の魔物が海面に浮かび上がり、気絶しないが混乱した魔物たちがちりぢりに逃げていく。

私が続けて二、三発と音響爆弾を海中に放てば、次々と気絶した魔物たちが浮かび上がってくる。

「周囲に魔物の反応はないわね。それじゃあ、回収しましょう。――《サイコキネシス》！」

私は、念動力で海面に浮いた魚の魔物を掬い上げて船まで持ち運ぶ。

「ただいまー、テト。大漁よ」

「魔女様、お帰りなのです！　みんなでお魚処理するのです！」

そうして運ばれてきた水棲魔物たちが、テトたちの手によって処理されていく。

気絶している間に頭部やヒレを斬り落とし、腹を切り開いて、内臓と体内の魔石を取り除き、開いた魚の切り身は食材となる。

手の空いた船員たちも今晩は、新鮮な魚にありつけるとあって積極的に手伝ってくれる。

「魔女様、このお魚はどうやって調理するのですか？」

「そうね。港町でソースを買ったことだし、フライなんかいいかもね」

下味を付けた魚に小麦粉を塗《まぶ》して、溶き卵に潜らせ、卸し金で擂り下ろしたパン粉を付ける。

「ここからどうするのですか？」

「揚げ焼きにするわ」

魔法の炎でフライパンに注いだ少量の油を温めた後、魚のフライを揚げ焼きにしていく。

揺れる船内で大量の油を扱うのは炎上の危険があるが、海の荒れていない時ならば少量の油で揚げ焼きにすることができる。

片面がキツネ色になったら裏返して、両面がふっくらとしたら魔魚のフライの完成だ。

「テトが味見するのです！」

「はい。レモン汁やソースもあるから色々試してね」

私は、とりあえず自分たちの昼食用に次々とフライを揚げ焼きにするが、魚を処理していた船員や護衛の冒険者たちが、唾を飲み込み、食べたそうな視線を向けてくる。

「料理を教えてあげるから自分たちで作ってね」

『『――うぉぉぉぉっ！』』

船員たちが興奮したように声を上げる中、私はフライの作り方を実演して食べさせる。
魔物が居る海上での船員や冒険者たちの和やかな交流の時間が過ぎていく。
他にも船内では水で体を洗えないために、清潔化の魔法の《クリーン》を使ってあげたり、飲み水確保に使える生活魔法である《ウォーター》を暇な船員たちに教えて過ごした。
食事に関しては、美味しくないポリッジが残りやすいので少し味を調えて、持ち込んだドライフルーツや押し麦を混ぜ込んだ生地をフライパンで焼き固めたポリッジクッキーを作って、船員たちから好評をもらった。
船旅は順調に進み、予定の航路の半分が過ぎた頃の夜――船内のハンモックに揺られながら眠っていると気付けば、あの黒い空間にいた。

…………

……

…

「ここは、【夢見の神託】よね。またリリエルかラリエルに呼び出されたのかしら？」
「魔女様、また神様に会えるのは嬉しいのです！」

女神の使徒となった私が辺りを見回し、テトがワクワクしていると、リリエルでもラリエルでもない一人の女性が現れた。

リリエルたちと同じく背中に翼を持ち、ウェーブの掛かった青髪の頭部には光の輪が輝き、上品な色気を醸し出す女性がいた。

そして何より、リリエルやラリエルよりも大きな胸が激しく主張しているのだ。

『初めまして、リリ姉様の新しい使徒ちゃん。私は、海母神ルリエルよ』

「初めまして、私はチセです」

「テトなのです！　よろしくなのです！」

新しく現れた女神に軽く自己紹介する私たちに対して、ルリエルが微笑みを浮かべている。

快活なラリエルや生真面目なリリエルとは違い、おっとりとした雰囲気を感じさせる。

『ずっと会いたかったわ。ラー姉様とリリ姉様が自慢するんですもの！　今回の転生者は、あの【虚無の荒野】の再生に尽力してくれているって！』

「私たちは、ただ自分たちの居場所を作っただけよ」

「今は、ベレッタたちもいて、楽しいのです！」

『そう、よかったわね』

穏やかに微笑むルリエルは、優しげに目尻を下げて私たちを見つめる。

そして――

『小さい体で、偉いわねぇ』

「えっと……なぜ、頭を撫でるのですか？」

『可愛らしいから、かしら？』

そう小首を傾げて頬に指を当てる姿は可愛らしいが、そんなルリエルの言動にテトが対抗心を燃やして私に抱き付く。

「魔女様を取っちゃダメなのです！」

『ふふっ、取らないわ。けど、妬いているテトちゃんも可愛らしいわね』

「ほわわわわっ……」

私を抱き締めるテトも纏めて抱き締めてくるルリエルの包容力は、地母神のリリエルよりも高いように感じる。

『ふふっ、ごめんなさい。つい、私の領域に近づいてくれたから、久しぶりにはしゃいじゃったわ』

「はぁ、そうですか」

おっとりとした雰囲気のルリエルだが、少しお茶目なようだ。

海母神ルリエル——水を司る女神だが、昔の【虚無の荒野】には水源もなく、今ある水源もルリエルの影響力をまだ受けていないために、こうして会えて嬉しいようだ。

『天空神のレリちゃんも【虚無の荒野】の大結界があるから、風を伝って——正確には大気を流動する魔力の流れを通して干渉しにくかったし、末っ子のローちゃんは、死と安寧をもたらす冥府神だけ

ど、ずーっと眠っているのよね。あっ、でも２０００年前の魔法文明の暴走の被害者たちの魂を解放してくれたことには感謝していると思うわ。それから……』

一方的に話し掛けてくるルリエルの言葉に目を回しそうになりながらも、相槌を打つ。

そして、話し終えたのか満足そうにしたルリエルが私たちから離れる。

「それでルリエルは、私たちに何か用があるんじゃないの？　ラリエルみたいに依頼？」

そろそろ前置きも良いだろうと思い本題を尋ねるが、ルリエルはキョトンとした表情を浮かべて、ふっと楽しそうに微笑む。

『ふふっ、ただお話をしたかっただけよ。でも、そうね。姉様たちがお世話になっているから一つだけ、神様らしく神託をあげるわ』

そう言って、ビシッと指を立てるルリエルの言葉を聞くためにテトと共に姿勢を正す。

『明日の午後から船が嵐に巻き込まれるわ。だから、気をつけてね』

「嵐……」

『そうよ。まぁ、チセちゃんとテトちゃんなら平気そうだけど、一応ね』

そう言って軽い口調で、さよならを告げてくるルリエルが急に遠くなるのを感じる。

そして、ハンモックの上で目覚めた私とテトは、船室から抜け出して水平線の向こうから登り始める朝日と快晴の空を眺めながら、ルリエルから下された『嵐の神託』に気を引き締める。

9話【嵐の脅威】

「ねぇ、今日の天気は、どう？」

快晴の空を見上げながら交易船の航海士に尋ねれば、不思議そうな顔をしてから破顔する。

「とりあえず、今の所は天気もいいし、北から吹き下ろす風もあるから順調だよ」

「そう……午後から天気が崩れて、大荒れになる可能性があると思う？」

私の質問に航海士は、困ったように笑う。

「海では天気が崩れやすいから突然の大荒れになる。そういう時は、帆を畳んでジッと耐えるしかないさ。なんだい？　昨日の夜に嵐の恐ろしさでも聞いたのかい？」

「ええ、そんなところ。教えてくれて、ありがとう」

私は、航海士にお礼を言ってテトの下に戻る。

「魔女様、どうするのですか？」

「どうするもこうするも、私たちができることをするしかないわね」

私たちは、天候を操るような神ではない。

無理に魔法で嵐を消しても、その影響がまた別のところで発生するかもしれない。

ならば、嵐を耐えて乗り越えるしかない。

「それに、神はやっぱり万能じゃないのよね」

ルリエルの神託から察するに女神たちが直接、天候を操作しているわけではない。

自身の司る対象や属性に宿る魔力を通してリリエルたちは、世界の行く末を見守っており、局所的には天候操作や神罰などの奇跡を引き起こすが、基本的に自然現象に介入していないのだろう。

自然現象の多くは、神の力や魔力ではなく物理法則によって引き起こされているのだろう。

大規模な神の御技としては――【虚無の荒野】に張られた大結界が挙げられるが、それは例外中の例外だろう。

「でも、そう考えると、改めて世界は面白いわね」

「むぅ、魔女様一人で納得しないで欲しいのです」

この世界について声に出さずに一人で考察を深めて納得する私に、テトが不機嫌そうに唇を尖らせて、私の頬を突っついてくる。

そうして私たちが、突き抜けるような蒼が広がる空を見上げながら嵐を警戒していると、午後が近づくほどに徐々に空に雲が現れ、それが厚く、重く上空を覆い始める。

「――嵐だ！　帆を下ろせ！」

「こんな大荒れじゃあ、近くの港に入ることもできねぇ！　沖で耐えるしかねぇぞ！」

波が大きくうねり船に押し寄せ、空から強い風が吹き下ろし大粒の雨が横殴りに降ってくる。

「思ったより、強い嵐ね。きゃっ⁉」

【魔杖・飛翠】を片手に、魔女の三角帽子が飛ばされないようにもう片方の手で帽子を押さえていると、船が大きく揺れて蹈鞴《たたら》を踏む私をテトが支えてくれる。

「魔女様、大丈夫なのですか？」

「テト、ありがとう！　とりあえず、この風と雨を軽減しないと――《アヴォイダンス》！」

私は、船の周りを覆うように球状の結界を張る。

「これは……」

「矢避けに使われる結界よ！　これで嵐を凌ぎましょう！」

大きく荒れる海で物理的な干渉力を持つ《バリア》などの結界魔法を使えば、押し寄せる波を結界が全て受け止めてしまい、船ごとひっくり返されてしまう恐れがある。

だから、風と雨だけを逸らす矢避けの結界――《アヴォイダンス》を使い、船員たちの作業の負担を減らし、耐えることにした。

「よし、これなら揺れに気をつければ行けるぞ！　船首を波に垂直に合わせろ！」

船長が声を張り上げて、船員たちが船を操る中、護衛の冒険者たちも甲板で武器を構えている。

「嵐に紛れて魔物たちがお出ましのようだ！　風除けを張っている嬢ちゃんを守れ！」

だが、矢避けの結界で雨風を防げても、ある程度の質量のある物は通過させてしまう。

嵐の中で大波に紛れた魚の魔物たちが、海面から飛び出し甲板の上に次々と飛び乗ってくる。

甲板に乗り込んだ魔物たちは、船員たちを噛み付きや体当たりで海に突き落としてから食べるつもりなのだろう。

こんな大荒れの海に落ちたら助けることも叶わない。

そんな中、護衛の冒険者たちが必死に武器を振るい、魔物たちを倒したら揺れる船の勢いで海に蹴落として次の魔物を倒して行く。

「ああ、勿体ないのです！　テトも倒してくるのです！」

「テト、船から落ちないように気をつけてね」

私は、杖を構えて、矢避けの結界を維持する。

浮遊石により増幅された矢避けの結界を維持しつつ、私は船に飛び乗ろうとする魔物に風刃を放ち、甲板に乗り込む前に返り討ちにする。

そしてテトも黒い魔剣を振るって倒した魔物に手を当てて、腰に付けたマジックバッグに収納して、死体の回収をする。

そんな嵐の中での戦闘が二時間ほど続く中、上空に一際黒い影が現れる。

「なに、あの黒い塊は……」

分厚い雲の中に浮かぶ黒い塊のシルエット。

そして、その大きな黒い影の下部には、緑色の光が雲の中から薄ぼんやりと見える。

そして、その塊から風で飛ばされたのか、何故か次々と岩石が降ってくる。

「なんで岩が降ってくるんだよ！」

「くそっ！　海運の女神ルリエル様！　どうか我らをお守り下さい！」

冒険者たちは悪態を吐き、船員たちが作業しながら神に祈りを捧げる。

そして私は、杖を構える。

「風魔法の威力も強化されているなら、闇――重力魔法も行けるわよね。――《コラプス・バレット》！」

下向きに重さを掛ける加重の魔法――《グラビティ》の力の向きを内向きの球状に変えて、その力を浮遊石によって増幅した黒い破壊の弾丸だ。

杖先から拳大の小さな黒い球が10個生み出され、船のマストに当たらないように上空に向けて放つ。

一発魔力2万を超える《コラプス・バレット》は、クラーケンを倒した《サンダー・ボルト》よりも大食らいの魔法だ。

だが、その効果は凄まじく、降ってくる岩石に触れると小さく圧縮されていた黒い球が解放され、直径5メートルの球状の空間に広がる。

黒い球状空間は、触れる物全てを呑み込み、高圧縮によって内部に存在する物体を原子レベルで分解しながら、岩石を貪り食うように突き進んでいく。

「すげぇ……」

次々と空に生まれる漆黒の球状空間を見上げる船員たちだが、落ちてくる岩石は全て破壊され、長い息を吐き出す。

「ふぅ、これでとりあえずの危機は去ったわね。でも、どうして岩が降ってきたの？」

空には黒い影。だが、こんな海原に岩石を降らす高い場所も岩石が落ちてくる山もない。

そんな疑問を口にする私に、交易船の護衛のリーダーが教えてくれる。

「ありゃ、浮遊島から落ちてきたんだ」

「浮遊島？　まさか、昔話や伝承とかにあったアレ？」

つい最近も、昔話や伝承が纏められた本を読み、そこに書かれていた浮遊島のことを思い出す。

また、あまりにも巨大な黒い影と黒い影の下部で輝く緑色の光に見覚えがあり、手元の杖を見れば浮遊石と同じ輝きである。

「このローバイル王国の近海には、大昔から浮遊島が漂ってるんだ。今回は、嵐でうっかりと接近しちまったのかもな。普段は気付いたら浮遊島の下を通らないように移動するんだが、嵐で気付かなかった」

そう言って見上げる浮遊島の姿は、雲に隠れてよく見えないが、いつか晴れた日に改めて浮遊島を見たいと思う。

そんな中、浮遊島から新たな物が落ちてくるのを魔力感知が捉える。

「今度は、魔力のあるもの？　それに小さい……」

岩石に比べて濃密な魔力と小さな存在が、まるで嵐に翻弄されるように空を舞っていた。

強風吹き荒れる上空で藻掻くそれが気になった私は、杖に跨がる。

「ちょっと気になるものを見つけたから行ってくるわ！　――《フライ》！」

「魔女様、行ってらっしゃいなのです！」

「おい、嬢ちゃん、矢避けの結界の外は嵐だぞ！　ってまぁ自分にも結界を掛けられるか」

【魔杖・飛翠】に跨がり、一気に空を駆ける。

浮遊石の斥力が風除けの結界になり速度が出るが、空から降ってきた小さな存在が海面に落ちていくのも速い。

そして、海中では空から落ちてくる小さな存在の濃密な魔力を感じたのか魔物が待ち構えており、呑み込もうと海面から飛び出したが――

「ふぅ、ギリギリセーフね」

一気に加速した私は、食らい付かれる直前に小さな存在を優しく受け止めて、そのまま空へと上がる。

そして、受け止めた小さな存在を胸に抱くと、モゾモゾと身を捩《よじ》るようにして私に顔を向けてくる。

『みぃ～』

「……子猫？　浮遊島から落ちてきたのね」

雨に濡れて震えているが、黒々とした綺麗な毛並みをした子猫だった。

岩石と同じように浮遊島から落ちてきたのだろうか。

今から浮遊島を追い掛けるには、嵐が激しく、何より護衛のために船に戻らなければいけない。

「とりあえず、船に帰りましょう」

私は、子猫をローブの内側に抱えたまま交易船に連れて帰ることにした。

10話【妖精猫・ケットシー】

空から落ちてきた黒い子猫を抱えた私は、交易船の甲板の上に降り立つ。

「魔女様、お帰りなのです。落ちてきたのは、なんだったのですか？」

「子猫が落ちてきたわ」

「猫、なのですか？」

テトが不思議そうに私が腕の中に抱えている子猫を覗き込む。

そして、船から一人飛び立った私が戻ってきたことで、護衛のリーダーもやってくる。

「全く、いくらAランク冒険者でも、いきなり嵐の中を飛び出すのには驚いたぞ」

「ごめんなさい」

「まぁ、一番の功労者にあまり言いたくはないが、護衛依頼に関係ないことはしないでくれ」

嵐の雨と風を防いだ魔法に浮遊島からの落石を粉砕した魔法など、明らかに並の冒険者ではできない。

それだけの結果を出し、なおかつ落石の危険があった浮遊島は遠くに去って、嵐も収まりつつある。

それでもまだ嵐が続き、警戒を続けて欲しい状況で私が飛び出したのだ。

護衛のリーダーとしての苦言は、もっともである。

「それで、あんたはあの嵐の中で何を見つけたんだ？」

「この子を拾ったわ。濡れていてお世話したいから少し休んでもいいかしら？　矢避けの結界は変わらず張っておくから」

「落ちてきたのが子猫ってなんだ。いや、そんな拾ってきた子猫を見せられても困るんだが……」

矢避けの結界を張り続けられる余力があるなら、嵐や魔物への警戒を続けてもらいたいのだろうが

「ダメ？」

「ダメなのですか？　なら、テトが魔女様の分まで働くのです！」

『みぃー』

「あーもう！　Aランク冒険者なのに、子どもみたいな見た目と小動物の組み合わせはズルいぞ！　許可出さないと俺が悪者みたいだろ！」

実際に、護衛のリーダーがどういう判断を下すのか、他の冒険者や船員たちが見守っていた。

その中で温情ある判断を下すことに躊躇《ためら》っているリーダーに対して、嵐が落ち着いたことで、今まで邪魔にならないように船内に隠れていた商人が現れる。

「いいではないですか、少しくらい休ませてあげても。彼女たちのお陰で船や大事な商品は沈まず。また、この魔法のお陰で雨で余計に濡れなかったのですから」

「はぁ、依頼人からの指示だからな。分かった、十分に休んでこい！」

「ありがとう」

「ありがとうなのです！」

私とテトは、子猫を船室に連れ込み、大きなタライに魔法でぬるま湯を注ぎ、雨で濡れて凍えた子猫を温める。

そして、十分に温まり綺麗になった子猫の体をタオルで拭き、温かい毛布に包んで抱える。

「食べ物はどうしよう。この子はまだミルクが必要な年齢を抜け出したばかりっぽいから茹《ゆ》でた魚や鶏肉を解して与えれば良さそうだけど……食べてくれるかな？」

お腹が空いているのか、私の人差し指を甘噛みしてチュウチュウと吸ってくる。

「魔女様、魔女様。この子に魔力を吸われているのです。この子もテトと同じで魔力を食べるのです」

テトに言われて私は、胸元に抱えた黒い子猫に目を向けると、魔力を吸って元気になったのか満足そうにしている。

その上、その背中から羽が現れたのだ。

それも鳥のような羽ではなく、魔力で構成された半透明な妖精の羽だ。

それが燐光《りんこう》を振りまいているのに驚き、そっと鑑定魔法でその正体を確かめる。

「――ケットシー……幻獣。年齢は、12歳ね」

私が助けた黒い子猫が妖精猫とも言われる幻獣だとは思っていなくて、困惑する。

幻獣あるいは聖獣とは、魔法を使い知性が高い生物のことである。

精霊や妖精のような魔力生命体とは違って生物としての実体はあるが、魔力を糧に生きるために魔力が豊富な場所に生息している。

幼体の頃は周囲の魔力を吸収して育ち、成長すれば自らで魔力を発するようになり魔力に対する依存度も下がるらしい。

このケットシーはまだ幼体であるために、十分な魔力が得られなければ衰弱してしまうだろう。

「失礼します。拾った子猫の様子は……おや、やはり幻獣の類いでしたか」

私たちに休むことを勧めてくれた依頼主の交易商人が開け放たれた部屋に入ってくる。

隠すことのできないほど輝きを発する妖精の羽を持つ子猫に驚きの表情を浮かべるが、すぐに納得する。

「この子が幻獣だって、最初から知っていたんですか？」

「可能性の一つとして考えていました。ローバイル王国には幻獣に纏《まつ》わる古い伝承があるのですが、ご存じですか？」

「ええ、最近、その昔話を纏めた本を読んだわ」

ローバイル王国に伝わる浮遊島伝承の一つである。

ローバイルという国が生まれるより、何代も前の国の話である。

後に、ローバイル王国の王都ができた場所には、大きな半島があったそうだ。

大陸が荒れた時代に、その半島には強大な竜が住み着き、その竜の庇護を求めて様々な幻獣や聖獣たちが集まったそうだ。

そうして聖域と呼ばれる場所が誕生したが、欲深い者たちが幻獣や聖獣たちを求めてその地に入り込み、住処《すみか》を荒らすようになった。

そして、半島の主である竜が怒り、愚かな侵入者たちを襲い始めた。

それが更なる争いに発展し、国が竜を討伐せんと軍隊を送り込んだ。

だが、そうして追い詰められた竜と幻獣たちは、自らの住処である半島を空に浮かべることで逃げ出したのだ。

以来1000年以上の間、竜と幻獣たちが住まう浮遊島は、大陸の東側の近海上空を移動している。

かつて半島があった場所には現在、ローバイル王国の王都が興り、その王都からは十数年に一度、浮遊島を通りかかるのを見ることができるそうだ。

「――と、こんな話ですね」

「私が読んだ本とは細部が違うけど、浮遊島伝承の始まりの物語よね」

私の腕の中では、魔力を吸って満腹になったケットシーがウトウトと眠り始めており、可愛らしい小動物の姿に私もテトも交易商人も頬を緩ませる。

「そうなると、この子は、嵐に巻き込まれて浮遊島から落ちてきた子になるのね」

「そうだと思います」

やはり、この子が落ちてきたのは事故だったか。

できれば、元の場所に帰してあげたい。

「ありがとう、色々と教えてくれて」

「いえいえ、調べればすぐに分かる、極々当たり前な話です。ただ、一つだけお願いをしてもよろしいでしょうか？」

そうお願いしてくる交易商人の言葉に、私とテトが小首を傾げる。

「ぜひ、そのケットシーを抱かせてはもらえませんか？」

「いいけど、はい？」

私はタオルに包まれてスヤスヤと眠るケットシーを交易商人に渡すと、まるで大事な赤子でも抱えるように丁寧に、そして喜びに震えるような表情をしている。

さらに、優しく顎の下を指先で撫でている。

撫でられたケットシー自体は、眠りながらも気持ち良さそうに身を捩《よじ》っている。

「おほほぉぉっ……ありがとうございます。よい経験をさせてもらいました」

「良かったの？　こんなことで？」

「はい。猫は商売繁盛の縁起物ともされますからね。それが稀少な幻獣ともなれば、なおのことです。それに船の上にいると動物との触れ合いもできませんからね」

そう言う中年の交易商は、目尻を下げてはにかんだ表情がなんとも可愛らしく思う。

船には動物が持ち込まれるが、それはあくまで食用家畜である。

この交易船の船倉には鶏やヤギなどの生きた家畜が積み込まれ、そこから得られる新鮮な卵やヤギのミルクが船員たちに食材として提供されている。

だが、船内に持ち込んだ食糧が尽きた場合には家畜を食べなければいけないので、家畜たちに変に愛着を持つわけにも行かず、船内に紛れ込んだネズミなどは食料を食い荒らす害獣であるために愛でる対象ではない。

「それでは、私は甲板に戻ります。それと一つ忠告です。幻獣はやはり珍しい生き物ですので、正体を隠した方がよろしいかと。いくらAランク冒険者と言えど、欲深い者や珍しい物好きに狙われてしまいます」

「忠告ありがとうございます」

「ありがとうなのです！」

私たちは、甲板に向かう交易商人を見送り、スヤスヤと眠っているケットシーを見つめる。

「確かに、珍しい生き物は狙われるわね」

「魔女様、どうするのですか？　ずっと猫ちゃんと一緒に暮らすのですか？」

テトがそう尋ねてくるので私は、静かに首を横に振る。

「幻獣は、魔力と知性が高いから、機会があったら浮遊島に乗り込んでケットシーの群れに帰すつもりよ。それまでは、私たちが保護しましょう」

「ずっと一緒じゃないのですか……残念なのです」

そう言ってバスタオルに包まれたケットシーを撫でるテトが、少ししょんぼりとした表情を浮かべる。

「まぁ、ケットシーは知性が高いから群れに帰す時に、私たちと一緒についてくるか聞いてみましょう」

「なるほど！　魔女様とテトと一緒に居たいと思ってもらえるように、テト頑張るのです！」

しょんぼりしたテトにそう言えば、パッと表情が明るくなり、ケットシーの子猫に好かれるように意気込んでいる。

コロコロ変わるテトの表情にクスリと笑い、改めてケットシーの子猫の方に目を向ける。

「とりあえず、狙われないようにする方法を考えないとね。無難に、偽装と幻影でケットシーだとバレないようにするだけね。それと緊急時の結界と位置情報を伝える効果を加えて――《クリエイション》！」

私は【創造魔法】で小さな鈴がついた赤い首輪を生み出す。

赤い革製の首輪には、【鑑定偽装】と妖精の羽を隠す幻影の効果が付与され、飾りの鈴には、緊急時に結界を張って守り、私たちに居場所を伝えてくれる効果が付与されている。

そして眠っているケットシーの首に首輪を付けると、チリンと鈴が小さく鳴る。

「可愛いのです」

「そうね。さて、私たちも嵐の対処で疲れたから、少しご飯を食べに行きましょう」

私は、眠っているケットシーを籠にタオルを敷き詰めた簡易の寝床に寝かせて、食堂で食事の準備をする。

ついでに今も甲板で警戒に当たっている冒険者や船員たちの分の食事も作っておく。

交代で休憩に戻ってきた人たちは、休んだんじゃないのかと呆れ気味にこちらを見つつも、疲れた後の食事を楽しむ。

また目を覚ました子猫が、好奇心の赴くままに船室内を自由に歩き始め、冒険者や船員たちは目尻を下げて、楽しそうに子猫の姿を眺めていた。

11話【交易王都での半隠居】

女神ルリエルからの神託で受けた嵐が過ぎ去り、天候も持ち直して順調に航海が続く。

首輪の力で普通の子猫に偽装された幻獣のケットシーは、船内を好奇心の赴くままに歩いていた。

『みゃーー！』

「おー、こいつが欲しいのか。ちょっと待てよ！　ほら」

首の鈴をチリンと鳴らし、尻尾をふりふりと振って釣りをしている船員に近づくと、甘えるように鳴き声を上げる。

その声にデレッとした船員が、釣ったばかりの食べるのに不向きな小魚を放り投げると、ケットシーはそれを空中でキャッチして、前足で押さえて美味しそうに食べ始める。

「あー、ずりーぞ。俺の方が大きな魚をやれるのに」

別の船員がより大きな魚を摘まんで見せるが、ケットシーは、ぷいっと顔を背けて興味ないような素振りを見せる。

そして、甲板で周囲を警戒していた私とテトの足下に軽快に駆けてくる。

「うん？　クロ、お魚を貰った？　良かったね」

私は、ケットシーにクロという名前を付けて呼んでいる。

そんなクロを私が抱きかかえようとするが、私の腕から抜け出して私の肩に登ってくる。

『みゃ～』

「すっかりクロは、船内の人気者になったよな」

「そうね。これもクロの人徳？　いえ、猫徳ね」

そう言って、護衛のリーダーが私とテト、肩に載るケットシーのクロを見つめる。

ケットシーのクロは、子猫らしい好奇心のままに予測できない動きをして、船員たちの目を惹き付ける。

また、時折船員や冒険者たちに甘えて、愛嬌を振りまく可愛らしさ。

船内に入り込み、食べ物を駄目にしてしまうネズミなどの害獣を捕まえてくれる勇ましさ。

食事やトイレなどを決まった場所でして、船員が仕込んだちょっとした芸を実行できる賢さ。

突然、船旅に加わった子猫の存在は、瞬く間に船内を彩るが、それももうじき終わる。

『おーい、王都が見えてきたぞー！』

マストの上の物見台から眺めていた船員が、目的地の王都に近づいているのを知らせてくれる。

もうじき、交易船の護衛依頼が終わる事に、少し安堵の溜息が漏れる。

「やっと陸地ね。お風呂に入りたいわ」

「魔女様と一緒にお風呂に入って、一緒に寝るのです！」

いくら《クリーン》の魔法で清潔にしていても、気分的にお風呂でサッパリしたい。

そう考えている間に、船はドンドンと港に近づいていく。

そして、私たちが弧を描くような形をした港を眺めていると、船が港に接岸して到着となる。

「お疲れ様です。これが依頼の達成証明です。それと嵐の時に張って下さった矢避けの結界と落石から守って下さったことを加味して、報酬を増額しておきました」

「ありがとうございます。それじゃあ、私たちはこれで」

「楽しかったのです！　バイバイなのです！」

『にゃっ！』

私が頭を下げ、テトが元気に手を振り、私の肩に乗るケットシーのクロも短く鳴けば、交易商人は名残惜しそうに私たちを見送る。

交易商人と契約を結んでいる冒険者たちは、引き続き船の積み荷の移動や船の警備を続けており、私たちのような一時雇いの護衛は、一足先に解散となり王都のギルドに向かう。

「ここがローバイル王国の王都ね」

三日月形の港から見上げる高台に王城が見え、そこから扇状に道が広がっている。

海風で材木が傷みやすいためか石造りの建物が多い中、冒険者ギルドを探していく。

「あった。ここね」

ローバイルの王都の冒険者ギルドは、港町側と内地側の東西に二つあるらしく、私たちは、最も近い港側の冒険者ギルドに入る。

「ここね。カウンターは――」

私は、依頼達成のカウンターに向かい、受付嬢に依頼達成の報告をする。

「すみません」

「はい？　どうしたの、お嬢ちゃんたち。ここはお仕事の報告をする場所よ」

外見は12歳だが目の前の女性より年上なんだけど……と内心苦笑を浮かべながらテトと共にギルドカードと依頼の達成証明を差し出す。

「なにかな？　お父さんたちのお遣い……えっ？　し、失礼しました！　【空飛ぶ絨毯《じゅうたん》】のお二方でしたか！」

「いえ、大丈夫です。慣れてますから」

私の肩ではクロが暇なのか、私に構ってくれと肉球を頬に押し付けてくる。

そんなクロをテトは、邪魔しちゃ駄目なのですと後ろから抱えて引き剥がす。

「依頼報酬の受け取りと、しばらくこの町で暮らしたいので借家などがあったらお願いします」

「は、はい！」

なんだか、私の外見から上位冒険者を子ども扱いしてしまうギルド職員が多くて申し訳なく思う。

そして、テトに抱えられたクロを撫でながら待っていると、受付嬢が話し掛けてくる。

「すみません。グランドマスターが応接室にお呼びです」

「……分かったわ」

王都の冒険者ギルド。及び、国内の冒険者ギルドの取り纏めであるグランドマスター。

イスチェア王国でのAランク昇格試験では、王都のギルドマスターがグランドマスターも兼任しており、チラ見はした。

ガルド獣人国では、【虚無の荒野】に引き籠もり、辺境の町が活動拠点であったが、王都のAランク昇格試験やギルドの対策議会の警護でガルド獣人国のグランドマスターと顔合わせしたことがある。

そして、このローバイル王国のグランドマスターは――

「失礼します！　Aランクパーティーの【空飛ぶ絨毯】のお二方をお連れしました！」

「ご苦労、お茶を用意してくれ」

応接室に入れば――仕立てのいい服を着た男性が待っていた。

「【空飛ぶ絨毯】のお二人だね。ドグルからギルドの通信魔導具で二人が王都に向かうのを勧めたって連絡を受けてこうして待っていたよ」

「初めまして、【空飛ぶ絨毯】の魔女のチセです」

「初めまして、剣士のテトなのです！　それとこの子は、クロなのです！」

『にゃ～』

テトが抱えた普通の子猫に偽装したケットシーのクロの両前足を持って、手招きさせる様子にグランドマスターが苦笑いを浮かべている。

「初めまして。私は、ローバイル王国の冒険者ギルドのグランドマスターを務めるゼリッチ・ベントーニだ」

「姓まで名乗るってことは、貴族？」

「既に王籍を抜けて公爵の地位を賜ったが、前は王弟として国政にも関わっていたのだよ」

そう言って笑う中年男性に対して、私は少し考え込む。

冒険者ギルドは中立を掲げているが、それでもそれぞれの国に建物を構えているために完全な中立ではあり得ない。

一応は、武装集団が出入りしているために、各国や領主から定期的な監査が入る。

また、依頼主に金払いのいい貴族がいるために、ギルドとしても無下に扱えない。

王侯貴族が集中する王都の冒険者ギルドは、貴族の四男以下の人たちの就職先にもなる。

それでは、国とズブズブの関係になるのではないか、という危惧に対しては、各地のギルドマスターによる罷免制度も存在したり、貴族出身と冒険者出身のグランドマスターを交互に選出したりと、なんだかんだで程よい距離を保っているそうだ。

そんなグランドマスターのゼリッチ氏は、私たちと世間話をする。

「私は、一度君たちを見かけたことがあるのだよ。まぁ、直接会話はしなかったけどね」

いつ、どこで、と首を傾げる私たちにゼリッチ氏は、微笑みながら答えてくれる。

「以前、ガルド獣人国で開かれた冒険者ギルドの会議に、ローバイル王国の代表として参加したのだよ。その時に君たちを見かけたが、若いと言うか幼い印象を覚えたよ」

まぁ、当時と今でも変わっていないことにも驚いているけどね、と苦笑を浮かべている。

私が、いつの事だろうと思い出せば、もう10年以上も前の事であることに気付く。

だが、その時はただの警備の冒険者として参加したために、会議に参加した冒険者ギルドの代表たちについては記憶にない。

そんなことを考えている私とテトに一人で思い出し笑いを浮かべていたゼリッチ氏は、真剣な表情でこちらを見つめる。

「君たちには、お礼を言いたかった。ローバイル王国の北部で起きた裏組織による人攫《ひとさら》いの件の解決に尽力してくれて、ありがとう」

私も、こんな所で裏組織の件で感謝されるとは思わなかった。

「裏組織の残党を捕まえたのも成り行きだから気にしないで。それに懸賞金も貰ったから」

廃坑の町を襲った裏組織の構成員と食い詰めた農民盗賊による人攫いを捕まえたことを思い出して、そう答える。

「君らが捕まえてくれた幹部を尋問して、裏組織をようやく潰すことができた。裏組織の存在は、国家としても頭の痛い問題だからね」

そう言ってゼリッチ氏が乾いた笑みを浮かべた後、私たちに尋ねてくる。

「それで君たちは、王都でどのような依頼を受けるつもりだい？」

そう尋ねられた私とテトは、北部の港町でも受けたように不人気依頼を中心にしばらく王都で暮らす事を伝える。

「とりあえず、しばらく王都で暮らしながら、時々依頼を受けて過ごすつもりよ」

「浮遊島を待っているのです！　それにクロのお世話もしなきゃいけないから、長くお家を離れたくないのです！」

私とテトは、王都での簡単な依頼を受けながら、浮遊島の接近を待つ予定だ。

そして時期が来たら、テトと共に浮遊島に乗り込んでクロをケットシーの群れに帰すつもりでいる。

「それと、子猫を拾っちゃったからペット連れで宿に泊まると迷惑になるだろうし、家を借りられたらいいな、って」

「冒険者の従魔や魔法使いの使い魔も宿泊可能な宿屋を紹介できるが、ギルドで保有する不動産から長期に借り入れられる借家を探しておこう。ドグルから聞いた通り、君らに受けてもらいたい塩漬け依頼も選んでおく」

事前に、冒険者ギルドが保有する通信魔導具でドグル氏から私たちのことを聞いていたのだろう。

その後の話し合いはスムーズに行なわれ、私たちの希望に添う依頼の斡旋を約束してくれた。

帰り際には、受付で交易船の護衛依頼の報酬を受け取り、今日は子猫のクロを連れても泊まれるオススメの宿に泊まった。

王都の海が近い宿なので、美味しい魚のソテーや魚介類のスープを食べることができた。

宿屋の店主夫婦は、動物好きが高じて従魔や使い魔が宿泊できる宿を開いているために、愛嬌を振りまくクロにサービスをしてくれた。

そして夜には、久しぶりの陸地のベッドで眠りに就く。

翌日には、ギルドが持つ不動産を見て回り、一軒の家を借りることにした。

「この物件は、一ヶ月で銀貨10枚になります」

「分かりました。それでは、これが今月分の代金です」

港町のやや郊外にあり、石造りの二階建ての家が貸し出されており、即決で賃貸契約を結んだ。

冒険者向けの建物のために、間取りもかなり広くて、庭付きである。

お風呂はないが、契約中は増改築できるので、魔法でリフォームして追加しようと思う。

「なにより決め手は、この景色よね」

この家を借りることを決めた理由は、庭に面した窓から見える海の景色だ。

家の不便さなど魔法でゴリ押しで解決できるために、海と空を一望できる景色で決定したのだ。

これから浮遊島がやってくるまでケットシーのクロと暮らす家をどんな風に自分たちでリフォームするか、今から楽しみである。

12話【進化する奉仕人形と虚無の荒野の変化】

私とテトは、暮らしやすいように魔法で家をリフォームした。

風呂を造ると言っても、野外風呂のように土魔法で四角い浴槽を造って完成と言うわけにはいかない。

「――《クリエイション》！　バスタブ！」

部屋の一つを潰して水回りを良くしてから、可愛らしい猫足バスタブを【創造魔法】で創り出して備え付ける。

大きめに造ったバスタブは、私とテトが同時に入ったら少し窮屈そうではあるが、それもまた楽しいだろう。

「とりあえず、家具や【転移門】を設置してお風呂も造ったし、【虚無の荒野】に帰りましょうか」

「はいなのです！　クロも一緒に来るのですよ！」

『にゃっ？』

不思議そうに首を傾げるクロが私のローブを駆け上がって肩に乗ったら、部屋の一室に置いた【転移門】を潜り抜ける。

二週間ぶりに【虚無の荒野】に帰ってくれば、対になる【転移門】の前に奉仕人形の一人が待機しており、私たちを出迎えてくれる。

『ご主人様、テト様、お帰りなさいませ』

「ただいま」

「ただいまなのです！」

『みゃぁ～』

私の肩に乗っていたクロが床に飛び降りて、出迎えてくれた奉仕人形を見上げている。

『お猫のお客様もいらっしゃったのですか』

奉仕人形がしゃがみ込み、クロを撫で始める。

表情は変わらないが、幸せそうな雰囲気を醸し出し、背景に小さな花が舞っている様子を幻視する。

『ご主人様、テト様、お帰りなさいませ。そちらの子猫は、ケットシーでございますか？』

そして、私たちの帰還を感じ取ったベレッタもやってきて、奉仕人形に撫でられるクロを見てその正体を見抜く。

「ベレッタ、ただいま。分かるの？　一応、偽装と幻影の魔導具を付けているけど……」

私が、クロの首に付けた鈴付きの赤い首輪に軽く触れて魔導具の機能を一時停止させると、妖精の羽が現れる。

『はい。２０００年前は、普通に人々の良き隣人として暮らしていました』

今と昔では大分世界の環境が違うために、昔はごくありふれた生き物でも、今の世では個体数の少ない幻獣である。

そして、ベレッタは、幸せそうにクロを撫で続ける奉仕人形を見て、口元に弧を描き、綺麗な微笑みを浮かべる。

『奉仕人形・アイ。あなたのメカノイドへの進化が完了したようです。おめでとうございます』

『……本当でしょうか？』

同族のベレッタは、何かを感じ入ったのだろう。

そして、私も慌てて鑑定魔法を使い、目の前の奉仕人形・アイを見れば、確かに魔族のメカノイドに進化していた。

『メカノイドへの進化は、あなたが同期の中で一番ですね。ですが、これからもご主人様たちのために励みなさい』

『はい、ベレッタ様』

そうして返事を返す奉仕人形、改め――新たなメカノイド・アイは、子猫のクロと離れるのを名残惜しそうにしながら、通常業務に戻っていく。

「ベレッタ、よかったわね。新しい仲間ができて」

「そうなのです！　もっと喜ぶのです！」

『ケットシーのクロ様に意識を取られてご主人様への態度をなおざりにするなど、再教育が必要なようですね』

新たなメカノイド・アイを見送った私とテトがベレッタに言うと、ベレッタは溜息を零すが、言葉とは裏腹にほんのりと嬉しそうにしている。

『にゃっ？』

そんなベレッタの様子に、可愛らしく首を傾げるクロをテトが後ろから抱き抱える。

「でも、なんでメカノイドに進化できたのですか？　テトやベレッタと違って、『せーれーのざんし』？　はないと思うのです！」

テトとベレッタは、それぞれが精霊の残滓《ざんし》と呼べる何かをその身に受けている。

だが、メカノイドに進化したアイは、それらしき物を取り込んだ記憶はない。

そんな中、ベレッタが推測を口にする。

『ご主人様が創造した奉仕人形たちは、既に何年も稼働しております。その中で人を模した振る舞いを続けて様々な経験を積んだ結果、既にその身には精霊の残滓にも準じる魂の萌芽《ほうが》を宿していたと推測します』

「魂の萌芽ってことは、進化の可能性って言い換えられる？　それじゃあ、進化の切っ掛けは？」

物や道具に精神や魂が宿ることは、付喪神《つくもがみ》などの概念として納得できる。

では、なぜこのタイミングでメカノイドに進化したのかが疑問に残るのだ。

『私個人の経験と見解になりますが、魂の獲得には強い欲求が必要だと思われます。何かをしたい、何かが欲しいという人間らしい欲求などです。そして、先ほど進化したアイは、常々生物に対して強い興味を抱いておりました』

ベレッタは一度そこで言葉を句切り、私とテト、そしてクロがベレッタの言葉に耳を傾ける。

『アイは、ケットシーのクロ様を見て何らかの強い感情を引き出された結果、魂を獲得して進化したのではないかと推察します』

「つまりアイは――猫好きになったと言うことね」

『はい。きっと一目惚れレベルで好きになったのだと思います』

ベレッタが言うには、初めて見る子猫の愛らしさに内心で感情が爆発して進化したのだろうとのことだ。

「クロは、好きって言われて良かったのですね～」

『にゃっ？』

テトが腕の中にいるクロに優しく語り掛けるが当のクロ自身は、可愛らしく首を傾げている。

その姿を見て、確かに可愛いわよねぇと納得してしまう。

その後、私たちは、ベレッタから【虚無の荒野】の報告を受けていた。

『ご主人様が設置した地脈制御魔導具と我らメイド隊の植樹により、【虚無の荒野】の空気中の魔力濃度が規定値の34％、地中の地脈再生進行度が5％まで進みました』

「そう……理想としては、ベレッタたちが結界の外に出ても魔力を無補給で活動できるくらいに、この大陸を魔力で満たしたいな」

『ご主人様からのご配慮、痛み入ります。現在の空気中の魔力濃度ならば、一部の適応力の高い魔物以外の生物も生存可能なので、私たちは【緑の道作戦】を実施中です』

ベレッタたちの言う【緑の道作戦】とは、【虚無の荒野】の中心地から外縁部まで植樹して森林を伸ばし、大結界を通過できる多様な生き物を結界内に引き込み、繁殖させるという作戦である。

『当面の目標は、食物連鎖の上位に立つフクロウやタカなどの猛禽類の生息が目的です』

「それじゃあ、私たちはしばらくはここに滞在して魔力放出と【創造魔法】で植樹に使う苗木を生み出す方がいい？」

『そのようにお願いします。また緑の道を造る過程で、私たちの移動時間が長くなっているために、所定の三箇所の地点に小規模の仮拠点と【転移門】の設置をお願いします』

「それじゃあ、早速様子見がてら行ってくるわ」

屋敷の外に出た私たちは、【魔杖・飛翠】を取り出して、片手でケットシーのクロを抱えて、杖の後ろにテトを乗せて空に飛び上がる。

「本当に、植樹が進んでるわねぇ」

【虚無の荒野】の10分の1は植樹が進んでおり、また植林した場所に隣接する土地には、草地の生えた草原になっている。

少しずつ地中深くの地脈の再生が始まったのか、所々で緩やかな地殻変動が起きているらしく、大地の起伏や陥没が生まれ、人工的に掘り下げた池や川以外にも水場ができあがり、結界外部の河川と繋がっているようだ。

「本当に変わったのです！　あとであの大きな樹まで行くのです！」

「ええ、その前に、ベレッタのお願いを聞いちゃいましょう！」

昔セレネと住んでいた外縁部の家は、今も【転移門】で繋がっているので、定期的に奉仕人形たちが手入れをしているようだ。

中央の屋敷と外縁部までの中間地点三カ所に、新たな家を【創造魔法】で生み出し、その内部に【転移門】をそれぞれ設置していく。

そうして、【虚無の荒野】全体の確認を終えて、最初期に植えた世界樹の太い木の枝に降り立つ。

「こうやって見ると、本当に変わったわねぇ」

「はいなのです！」

『にゃぁ～』

幻獣であるケットシーのクロは、世界樹から放出される魔力が心地良いのか、太い木の枝に降り立ち、全身で魔力を吸収している。

こうやって魔力を吸収して育ち、大きくなれば、今度は魔力を放出する側に回る。

そうやって世界に足りない魔力が少しずつ満ち広がって、二千年前に失われた物を取り戻し始めているのだ。

「魔女様？」

「なに、テト？」

私は世界樹の枝に腰掛けて、風に長い黒髪を靡《なび》かせる。

昔は、本当に乾いた空気と痛いくらいに強い風だった。

今は、ほんのりと湿気と植物の緑を感じさせる優しい風に変わっている。

「魔女様の居場所は、できたのですか？」

「ええ、できたわ。もうずっと前から私の帰る場所よ」

どんなに外の世界を旅しても、絶対にこの場に帰ってこようという気にさせる場所だ。

ベレッタには少し寂しい思いをさせていたが、物静かだった奉仕人形のアイも魂を持ち始め、それを手始めに少しずつ賑やかになるだろう。

「さぁ、屋敷に帰って、お昼ご飯を食べましょう」

「はーい、なのです！　前に渡したお魚料理が楽しみなのです！」

私とテト、そして濃密な魔力を吸って毛並みが良くなったケットシーのクロと共に屋敷に帰り、ベレッタたちの料理に舌鼓を打つ。

そして、【虚無の荒野】に作った様々な薬草の群生地巡りや屋敷のテラスで本を読んで過ごすなど、一週間ほど外界から離れた生活を送って英気を養い、またローバイル王国の王都に帰っていく。

ただ、帰る際に――

『ベレッタ様。お猫様、いえクロ様のお世話のために、どうかご主人様の旅に同行する許可を』

『却下します。外界での長時間活動が困難なために許可できません。なにより、メイド長である私がご主人様の旅路に同行していないのです。そこで察しなさい』

ベレッタと新メカノイドのアイが無表情で私たちの帰り際に、バチバチに意見をぶつけ合っている。

ケットシーのクロと一緒に居たいアイと一人だけズルいから許さないベレッタは、互いに近接格闘戦で決着を付けようとしている。

泰然と構えるベレッタとそれに果敢に挑む新メカノイドのアイだが、ベレッタの方が魔力量の多さ、経験値の高さなどが相まってメカノイドのアイを軽く負かしている。

『それでは、ご主人様。またのお帰りをお待ちしております』

「ええ、それじゃあ、行ってくるわ」

「また、お土産いっぱい持って帰ってくるのです！」

『にゃっ！』

私とテトは、ケットシーのクロを連れて【転移門】を潜り、ローバイル王国の王都に戻っても、海辺の町でのんびりと過ごすのだった。

13話【港町での掘り出し物】

「テト、朝ご飯よ～」

「はーい、なのです！」

【虚無の荒野】から王都の中心地から離れた郊外の借家に帰ってきた私たちは、ゆったりとした朝を過ごしていた。

『にゃぁ～』

海が近いために、内陸では食べられない海の幸を中心とした料理を作りつつ、窓から見える大海原を眺める。

「来ないのですね、浮遊島」

「待ち始めて数日よ。クロが落ちてきた浮遊島が接近するのは、一ヶ月後か、一年後か、十年後か……」

私たちには時間があるために、それくらい気長に待つ日々があってもいいだろうと思う。

「魔女様、今日の予定はどうするのですか？」

「そうね。五大神教会に寄って、お祈りと寄付をしに行きましょう」

交易船の護衛の時、【夢見の神託】で女神ルリエルが嵐を警告してくれたのだ。

一応、その報告と感謝もしなければいけないと思う。

「分かったのです」

「それじゃあ、行きましょう。クロも一緒よ」

『にゃぁ～』

私の呼び声を聞いたクロが一鳴きして、私の足元に擦り寄ってくる。

賢いケットシーは、今日も朝ご飯の猫缶を食べて、私が発する魔力を吸収して毛並みがいい。

そんなクロを連れて、私とテトは町に出る。

「日差しが強いわね」

「魔女様、日焼けしないように気をつけるのです！」

今日はオフの日ということで、ベレッタたちが用意してくれた白を基調としたワンピースと麦わら帽子を被って出掛ける。

普段の魔女の三角帽子やローブ、杖などは、腰のマジックバッグに仕舞っており、いつでも取り出せるようにしている。

「ローブの付与効果で暑さや寒さを防いでいたけど、こうして脱ぐと暑いわね」

初夏の日射しの中を歩いていると、べたつく潮風を感じる。

逆に、【虚無の荒野】では感じられなかった感覚に新鮮味を覚える。

だが、帰ったらお風呂は必須だろう。

「冷たいものが欲しくなる暑さなのです！」

「いいわね。夜は冷製スープでも作りましょうか」

「冷たいスープ……！　美味しそうなのです！」

そんな私の提案にテトは目を輝かせている。

冷たいスープを作るなど、氷魔法が使える魔法使いの特権だろう。

他愛のない話をしながら教会を目指せば、少し高い塀の上をクロが歩いてついてくる。

そして、町の人たちから教会の場所を尋ねながら進み、この地の教会に辿り着く。

このローバイルの王都では、海母神ルリエルと天空神レリエルが主だって奉られている。

教会内にはその二柱の石像が置かれており、他の女神たちはレリーフなどで描かれている。

「こんにちは。今、お祈りをしていいでしょうか？」

「はい、構いませんよ」

近くで掃除していたシスターに尋ねて教会の聖堂に入り、軽く祈りを捧げる。

テトは、私の隣で見よう見まねで祈るが、時折横目でチラ見してくる気配が感じられて、噴き出しそうになる。

ケットシーのクロに至っては、自分が教会に入るのは場違いだと気付いているのか、近くの塀の上に登り、窓から教会の中の様子を眺めていた。

(無事に、嵐を越えることができました。それとケットシーの子どもを助けることができました。ありがとうございます)

そうした気持ちを込めて祈りを捧げると、脳内にルリエルの声が神託として届く。

――チセちゃん、何かあったらまたお姉さんを頼ってね。それと、ケットシーの子を連れてくるのを待っているから。

そんな神託が頭に響き、思わず苦笑してしまう。

随分と女神様が気安くなったものである。

そして、連れてくるのを待っているという言葉から、浮遊島が女神・ルリエルの管理領域にあるんだな、と漠然とながら予想する。

そうして、お祈りを終えた私は帰り際にシスターに話し掛ける。

「無事に海を越えることができました。これは、僅かばかりの寄付です。どうぞ、教会や孤児院のためにお使い下さい」

「まぁ、ありがとうございます!」

私は、小さな革袋に小金貨3枚ほど入れてシスターに渡した。

シスターは、袋の重さとぶつかり合う硬貨の枚数に違和感を覚えたようで小首を傾げている。

後でこの教会の司祭様と袋を開いた時、ちょっとした小金に驚かないで欲しいと思いながら、教会を後にする。

そうして教会での用事を終えた後、今度はクロが私たちの先頭を歩き始める。

「魔女様、今度はクロが散歩したいみたいなのです！」

「ふふっ、じゃあ、クロの散歩に付き合いましょう」

『にゃぁ～』

町中を歩いて行くクロは、色んなところに立ち寄る。

魚屋さんに愛嬌を振りまいて、売り物にならない小魚を貰い、私たちが夕食用に良さそうな魚を何匹か買う。

王都の野良猫と遭遇すれば、ただの野良猫とケットシーでは、存在感が違うのか大の成猫が子猫を大事に扱い、にゃんにゃんと猫語で話している。

「魔女様？　クロたちは、何を言ってるのですか？」

「ごめん、テト。流石《さすが》に私の言語能力でも分からないわ」

異世界転生時に付与された多言語能力や解読能力は、様々な書物を読む際には有用であるが、流石に動物の言葉は翻訳してくれないようだ。

聖獣や幻獣の中には、大人になり人間の言葉を自在に扱う個体もいるというので、クロの成長に期待しよう。

そんな風に、自由気ままに脇道や裏道に入るクロを追い掛けて進む。

鮮魚や食べ物のある市場や路地裏のちょっと怪しげな雑貨屋さん、港町の住宅地、昼間の歓楽街などを通り抜けて、港から交易品などが運び込まれる商業地区に足を踏み入れる。

「へぇ、同じ港町でも、王都の方が規模も品揃えも良いみたいね」

ドグル氏の居た北部の港町よりも王都の商業地区の方が、人も物も数多く行き交っている。

そんな場所でクロを自由に歩かせては危ないために、テトがクロを抱きかかえて商業地区を見て回る。

「魔女様！　綺麗な器が売っているのです！」

「食器ね……ベレッタたちのお土産や私たちの普段使いの物を探すのも良さそうね」

美しく絵付けされた陶器のお皿や茶器、ガラス細工などが並ぶ店頭を見つけて、良さそうな商品を探す。

「あっ、あれなんて良さそう」

「魔女様？　あそこにあるのは、ガラスの食器なのですか？」

「そろそろ本格的に夏がやってくるし、見た目的に涼やかよね」

ローバイル王国の南部では良質な砂が採れるらしく、その砂から作られるガラス食器は、様々な形と表面のカット技法によって美しい芸術品であり実用品でもあるらしい。

「すみません。このガラス食器は、どこの工房のものですか？」

「これは、最近出てきたキクリ工房の最新作だよ！」

「キクリ工房。それじゃあ、一式下さい」

ガラス食器は、壊れやすく美しい高級品らしく一式で小金貨5枚となかなかのお値段だった。

購入したガラス食器が割れないようにマジックバッグに仕舞った私は、ホクホク顔でお店を出る。

「魔女様、凄く嬉しそうなのです！　そんなにいい買い物だったのですか？」

「私の勘かしら。あの食器の工房は、きっと伸びるんだろうなって」

購入した食器には、職人が意識か無意識か分からないが、魔力を込めて作成されていた。

そのために、食器自体の強度を増すような効果が微かに付与されていたのだ。

「こうした強度の強い物は、普段使いしてもいいし、綺麗じゃない？　１００年後。いえ、５００年後くらいには、価値が上がっているかもしれないわね」

これは、長くこの世に残りやすく、また芸術品としても評価が高くなるだろう。

前世でも古いアンティークなどには、お宝としての価値があった。

宝飾品などは、魔法の触媒などの認識が強いために個人的にあまり魅力を感じないが、こうした実用的でありながらも将来的にアンティークになりそうな物は、お酒や本と同様に買い集めることにしているのだ。

もしかしたら、将来的に凄いお宝になるかもと考えると、ワクワクさせられる。

「あっ、このティーセット、ベレッタにお茶を淹れてもらう時に使いたいわね。取っ手の形が持ちやすい。こっちの食器のセットもいいわねぇ。ただ飾るだけでも見栄えがするわ」

他にも色々なお店を回り、茶器や食器などを実用品兼、将来への投資として購入する。

「とりあえず、買いましょう。それと……店主さん、そっちの奥にあるものは？」

お店の奥に、雑に扱われている絵画のキャンバスを見つけた。

この町の風景を描いた油絵のようだ。

活気ある市場で魚を売り買いする人々の生活の風景が描かれていた。

そんな絵の一部には、魚を盗んで逃げる野良猫とそれを追い掛けようと手を伸ばす店主の姿、そして逃げる野良猫と店主を不思議そうに見る通行人など、様々な庶民の姿が一つの絵に集約されている。

「この絵かい？　うちの甥っ子の画家が置かせてくれって頼み込んできたんだよ。ただ、売るにしても題材が悪いからなぁ。最悪、売れなきゃ他の画家が使うキャンバスとして売ろうかと思っているんだ」

キャンバスの布地は高いために、絵具で重ね塗りしてキャンバスを使い回すことがある。

それにこの時代の人気の題材としては、貴族の肖像画や貴婦人の絵画、庭園風景、宗教絵画、武功を上げた戦場での空想画などの絵画の方が好まれる。

こうした庶民の暮らしを描く物は、時代が早すぎて売れないそうだ。

「私はとても気に入ったわ。特に猫が良いわね」

「猫ちゃん、可愛いのです。それにテトもお魚好きだから、食べたい気持ち分かるのです」

『にゃっ！』

私とテトが絵画の野良猫を褒めると、テトの腕の中のクロが不機嫌そうに低い声で鳴く。

まるで自分の方が可愛いとでも言うようなタイミングの鳴き方に、小さく噴き出してしまう。

「あははは、確かに嬢ちゃんたち猫連れてるが、猫が好きか！」

小さな子どもの戯れ言のように思ったのか大口を開けて笑うが、私は穏やかに微笑みながら絵を眺める。

「猫は、豊かさの象徴だもの。縁起が良いわ」

「猫が豊かさの象徴？」

「ええ、食べるものが少ない貧しい地域は、住民が野良猫すら捕まえて食べてしまうの。だから、この絵画の野良猫の毛並みがいいくらいには食べ物が豊かで人々の表情が明るい。普通の人のありふれた、だけど掛け替えのない幸福が詰まっているのよ」

近年、不作のローバイル王国の内地を通ってきたために、実際に食べ物が少ない地域では野良猫一匹見つからないような場所も見てきた。

だからこそ、私にはこの絵画が響いてくる。

心が温かくなるような絵画を眺める私に、店主は真剣な表情を向けてくる。

「嬢ちゃん、もしそれに値段を付けるなら幾ら出す？」

「そうね――大金貨1枚かしら」

マジックバッグのポーチから大金貨1枚——日本円にしたら100万円相当のお金をポンと取り出す。

「そんなにか……」

「ええ、パトロンにはなれないけど、巨匠の卵に対する支援かしらね」

店主から絵画を1枚購入した後、その後も王都の商業地区のお店を回って掘り出し物を探して、午前を過ごしていく。

そしてその絵画が気に入った私は、時折その店を訪れて気に入った食器や陶磁器などと共に絵画を買い求め、状態保存の魔法を掛けた絵画をベレッタに預けて、屋敷に飾ってもらったりした。

SIDE：売れない画家ラゴンド・ゾイル

このローバイル王都で生まれた僕は、商家の三男として生まれ、親の脛《すね》を齧《かじ》りながら生活していた。

小さい頃から貿易船を眺め、他国と自国の文化が入り交じるこの町が好きだった。

気ままな商家の三男として、芸術でそれを表現して暮らそうと思ったが、うちは三男だけを養うほど裕福な訳じゃない。

だから、親父の小言を聞きつつ、実家を頼りながら芸術だけに打ち込んでいた。

僕の叔父は食器や陶器などを専門で扱う店を営んでいるために、家の中を彩る商品の一つとして叔父の店に絵を置かせてもらっていた。

最初の頃は、お客さんの見える位置に飾っていた絵画だが、売れずに邪魔になる絵は次第に画家志望の人たちの新たなキャンバスとなって、別の絵具で塗りつぶされていく。

まるで自身の芸術を否定されるような光景に画家を辞めようかとすら考えていた僕は、今日も叔父の店に新作を置いて帰る。

その数日後、叔父が慌てて僕の家にやってきた。

「おい、ラゴンド！　お前の絵が売れたぞ！」

「ええっ⁉　僕の絵が！　なんで⁉」

自分の作品だと言うのに随分な言い草だが、それほどに僕の作品は売れなかったのだ。

そして、その絵画の購入者の言葉を叔父の口から聞き、手に握らされた大金貨1枚を見て、思わず泣いてしまった。

自分の絵画からそこまでのことを考える人がいたなんて、画家を続けていて良かった。

大金貨1枚は、商家が一度の取引で上げる利益としては少ないかもしれない。

だが、画家の僕にとっては、なによりも大きな成果だ。

「ありがとう、叔父さん。僕、もう少し続けてみるよ」

「ああ、俺もお前の絵にそんな意味があったなんて考えたことなかった」

「ごめん。僕もそこまで深く考えてなかった……」

ただ、ああいう光景が好きなだけだから、と素直に答えると叔父はおかしくて大笑いし、僕も釣られて笑い声を上げた。

そして、その後も僕は絵を描き続けた。

僕の絵画を買った少女を手始めに、他にも僕の作風——取り分け最初に購入した少女が好んでくれた猫だけを試しに描いたら、愛玩動物を飼う貴族から自身のペットの肖像画を頼まれたりして、変わり種だが画家としての生計を立てることができた。

その間もやはり売れない庶民の日常風景の絵画を描いては、件《くだん》の少女がふらりとやってきて、買ってくれる。

僕の絵画を好んでくれた少女は、美しい黒髪に吊り目がちだが穏やかな柳眉をしており、一緒に小麦色の肌の健康的な美少女と綺麗な黒猫を連れて楽しそうに絵を眺めていた。

僕の絵を買ってから5年目——最初に絵を買った時と変わらぬ姿の少女たちの姿をこっそりと覗き見て、目に焼き付け、家に帰り一心不乱に筆を取り、キャンバスに描く。

僕にとっての幸運の女神の肖像は、死ぬまで手元に残した。

僕は、彼女たちのお陰で画家としての一生を全うすることができたのだから——

SIDE：いつかの未来のメイドたち

【巨匠：ラゴンド・ゾイル】

彼は、ローバイル王国の王都の商家の三男として生を受け、画家として生涯を送った。

二十代の彼は、実家からの支援で生活していた売れない画家だった。

だが二十代後半になると、彼は動物画家としての名声を手に入れ、多くの動物や魔物などの肖像画の依頼で生計を立てる。

その傍らで、故郷や自国の様々な地域を旅して、人々の生活風景を描き続けた。

六十代になると彼は、人生の締めくくりとして自身が最初に売った絵画を新たに描き上げ、無題だった作品に【朝市の人々】という題名を付けた。

この名作【朝市の人々】は、現代でも有名な絵画であり、近代オークションでは50億ゴールドの値段が付いた。

さらに、現代の解析魔法と分離魔法により、当時キャンバスとして売られた初期の作品が続々と発見されていく。

また彼が死ぬまで絶対に手放さなかった絵画には、【幸運の女神】と題名が付けられており、そこには二人の少女と黒猫が描かれていた。
当時の資料を探ると該当した容姿の人物には、その後、度々歴史に登場する【空飛ぶ絨毯《じゅうたん》】と呼ばれる冒険者パーティーの二人組。もしくは、【創造の魔女】と呼ばれる超越者の一派ではないかと推察される。
なぜ、彼がその絵画を描いたのかは不明である。
一説には、初恋説や新たな題材探しの中で出会ったなどの説が存在するが定かではない。
そして、ラゴンド・ゾイルの名作【朝市の人々】は、世界中で多くの複製や贋作が出回っている中、彼が最初に売ったという一作——幻の【朝市の人々】や中期に描かれた数多くの絵画が消息不明であり、発見が望まれる。

【世界の偉人ヒストリーより】

…………

……

…

私たちは、お屋敷の図書館に新しく入った本を読んでいた。
私たちメイド隊は、ご主人様に仕えて、メイド長のベレッタ様の下で屋敷の管理や様々なことをして過ごしている。

『今月の世界の偉人ヒストリーは、面白かったね！　巨匠ラゴンド氏の生涯！　私たち十七期メイド隊だから、その頃は産まれてないもんね』

『ご主人様やテト様、ベレッタ様なら、ちょうどラゴンド氏が生きてた時代から生きているから、もしかして何か話を聞けたかも！』

『でも当時は、今と違って外界の魔力濃度が低くて、先輩メイドたちも外界では活動できなかったって話だよ』

三人の奉仕人形――改め魔族・メカノイドたちは、一冊の本を囲んで楽しんでいる。

そして、本のページを捲ると、そこに現れるのは、印刷された名画の写真が載っている。

その絵画の写真を見たメイドたちは、既視感を覚えて振り返る。

『この絵って、アレだよね』

『うん、そっくり？　いや、ちょっと違うっぽいけど……』

図書館の壁に掛けられた絵画は、私たちが生まれるよりずっと前から存在した絵画だ。

いつからある絵画か分からないが、額縁に状態保存の魔法が掛かっているので、劣化することなく完璧な状態で残っている。

その絵画の端には、巨匠ラゴンド氏のサインに似た物が入っているのを三人が確認する。

『あははっ、まさかね。これが幻の最初の【朝市の人々】なわけないよね』

『本物だったら、50億ゴールドだよ！　まぁ、ご主人様たちの総資産とか幾らか分からないけど……本物だったら凄いよね』

『本物なわけないよね。ご主人様たちも長く生きてるから、贋作を掴まされちゃうこともあるよね』

そう言って、でも本物かどうか調べようと絵画を色んな角度から見る三人のメイドだが、残念ながら彼女たちには、審美眼やそれを判断する知識がなかった。

『三人とも、そろそろ休憩は終わりですよ』

『『『はーい！』』』

メイド長のベレッタの声で三人の新人メイドたちは、書籍を本棚に戻して仕事に戻る。

そんな彼女たちが先程見ていた一枚の絵画が本物か、偽物かの判断が下されないまま、図書館の壁に飾られている。

14話【サザーランド一門】

ケットシーのクロと共にぶらぶらと散策していた私たちは、気付けば王都の西側まで来ていたようで町中の雰囲気が変わっている。

ローバイル王国の王都は、交易船や漁船が集中する東側の港町と商業地区、内地の高台側にある王城を中心とする貴族街、そして、西側の庶民街とに分かれている。

「おー、こっちは初めて来たのです！」

「そうね。こっちにも冒険者ギルドがあるみたいだし、下見がてら立ち寄りましょう」

王都は広いために、冒険者ギルドが東と西に一つずつあり、東の冒険者ギルドはグランドマスターのゼリッチ氏と面会した時に利用したが、西の冒険者ギルドにはどういう依頼があるのか興味がある。

「クロ、ギルドに入るから戻っておいで」

私が先を歩いているクロを呼び止めると、すぐに振り返って私の胸元に跳び込んでくる。

そして、私とテトは、クロを連れて西の冒険者ギルドに足を踏み入れる。

「ここが西側のギルド……依頼は、なるほどね」

東側のギルドには、交易船の護衛や港町周辺の雑務依頼、海辺に出没する魔物の討伐依頼などが多かった。

対する内地の西側ギルドでは、王都から徒歩2時間ほど進んだ場所にダンジョンがあるらしく、ダンジョン向けの依頼やその周囲の村々からの討伐依頼、内地での薬草採取などの依頼が多くあった。

「同じ王都でも、こうも依頼の種類が変わるのねぇ」

「面白いのです！」

そんな感じで昼下がりの人が少ない冒険者ギルドに訪れたついでに、手持ちの薬草でも納品しようかとテトと相談していると、冒険者ギルドに団体の人たちが帰ってくる。

「おい、素材をカウンターに運んでおけ！」

「は、はい……」

冒険者にしては小綺麗で杖とローブを身に着けた魔法使いらしき人物たちが、仲間らしき冒険者たちに命令を下している。

命令を受けた冒険者は、魔法使いの偉ぶった態度に不服を感じているようだが、決して口には出さずに粛々と袋に詰めた戦利品をギルドのカウンターに並べていく。

統一された濃緑色のローブを身に纏った魔法使いたちが率いる一団が複数帰ってきては皆、横柄な態度を取っている。

「魔女様、アレ、なんか感じ悪いのです」

「あまり関わらないようにしましょう」

その様子に不快感を抱いた私たちは、ギルドの隅に寄ってその様子を観察していく。

「俺たちの取り分は、風と水魔法の触媒になる素材。それと今日の成果の半分を貰うぞ」

「なっ!? おまえらには、確かに魔法の触媒が必要なのは知っているが、それを差し引いた成果の半分なんて横暴だぞ！」

「サザーランド一門に文句を付ける気か？ お前らだって今更、魔法抜きで戦うなんて、できないよなぁ！」

「ぐっ……」

悔しそうに言い返せない冒険者に対してサザーランド一門を名乗る魔法使いは、ニタニタとした笑みを浮かべている。

「そうそう、大人しく言うこと聞いていればいいんだよ！ 俺たちは、庶民とは違って、崇高な魔法の研究に金は幾らあっても足りないのだからな！」

そう言って、金と触媒となる素材だけ受け取った魔法使いたちは、さっさと出て行ってしまう。

私は、余り見慣れない光景に若干驚きつつ、空いたギルドの買い取りカウンターに向かう。

「こんにちは」

「いらっしゃい。お嬢さんたち、どうしたのかな？」

「これの買い取りをお願いします」

事前に、こっそりとマジックバッグから取り出しておいた薬草をカウンターに置く。

ギルドカードを提出せずに、地域住民がギルドで小銭稼ぎに来たのを装いつつ、尋ねる。

「ねぇ、さっきの【サザーランド一門】って、なに？」

小動物を抱えた私が尋ねると、目の前のカウンターの人は、目尻を少し下げつつ丁寧に教えてくれる。

「お嬢ちゃんは、知らないかな？　サザーランド一門ってのは、ローバイルで一番有名な魔法使いを輩出するところの人たちなんだよ」

「魔法使いの一門って……凄い人たちなの？」

落ち着いた声色の私の質問にカウンターの人は、苦笑気味な表情で何も答えない。

どうやら、不満も言えない状況のようだ。

その後、買い取り中の談笑として色々な話を聞き、午後の酒場で先程の魔法使いたちと組んでいた冒険者たちも愚痴っていたので、近くに行って話を聞く。

「大変なのですね～」

「お兄さんたち、頑張ってるんだね」

『にゃ～っ』

「そうなんだよ。だけど、あいつらの後ろには貴族がいるからって……クソッ……けど、こんなこと子どもや子猫に言っても仕方がないのにな」

そして、午後の一時を過ごしてローバイル王国の王都の新たな側面を知ることができた。

それがサザーランド一門のことだ。

サザーランド一門とは、ローバイル王国の魔法の名家であるサザーランド伯爵家が中心に存在する魔法一門らしい。

特に風魔法を中心とした研究が多く、ローバイル王国の宮廷魔術師を多く輩出している。

またローバイル王都の立地にも関係しており、風魔法使いがいれば、天候に左右されずに船舶を移動させることができ、王都を襲う風雨や高波を風で押し返すなどして他の属性よりも重宝されている。

そのために、『風魔法こそ至高』という考えを持っているらしい。

そのトレードマークとして濃緑色のローブを身に纏い、自身がどの派閥の人間か示しているようだ。

余談であるが、魔法学校を作っても魔法を覚えられるほどの生徒がいないためにコスパ的に悪く、また魔法使いの秘密主義と相まって、徒弟制度が利用されている。

そんな徒弟制度を利用して、魔法使いを育成しているのが現在の魔法一門なのだそうだ。

「サザーランド一門の魔法使いたちは、冒険者を利用してダンジョンで効率的に魔物退治してレベルを上げていると――」

「それでもあの態度は悪いのです」

夕方になり、クロを抱えたテトが不満そうに言葉を口にする。

確かに、サザーランド一門の魔法使いたちの態度は、あまり良くない。

だが、それとは別に、私は素直に感心する話がある。

長年蓄えてきた効率的な魔法使いの育成ノウハウ。

風属性に傾倒しているが、触媒や魔法薬の研究により自身の魔法を増強させる手段の模索、魔法を効率良く伝達するために入れ墨や紋様開発、魔法陣、道具への魔法付与など。

また、地域の特性に即した魔法の発展など、興味深い研究結果が多くある。

「そう考えると……本当に面白いわね」

「魔女様が楽しそうでなによりなのです……あっ⁉」

『にゃぁ～』

そうして夕暮れの道を歩いていると、テトの腕の中にいたクロがぴょんと地面に降り立ち、路地裏に入っていく。

「クロ、待つのです！」

「何かしら？」

クロは、賢い幻獣だから突拍子のない行動は取らない。

そのために、きっと意味のある行動なのだろうと思い、クロの後を追い掛けると、暗い色の布の塊の前で匂いを嗅いでいた。

「クロ、どうしたの？」

『にゃぁ～』

スンスンと匂いを嗅ぐクロが前足でポスポスと叩くと、布の塊がモゾモゾと動く。

そっと布の端をつまみ上げると、栗毛色の髪が一房零れ落ちる。

「行き倒れ？」

「女の子なのです」

12歳くらいの女の子だ。

生きているのか調べるために直接触れると、指先に電流のような衝撃が走り、思わず手を引っ込める。

私は、触れた行き倒れの少女から理論的なものではなく、かなり感覚的に強い部分での共感を彼女から覚えた。

「魔女様、どうしたのですか？」

「……ううん。なんでもないわ」

感覚的なものが何か分からずに困惑する私は、辺りを見回す。

ここは王都の路地裏寄りな立地のために夜になれば治安も悪く、行き倒れの女の子を放置するのも寝覚めが悪い。

「仕方がない、連れて帰りましょう」

テトに女の子を抱えるのを任せて家に戻る。

ただ、その際に少女の着ているローブには、どこか見覚えがあった。

「あっ、そうか。ギルドで見たサザーランド一門の魔法使いね」

ただ、ローバイル王国でも強い勢力を持つサザーランドの魔法使いが何故、行き倒れていたのだろう。

それに目立った外傷はなく、顔色には若干の疲労の色が見られるので、過労なんだろう。

どういう経緯があって倒れていたのか分からないが、家に連れ帰った私たちは、その子をベッドに寝かせて目が覚めるのを待つのだった。

15話【落ちこぼれ門下生】

「さて、夕飯は約束通りに冷製スープを作りましょうか」

「魔女様、手伝うのです！」

借家の台所で、私とテトが並び、夕飯を作る。

ジャガイモと牛乳の冷製スープに合わせて、魚のムニエルと野菜やキノコのバターソテー、海藻サラダなどを作る。中々に良い出来だろう。

「よし、こんなものかな？」

「今日も美味しそうなのです！」

『にゃぁ～』

料理を終えてそろそろ食べようかと考えていると、クロの鳴き声が聞こえて振り返るとベッドに寝かせていた女の子が起き上がっていた。

「あ、あのぅ……ここはどこですか？」

おずおずと言った感じで尋ねてくるので、なるべく緊張を与えないように答える。

「ここは私たちの家よ。帰り道の途中でクロが、倒れていたあなたを見つけて家まで運んだのよ」

「クロ？」

「そこに居る黒い子猫のクロなのです！　賢くて可愛いのです！」

女の子がぼんやりとした視線でテトが指差すクロを見つめると、ふわっと柔らかい表情を浮かべる。

「ありがとう、君が助けてくれたんだね」

『にゃぁ～』

柔らかそうな栗毛をした女の子がクロに手を差し向けると、クロはプイッと顔を背けて食事皿の前に移動する。

そして、そんなクロとのやり取りに肩を落とす女の子に私が尋ねる。

「そろそろ夕食の時間だけど、ご飯食べられる？」

「そんな、倒れていたのにベッドまで貸していただいて、その上、食事まで――　『ぎゅるるるっ……』――」

断ろうとするが、お腹の方は正直なようだ。

溶けたバターの香りが食欲を刺激したのか、腹の虫が盛大に鳴き、女の子は恥ずかしそうに顔を真っ赤にする。

「気にしないで良いよ。お腹の空いた若い子は、放っておけないからね」

「そうなのです！　魔女様のご飯、美味しいのですよ！」

「う、ううん？　若い子？　魔女様？　その、ありがとうございます……」

語尾が消え入りそうになるがしっかりとお礼を言った女の子は、食事に手を付ける。

「なにこのパン!?　白くてフワフワ！　それに甘い！　こっちのスープは、トロトロなのに冷たくてピリッとしてる！　ああ、魚のムニエルが凄く美味しい！　野草じゃなくてサラダ、新鮮なサラダとドレッシングも美味しい！　それにこのコリッとした物は海藻？　こんな食べ方があるなんて……」

テトが食べると思って多めに作ったが、女の子はよっぽど空腹だったのか、本当に美味しそうに食べる。

やっぱり、自分が作ったものを美味しそうに食べてもらえると作った方も嬉しくなる。

「ごちそうさまでした。それと、ありがとうございます」

満腹になって気力も戻ったのか、礼儀正しく頭を下げる12歳くらいの女の子は、こちらを窺うように視線を向けている。

私とテトは、そろそろ切り出すタイミングかと思い名乗る。

「自己紹介をしましょう。私は、チセよ」

「それと、テトなのです！　さっきも説明したクロなのです！」

『にゃぁ〜』

私は、自分たちの名前を伝え、テトも自己紹介と共に食後満足して脱力したクロを抱えて万歳ポーズを取らせている。

そんな様子に女の子の肩から力が抜けたのか、表情が柔らかくなる。

「私は、ユイシアって言います。サザーランド一門に所属する魔法使い……見習いです。改めて、助けていただいてありがとうございます」

「それで、サザーランド一門の魔法使いのユイシアさんは、どうしてあんなところで行き倒れていたの？」

私の疑問に少し悔しそうに俯《うつむ》くユイシアは、ゆっくりと顔を上げて、自身の身の上を語ってくれる。

SIDE：ユイシア

私は、この王都の下町に住む平民の子だった。

両親は居たが、漁師の父親は海に出て嵐に流されて亡くなり、その後を追うように流行り病で母親も亡くなった。

当時10歳の私には悲しむ暇もなく、偶然魔力があったために魔法使い見習いとしてサザーランド一門の寮に引き取られた。

ゆくゆくは宮廷魔術師になってお金を稼いで、亡くなった両親を安心させられるような立派な魔法使いになりたいと思って頑張った。

だけど私には、生活魔法が使えるのに、攻撃魔法の才能には乏しいようだ。

攻撃魔法の使える子たちは、ギルドに行って冒険者と共にダンジョンで魔物を倒してレベルを上げて、更に魔力量を増やして魔法の練習を繰り返して魔法スキルを磨く。

対する私は平民にしては魔力量は多いが、まともな攻撃魔法が使えないために魔物を倒してレベルを上げられず、どんどんと周囲と差が開いてしまう。

それに、優秀な子たちは、貴族や商人の子どもでお金を持っているのだ。

触媒や魔法増強薬を使って更に強くなれるのに対して、私のような平民の見習いたちは、サザーランドの寮費を稼ぐために毎日ギルドやサザーランド一門から出される雑務をやってお金を稼ぐ日々だ。

一時期、私には攻撃魔法の才能がないなら実践派のサザーランド一門から、別の研究系の魔法一門の派閥に入り直せばいいと思った。

だけど、派閥同士では仲が悪く、一度でも余所の魔法一門にいた人は、魔法の研究を盗みに来る人と疑われて、そもそも移ることができない。

そうしたジリ貧の中、宮廷魔術師になるのを諦めきれず、食費を削って雑務仕事で貯めたお金で魔法の触媒を手に入れて勉強しようとした。

だが、お金が貯まる前に私の体の方が限界で倒れた。

そして、倒れた私を心優しい二人の女の子たちに助けてもらい、お夕飯までご馳走になってしまった。

「と、こんな感じで……すみません。勝手な身の上話で」

私は、目の前の助けてくれた二人の女の子に一通りの事情を話して、少しだけスッキリした。

SIDE：魔女

「ご飯、ありがとうございました。これから寮に帰ろうと思います」

「もう遅いから今日は泊まっていきなさい。若い子が無茶するものじゃないわよ」

「そうなのです。好意には甘えるといいのです！　あっ、デザートもあるのですよ！」

もうとっぷりと日も暮れているのに帰ろうとするユイシアを引き留めようとすると、私たちを少し変な顔で見つめている。

「若い子って、チセちゃんは私と同い年っぽいのに変ですよ。それに親御さんとか保護者の許可は良いんですか？」

「見た目はこんな感じだけど、私もテトもあなたより年上よ」

そう言うと、ユイシアが少し驚いている。

若くて無茶する子が放っておけないのは、私も少しお節介なおばちゃん化しているのだろうかと思ってしまう。

「それとユイシアに一つ提案なんだけど、いい？」

「て、提案？　なんですか？」

ユイシアに触れた時、感覚的に共感する何かを覚えた。

その正体を知りたくなったために、私はある提案をする。

「この家に同居しない？」

「ど、同居……ですか？」

「まだ部屋も余っているから家賃はタダでいいわ。食費や必要雑貨も私たちが出す。その代わり、私たちが出かける時は、クロのお世話をお願い。それと、毎日海を確認して浮遊島が来ないか確かめて欲しいの」

まぁ、クロは賢いから食事時になったら勝手に戻ってくるでしょうねと呟《つぶや》く。

「住み込みのお手伝いを雇う感じですか？」

「まぁ、似たようなものかな？　今の寮住まいよりも食費や家賃とかの負担は減ると思うけど、どう？」

「どうして、見ず知らずの私なんかに……」

私の提案にユイシアは、突然のことに迷っているようだ。

そんな美味しい話はないだろうと思う反面、打算的に考えているし、なにより私たちのことを何も知らないだろう。

「少し……考えさせて下さい」

「ええ、いつでもいいわ。それじゃあ、お風呂にでも入って寝ましょうか」

「はーい、なのです！」

「ええ!?　お風呂あるんですか!!」

悩むユイシアの放つ重い空気感を振り払うように、わざと明るい声を上げる。

そして、魔法で改装した浴室に向かい、バスタブの中にいつものように魔法を使う。

「――《ウォーター》《ファイアー・ボール》」

「えええええっ――！」

バスタブの浴槽一杯まで空中から水が流れ落ち、火球を浴槽に落として湯を沸かす。

そんな非常識な風呂の沸かし方に声を上げる少女に対して私は振り返る。

「疲れたでしょうから先に入って良いわ。石鹸で綺麗に体を洗ってね。着替えも用意しておくから」

そう言って私は、ユイシアを風呂に送り出し、パジャマや着替えなどを【創造魔法】で創り出しておく。

「魔女様。ユイシアは、この家に来るのですか？」

「うーん、どうかしらね。今の一連の魔法で力量が分かれば、来るんじゃないかしら」

テトは私に尋ねながら、視線の先で寝床で眠そうに丸まっているクロの様子を眺める。

幻獣のケットシーとはいえ、まだまだ子猫なので今日一日散歩して疲れたのかもしれない。

しばらく二人でお茶をしながらユイシアがお風呂から上がってくるのを待つ。

そして、お風呂でじっくりと考えることができたユイシアは、先程とは打って変わって表情を引き締めている。

「チセさんは、私以上の魔法使いだと見込んでお願いします！　私に魔法を教えて下さい！　住み込みの仕事でもなんでもしますから！」

「いいわよ。それじゃあ、お風呂に入ってくるわ。さっき使ったベッドで先に寝てて良いわよ」

「じゃあ、テトも魔女様と一緒にお風呂に入ってくるのです」

「えええええっ――――！」

たっぷりと長い時間お風呂の中で考え込んだのだろう。

そんな長風呂の後、寝間着姿で勢い込んで頼み込んだのに、軽く了承を貰えて私とテトがお風呂に入っていく様子に唖然としている。

それが後に、【創造の魔女】の弟子となる魔女・ユイシアとの出会いだった。

16話【浮遊島を待つ半隠居な日々】

翌朝、いつものように目を覚まし、窓を開けると真っ正面には少しの曇と深い藍色の海が見えた。

「今日もなし、か」

日課の浮遊島の確認は、今日も来ていないことに落胆と同時に、クロとの生活がまだ続くことに少し喜びを覚えて、朝食を作りに台所に立つ。

「トーストとベーコン、スクランブルエッグ、コンソメスープでいいかなぁ。あと、イチゴジャムとヨーグルトに、ゆで野菜と魚のオリーブ漬け和えで。それとオレンジも一個ずつ」

そんな感じで料理を揃えていく。

竈《かまど》の火力は、火魔法の《ファイア》――

お鍋の中に水を入れるのは、水魔法の《ウォーター》――

野菜を空中でスパッと切るのは、風魔法の《ウィンド・カッター》――

フライパンや食器を空中で動かすのは、闇魔法の《サイコキネシス》――

四属性の魔法で調理する様子は、まさに奇っ怪だろう。

流石《さすが》にテトやベレッタが隣に立つ時はやらないが、一人で台所に立つ時はこうして調理用に威力を調節した魔法を複数同時に、そして繊細に扱って調理する。

膨大な魔力を持つ私は魔力を暴走させないように、こうして魔力制御を訓練しているのだ。

そんな台所に、人の足音が近づいてくる。

「凄い……って言うか、なんで？　えっ、どうして？」

「おはよう。昨日は、ゆっくり眠れた？」

「あっ、おはようございます。それと、ありがとうございます」

私は、紅茶をカップに注いで、起きてきたユイシアに差し出しながら朝食を並べていく。

「うわぁぁっ……本当に凄い。小さい頃に聞いたお伽話に出てくる魔法使いみたい」

舞い踊る食器や食事を見て、幼い子どものように目を輝かせるユイシアに、微笑みを浮かべる。

「あっ、す、すみません……」

「気にしないで。子どもが小さい頃、こうやって魔法を使ってみせると喜んでくれたのを思い出してね」

「えっ、年上って言っていたけど、チセさん……子どもが居るんですか……」

「まぁ、義理の娘ね。もう大人になってお嫁にも行ったわ」

テトが起きてくるまでの間、穏やかにユイシアと話をしながら食事を並べていく。

義娘のセレネは、もう辺境伯の家にお嫁に出てしまったけど、時折その時のことを懐かしむのは歳を取った証拠かなと首を傾げてしまう。

「子どもに攻撃魔法なんて見せて、怖がらせちゃうのは本意じゃないからね。こうしてちょっとした魔法を使っていたわ」

「ホント、チセさんって何者なんですか？　宮廷魔術師でも複数の魔法を同時に扱う人なんて片手で数えるくらいなのに……それに四属性も」

そう呟《つぶや》くユイシアだが、不老になって成長が止まった私は、12歳の体のままなので、体力や耐久力の面でかなり弱い。

そのため常時、成人男性程度まで体力を補強するための【身体強化】と急な不意打ちを防ぐために体に密着した【結界】も使っていたりする。

場合によっては、更に強度を上げた【身体剛化】や【結界】も追加で多重発動することも可能だ。

そろそろ私がAランク冒険者であることを伝えようか、などと考えるが、ちょっとだけ悪戯心《いたずらごころ》が湧いてもうしばらく黙っていることにした。

「流れの魔女よ。冒険者をしながら、独学と実戦で魔法を学んできて、つい最近ローバイルの王都に来たの」

「はぁ、冒険者だったんですか」

感心するように朝食を食べ始めるユイシア。

私とテトの寝室からテトが起きてきたのか、足音が聞こえてくる。

「魔女様～、起こしてくれないなんて寂しいのですよ～！　それにテトも朝食作るのを手伝いたかったのです！」

「テト、ごめんね。気持ち良さそうに寝ていたし、たまには一人で朝食作りたかったのよ」

「なら、許すのです！　今日もご飯美味しそうなのです！」

いただきまーす、と元気よく食べるテトにユイシアが驚くが、これが私たちの日常だ。

「魔女様、今日はどうするのですか？」

「ギルドに寄って依頼を受けるつもりよ。ユイシアは、どうする？」

「私は……サザーランドの寮から退去して、こっちに引っ越したいと思います」

じゃあ、一旦別れることになるようだ。

「それなら、はい。これは家の鍵の予備ね。昨日使った部屋は、自由に使って良いから」

「あ、ありがとうございます……」

「それじゃあ、クロは、どうするのですか？」

カリカリのキャットフードを食べ終えたクロが、にゃぁ～と鳴くとそのまま開けっぱなしの窓を越えて家から飛び出してしまう。

「ええっ、行っちゃったけど、いいんですか!?」

「大丈夫よ。一応、首輪も付けているし、お散歩ついでに野良猫たちに会いに行ったんじゃない？」

一応、ケットシーとバレないように鑑定の偽装や幻影、緊急時の結界と位置情報を伝えてくれるので、放置しても平気だろう。

この王都にいる限りは、どこに居てもすぐに駆け付けられる。

「はぁ、そうなんですか。それじゃあ、私も出かけてきます」

そう言って、昨日の服装に着替えたユイシアが、サザーランドの寮に向かっていくのを見送り、私たちも普段の装備に身を包みギルドに向かう。

港町側のギルドに辿り着けば、私たちを見つけたギルドの受付嬢がスッと立ち上がり、出迎えてくれた。

「お待ちしておりました。チセ様、テト様」

「気にしないで。他の冒険者と同じ扱いでいいわ」

「テトも普通で良いのです」

「畏まりました。グランドマスターのゼリッチ様は不在ですが、お二方にお任せしたい依頼の一覧を預かっております」

そうして、私たち専用の依頼のファイルを取り出せば、幾つかの依頼内容のメモが写されている。

中には、斜線が引かれた依頼書の写しもある。

「ねぇ、この依頼は？」

「そちらは、依頼を纏めた後で、依頼主が取り下げ。もしくは、他の冒険者が依頼を受注・達成したことを示すものです」

つまり、依頼の二重受注を防ぐために消しているのかと納得する。

そうして、依頼を一通り見て、幾つかの依頼を指し示す。

「手持ちに納品系の素材があるから、納品してもいいかな？」

「構いません。量はどれくらいでしょうか？」

「とりあえず、個室での買い取り査定をお願いします」

マジックバッグを叩いてみせれば、量が結構多いことに気付いたのだろう。

ポーションを作る際に必要な薬草は、【虚無の荒野】の薬草の群生地から定期的に採取できるように環境作りをしているので、質と量は共に依頼の必要数を十分達成できるだろう。

そうして、ギルドの買い取り職員の立ち会いの下、薬草の査定をして依頼の達成が認められる。

「ありがとうございます。こちらのギルドは、港町側なのでどうしても同じ王都の内地側のギルドとでは薬草の採取で差が出てしまうのです」

受付嬢の職員が、ギルドとしての内情の一端を説明してくれる。

ただ、一受付嬢にしては、色々と知ってそうな雰囲気だと思い視線を向けると、こちらの意図に気付いたのか、自己紹介してくれる。

「そう言えば、自己紹介がまだでしたね。私は、このローバイル王都東地区の冒険者ギルドのサブマスターのシェリルと申します。ゼリッチ様が、公爵としての仕事などで不在の際は、私がギルドマスターの代理を務めております」

「そう、サブマスターだったのね」

「女性は、珍しいのです！」

良い意味でも、悪い意味でも冒険者は男性社会な所があるので、その組織の上の方に女性がいるのは珍しい。

よっぽど仕事ができる人なのだろう、と感心する。

「それでは、納品依頼の達成とさせていただきます。まだお時間があるようでしたら、他の依頼も引き受けていただきたいのですが……」

「それについては、幾つかのご相談を――」

最初は、ケットシーのクロがいるために長期依頼は難しかった。

だが、【空飛ぶ絨毯《じゅうたん》】を使えば、移動に掛かる時間を半分以下まで減らせる。

住み込み予定のユイシアを見つけたので一週間程度なら、遠出も大丈夫であることを告げる。

また、あまり権力者との繋がりを求めるつもりはないので、貴族関係の依頼、または、魔法一門からの依頼などは受けない点を伝えた。

「畏《かしこ》まりました。貴族と魔法一門からの依頼は除外ですね」

「ええ、お願い。それと今日は、この辺りの雑務依頼を順番に受けていくわ」

「雑務依頼。本当にAランク冒険者がこんなことを……」

国家戦力にも匹敵する冒険者二人が、そこら辺の冒険者でも受けられる雑務依頼を受けると言われるのは、立場上顔を顰《しか》めざるを得ないようだ。

「魔女様の趣味なのです。それに町中を歩くの楽しいのです」

「本当は、自分で採ってきた薬草でポーション作ってギルドを通して売れば、暮らしていく分にはお金は困らないからね」

それじゃあ早速、とガルド獣人国でやっていたように、人々のお悩み解決のための雑務依頼を受けに出かけるのだった。

17話【魔女が教える生きるための目安】

早速、幾つかの雑務依頼の中から荷物の配達を請け負った。

ローバイル王国の王都には坂道が多く、沢山の荷物を配達するのは大変である。

だが私たちなら、手持ちのマジックバッグに荷物を収納して、気軽な散歩気分で配達することができる。

「商家への荷物の配達完了っと。これで最後よね」

「後は、報告して帰るだけなのです！」

そして、全ての配達依頼を終えて、帰路に就く。

『にゃぁ～』

「あっ、クロ。お散歩はもういいの？」

「お帰りなのです～」

帰る途中、私たちを見つけたケットシーのクロが家々の屋根を軽やかに伝い、私の肩に飛び乗ってくる。

そうして、私たちが配達依頼の報告をギルドにして報酬を貰って家に帰れば、既にユイシアが戻ってきていた。

「あっ、チセさん、テトさん、お帰りなさい！」

笑顔でこちらに振り向き、台所で夕飯を作っていたユイシアだが、すぐに不安そうな顔をする。

「勝手に食材を使っちゃってごめんなさい」

「別に構わないわ。私たちが食費を出すって言ったんだから。それにユイシアが作ってくれた料理美味しそうね？」

「早く食べたいのです！　美味しそうなのです！」

テトと共にケットシーのクロも同意するように一鳴きするので、ユイシアがクスクスと笑う。

「もうすぐできます。待ってて下さいね！」

「食器出すの手伝うわ」

「テトも手伝うのです！」

ユイシアの夕食作りを手伝い、できあがった料理を三人で食べる。

そして、食後のお茶を飲みながら膝に乗ったクロの背中を撫でて、魔力を与える。

そうして、私の魔力を十分に堪能したクロは、テトに背後から抱き上げられる。

「魔女様～、クロと一緒にお風呂入ってくるのです～」

『にゃにゃっ⁉』

「テト、行ってらっしゃい」

夕飯前のちょっとした時間で、先にお風呂を用意しておいた。

お風呂で濡れることを嫌がり暴れるクロを連れて行くテトを見送った私は、ユイシアに顔を向ける。

「さてと――ユイシアは、魔法使いになりたいって言ってたけど、具体的にどんな魔法使いになりたいの？」

「どんな、魔法使いですか？　……亡くなった両親を安心させられるような、お金が稼げる宮廷魔術師になりたいってのは聞きたいことじゃないってことですよね」

そう聞き返してくるユイシアに、私は頷《うなず》く。

「ええ、そうよ。どんな自分になりたいか」

「えっと……小さい頃に読んだ絵本の魔法使いじゃ、具体的じゃないですよね。考えたこともなかったです」

困ったように眉尻を下げるユイシアが、自信なさげに答える。

魔法一門の中では落ちこぼれに分類され、寮での生活に追われて考える余裕もなかったようだ。

「まぁ、自分の将来像については追い追い考えるとして、私としてはある一定の能力を目標に教えるつもりよ」

「ある一定の能力……」

ごくり、と唾を飲み込み緊張したユイシアに対して、私は当面の目標を告げる。

「そ、それは、チセさんが学んだ派閥に伝わる魔法の習得とかですか？」

「いいえ、一日銀貨３枚稼げるようになることよ」

「…………はぃ？」

首を傾げるユイシアだが、私は大真面目だ。

「え、ええっと、本当に銀貨３枚稼ぐだけですか？　中級魔法を使えるとか、チセさん秘伝の魔法が使えるようになるとかじゃ……」

「いいえ、一日銀貨３枚。正確には、一ヶ月で銀貨30枚稼げるようになることよ」

銀貨1枚で一万円に相当するのだ。

一日銀貨３枚の仕事を10日続ければ、月収銀貨30枚になる。

残りの20日を魔法の研究や鍛錬に当てたり、お金稼ぎや休みに当てることもできる。

この一日銀貨３枚は魔法使いという技能職の日当であって、普通の平民は平均銀貨1枚前後で休みなく仕事して慎ましく暮らすのが殆どだ。

宮廷魔術師に支払われる給与には及ばないが、庶民にとっては、十分な稼ぎだと思う。

「お金があれば、生活に余裕が生まれるわ。だから、あなたが独り立ちしても生きていけるようにするのが、私が掲げる目標よ」

「なんか、思っていたのと違いますね。魔法使いの老師や導師たちは、お金のことなんて全然言いませんから」

「当たり前よ。国に属している宮廷魔術師たちは、国からお給料や研究費とか出るんだから。けど、私みたいな流れの冒険者は、まずは生活を安定させなきゃ」

「な、なるほど……」

頷くユイシアは、私たちが借りた家を見回す。

自分は寮住まいでカツカツだったが、お金さえ稼げればこうした家に暮らせるんだ、と思っているようだ。

「じゃあ、まずは得意の属性の生活魔法を見せてくれる？」

「は、はい！　我はそよ風を望む――《ウィンド》！」

ユイシアが発動させたのは、風を起こす《ウィンド》の魔法だ。

風魔法に傾倒しているサザーランド一門の魔法使いだから、最初に教わったようだ。

「今のでどれくらいの魔力を使った？」

「は、はい。大体60くらいです」

「……効率が悪いわね」

「ご、ごめんなさい」

《ファイアー・ボール》などの攻撃魔法は、一発10～30魔力を目安に考えているので、少し魔力から魔法への変換効率が悪い。

そんな私の呟《つぶや》きに、ユイシアが反射的に謝る。

少し眉間に皺《しわ》が寄ったのは、ユイシアにどうやって魔法を教えようか考えていたためで、怒っているわけではない。

「もう一度、《ウィンド》の魔法を発動させて、維持して」

「は、はい！」

再び、手を翳《かざ》して《ウィンド》の魔法を発動させたユイシアに対して、背後に回って手を添える。

「チ、チセさん⁉」

「そのまま、維持して。――《サーチ》」

驚き、魔法が乱れるが、私はユイシアの手に自分の手を添えて、ユイシアの状態を確かめる。

（――ユイシアの魔力量は、大体２０００ね。一般人としては魔力量が多いけど、まだレベルも低いから魔法使いとしては少ない。それに魔法の変換効率が悪いのは【魔力制御】スキルが低いからね。

それと――）

「ユイシア、もういいよ」

「は、はひぃ……」

慣れない《ウィンド》の魔法の維持がキツかったのか、顔を赤らめて俯《うつむ》いている。

だが、ユイシアを触診して《サーチ》の魔法で色々と調べて、分かったことがある。

「ユイシア。あなた、昔、右腕に大怪我したことない？」

「ええっ⁉　なんで知ってるんですか⁉」

「やっぱりね。魔法の効率が悪い原因は、それね」

人は、体の中心から各所に魔力を送って、循環させている。

魔法使いの場合は、循環させた魔力を掌や杖に集めて魔法を発動させる。

そうした魔力の循環回路が大怪我により狭まることが往々にしてあるのだ。

「【身体強化】を使う冒険者は魔力を全身に巡らせて身体能力を向上させるんだけど、大怪我で魔力の循環回路が傷つくと、思うように力を発揮できなくなることがあるのよ」

「じゃ、じゃあ、私は……」

「それが原因の一つね。まぁ元々【魔力制御】スキルが低いことと、魔法に対するイメージや知識不足があるんじゃないかしら？」

「はわっ⁉」

他にも原因があることを告げると、ショックを受けている。

「まぁ、まずは、腕の治療をしましょう。――《マニピュレーション》」

「は、はい……あっ、温かい」

私は、ユイシアの古傷に手を当てて魔法を発動させる。

治療というよりは、体の不調を整えるという方面の回復魔法を受け、ユイシアは気持ち良さそうに目を細める。

僅か数十秒の回復魔法だが、これで右腕の魔力の巡りの悪さを整えることができた。

「さて、これで腕は元通りよ。ただ、やっぱり魔力制御や魔法に対する具体的なイメージが弱いから
それを教えながら、お金を稼ぐ方法も学んでいってね」

そうして、私たちの話し合いと入れ替わるようにテトとクロがお風呂から出てきた。

「ただいまなのです〜」

「二人とも、まだちょっと濡れているわよ。こっちに来て」

私がテトとクロを手招きして順番に髪の毛や体を加熱魔法の《ヒート》と風魔法の《ウィンド》を
合わせた温風の魔法で乾かしていく。

それを見たユイシアは、複数属性の魔法の混成と維持の様子に今朝と同じように驚く。

「……ううっ、なんでもないように魔法の維持を」

「まぁ、それで食べているところがあるからね」

私がそう笑い、テトもニコニコしながら髪の毛を乾かすのを受けている。

その後、お湯を入れ替えて、私とユイシアが順番にお風呂に入る。

体も温まり、寝る準備を整えた私は、テトに後ろから抱き付かれるように寝室のベッドに座る。

「魔女様、なにか分かったのですか？」

「ええ、ユイシアは、私と同じね」

私を後ろから抱えながら尋ねてくるテトにそう答える。

「魔女様と同じなのですか？」

「ええ、ユイシアは、不老因子を持っているわ」

私がユイシアに触れて《サーチ》を使ったことで、初めて出会った時の共感のような物の正体が、不老因子であることに気付いた。

「ユイシアは、魔女様と同じで長く生きるのですか？」

「今の段階じゃまだね。幾つかの条件が重ならないと」

リリエルたちからも聞いたが、この世界には、四つの世代の人間がいる。

第一世代は、神々が直接作り出した原初の人々だ。

世界を発展させるために、長く生きられるように不老の素質を持たされた人々だ。

これに該当するのは、同じく女神であるリリエルに転生させられた私や伝承などに登場する不老長寿の賢者や魔女などがそうした不老の人間だ。

第二世代は、第一世代の原初の人々が子どもを作って生まれた高い魔力を持つ人間たちだ。

多くの人には、不老の素質は受け継がれなかったが、高い魔力を持ち、長寿長命となった。

また幻獣や精霊、ドラゴンなどと子どもを作ったことで獣人やエルフ、ドワーフ、竜人などという種族にも分化した。

だが、第二世代の人々は、高い魔力環境に対する依存度が高かったために、魔法文明の暴走による魔力消失で大部分が死滅した。

第三世代は、魔法文明の暴走の中で低魔力環境に適応した世代だ。

低魔力環境に適応する一方、個人が持つ魔力量にバラ付きがあるために、寿命も魔力量に左右される。

現在の世界の大半は、この世代の人間だ。

第四世代は、魔力消失後に人々を支えるために導入されたステータスシステムの影響から誕生した魔族と呼ばれる存在。

これは、テトやベレッタなどの存在で、共通するのは魔石の核を持つということだ。

「ユイシアは、第三世代の人間の中でも先祖返りで不老因子を持った人じゃないかな？」

セレネは、私と一緒に暮らした時、かなり魔力を伸ばしていた。

だが、寿命は延びていたが、不老にまで至る気配がなかったのを思い出す。

対してユイシアには、私と同じ不老になれる気配を感じ、それが共感といった形で感じ取れたのだ。

「それじゃあ魔女様は、ユイシアを不老にするのですか？　魔女様と同じ仲間が増えるのです！」

「うーん。それは、考えていないのよね」

【不老】を獲得するには、不老因子と膨大な魔力量の保持が必要になると思う。

私の場合、魔力量3万を超えて【不老】スキルが発現した。

ユイシアの場合、どれだけの魔力量で不老に至るか分からないが【不思議な木の実】を食べ続ければ、スキルを発現する可能性が高いだろう。

「同じ不老に辿り着くのが、ユイシアの幸せに繋がるとも限らないのよ」

「うーん？　テトは、魔女様とずっと一緒に居て幸せなのです。でも、ユイシアは違うのですか？」

「幸せは、人の数だけあるからね」

私は、ユイシアを魔法使いとして育てようと思う。

だけど、不老に至り私と同じ悠久の時を過ごす道に引きずり込みたいわけじゃない。

その境目を見極めながら、明日からユイシアをどう指導していこうか、考えながら眠りに就く。

18話【創造の魔女の教導法】

私とテトには、私たちの日常がある。

冒険者ギルドにポーションを納品したり、残りやすい不人気依頼を消化して、仕事終わりには市場や海路で運び込まれる交易品や美術品の店を訪れて冷やかしをする。

時々、町の外の依頼などもあるが、【空飛ぶ絨毯《じゅうたん》】を使えば、日帰りで達成することができる。

魔法一門に在籍しているユイシアにも、ユイシアの日常がある。

朝起きて、魔法一門の魔法使いの指導の下で魔法を覚えたり、勉強したりする。

元々寮暮らしで落ちこぼれだったので、雑用や他の魔法使いが嫌がる仕事を低賃金で押しつけられていた。

私たちと同じ家で暮らすようになり金銭的な負担が減った結果、ユイシアの魔法の鍛錬時間が確保できるようになった。

私が古傷で塞がった魔力回路を整えたために、本人の魔力の循環が良くなったので、いよいよ魔法を教え始める。

「それじゃあ、今日は、魔法の習得について説明するわ」

「わー、ぱちぱちなのです～」

「お、お願いします！」

借家の庭先に【創造魔法】で創り出した小さな黒板を立て掛け、その前に立つ私にテトが小さく拍手を送ってくる。

そんな緩い雰囲気の中でもユイシアは緊張しており、ユイシアの太ももの上に乗るクロがもっと力を抜けと言うようにテシテシと太ももを叩いている。

「それじゃあ、最初に魔法の習得方法について教えていくわ」

私は黒板に、魔法習得の方法についてとチョークで書き込んでいく。

この世界の魔法の習得には、二種類存在する。

一つは、スキルの習得やスキルレベルの上昇時の魔法習得である。

私は【創造魔法】で創り出したスキルオーブで魔法スキルを習得した時に、頭の中に自然と魔法の扱い方や魔法のイメージが植え付けられた。

とは言っても、それは漠然としたイメージや切っ掛けなどのコツ程度にしか過ぎず、何度も魔法を繰り返して、自身でより精度を高める必要がある。

そのためにこの世界には、誰かに師事することなく魔法スキルを使いこなす在野の魔法使いが一定数いる。

そして、もう一つの習得方法は、自力で習得する方法だ。

魔法の知識や理屈を理解し、実際に魔法を組み立てることで、新しい魔法を習得する。

「——と、この様に魔法の習得には二種類の方法があるわ」

それを膝にクロを抱えたユイシアが、うんうんと首を縦に振りながら頷《うなず》いている。

「冒険者は、自分の使えるステータスのレベルやスキルを重視する傾向があるけど、魔法一門はどんな感じかしら？」

「えっと……あまり魔法スキルのレベルは重視しないです。魔法一門の人たちは、先人の人たちが残した魔法書があるので、どちらかと言えば、新しい魔法の創造の方を重視しているような感じです。あ、あと魔法を発動するための魔力量も」

ステータスによって植え付けられた漠然としたイメージから高レベルな魔法を作り上げ、それを魔法書という形で後世に残している。

その魔法書を読み解けば、強力な魔法を自力習得することができ、更に組織立った魔法使いたちが長い時間と研鑽《けんさん》の果て、強力な魔法を更に改良していった。

その結果、魔法一門と呼ばれる組織が誕生し、魔法一門の秘技などと呼ばれる強力な魔法を作り上げることができた。

そのために魔法一門は、魔法を発動させる魔力量と魔法を研究する能力が重視されているようだ。

「――っと、冒険者と魔法一門の性質の違いは、大体そんなところね。それを踏まえた上で、冒険者に必要な魔法スキルを習得できるように教えるつもりよ」

「よ、よろしくお願いします」

「それじゃあ、まずは、部分的な【身体強化】と瞑想《めいそう》の繰り返しね」

「え、ええっと？　魔法の練習じゃないんですか？」

【身体強化】など戦士が使う技法で、魔法使いらしくないと思っているかもしれない。

「むしろ、いきなり体外に放出した魔力を制御するよりも体内で操った方が楽だし、【身体強化】の応用で五感に魔力を集中させることで霊視や霊的存在の声を聞くことができるのよ」

それに、体内で練り上げた魔力で魔法を放った方が、威力が上がる場合があるために、体内での【身体強化】を通じた【魔力制御】訓練は重要なのだ。

「分かりました！　それじゃあ、行きます！」

そう言って、立ち上がったユイシアは、全身の魔力を巡らそうとする。

だが、元々ただ腕から魔法を放つだけだったユイシアにとって、魔力を一箇所に押し止めたり、循環させるのが難しいらしく、顔を真っ赤にしながらなんとか動かそうとしている。

そして、ユイシアの体から漏れ出た魔力は、クロが美味しそうに取り込んでいるのだ。

「はぁはぁ……【身体強化】の維持って、こんなに辛いんですか？」

「まぁ常時発動すると、魔力を消費し続けるからね。だから瞬間的に体の特定部位に集めることで剣士の人は、斬撃の威力を上げているのよ」

「そうやって、魔力を節約しているんですね。それじゃあ、どうして魔力量の多い魔法使いは【身体強化】を使わないんですか？」

魔力が尽き掛けたユイシアは、庭の芝の上に座って呼吸を整えながら尋ねてくる。

ユイシアの質問に対しては、明確な答えがあるのだ。

「【身体強化】は、元々の身体能力を基準に強化されるのよ。例えば――」

そう言って黒板には、『魔法使い10×身体強化10＝１００』と『剣士30×身体強化5＝１５０』と書く。

「高い練度で【身体強化】を使えても元々の身体能力が弱いとそれほど高い効果が得られないわ。でも、身体能力に優れている剣士の方は、弱い【身体強化】でも相対的な身体能力の上昇率が高いのよ」

「それじゃあ、やっぱり魔法使いが【身体強化】を覚える意味ないんじゃや……」

「確かに魔法研究者には、必要ないかもしれないわね。でも、冒険者としてフィールドワークに出る際、【身体強化】が使えれば長時間の活動ができるわ」

自身の魔力消費量と魔力回復量の釣り合いが取れるような強度で【身体強化】を維持し続けられれば、野外活動する際に非常に有用な能力となる。

「分かりました。とりあえず、魔力使ったんで、瞑想して回復しますね」

そして、座ったまま目を瞑《つぶ》り、体外に放出される魔力を押し止めることで魔力の自然回復を促している。

『にゃっ』

それに対して、クロは折角放出されていた餌の魔力がなくなったことに不機嫌そうな声を上げて、私の下にやってくる。

これは割とどこでもできる魔法の鍛錬方法であるために、ユイシアには、しばらくこれを繰り返してもらい、魔法を使う下地を作ってもらうことにした。

19話【地味で地道な反復訓練】

「チセさん、テトさん！　見て下さい！　魔法です！　――《ウィンド》」

私とテトに嬉しそうに報告するユイシアは、生活魔法である《ウィンド》を使っている。

微かに風が吹き抜ける程度の魔法で攻撃には転用できないが、この１ヶ月ほど続けた【身体強化】の訓練により【魔力制御】スキルを習得し、今までよりも一定の出力で魔法を維持しやすくなったと喜んでいる。

「おめでとう、ユイシア」

「おめでとうなのです！」

『う～、うにゃにゃっ！』

その報告に私とテトは微笑ましそうに祝福するが、その程度の魔法で自慢するなと言いたげなクロが、テシテシと尻尾でユイシアの足を叩いている。

「痛い、痛いよ、クロさん！　どうしたの？」

『にゃぁ〜』

この家にやってきた順番からか、ケットシーのクロは、ユイシアのことを子分のように扱っているのかちょっと当たりが強い。

ただ、子猫のクロが怒っても可愛いためかユイシアは、ニヤけそうな顔を押さえて困ったような表情をしながら、クロの背中や顎下を撫でてご機嫌を取る。

たまにユイシアの外出にクロがこっそり付いていって様子見していたり、夜にはユイシアの布団に潜り込んでいる姿も度々見られる。

「クロさん、可愛いですよね。それに猫なのに賢くて、まるで私の言葉が分かってるみたいです」

「本当にクロとユイシアは、仲良しねぇ」

「テトは、魔女様と仲良しなのです〜」

『なぁ〜』

そう何気なく呟《つぶや》く私に、ユイシアの下から抜け出したクロは、私とテトにも甘えるように体を擦り付けて、撫でる私の手から魔力をたっぷり吸収している。

そういう所はちゃっかりしているなぁと思いながらも、クロとユイシアの相性は悪くないようだ。

むしろ、クロがユイシア……と言うより、ユイシアから漏れ出る魔力を好んでいるところがある。

「ユイシアは、魔法を扱う下地ができたみたいだし、そろそろ本格的に魔法を教えようかしらね。まぁ、そうは言っても、ギルドの魔法使いとかに教える実践的な感じだけどね」

「本当ですか⁉　最近、魔力の巡りが良くなって【身体強化】と【魔力制御】スキルが手に入ったし、そのお陰か魔力量も増えているんですよね！」

今まではそれぞれの日常がある中で、読み書き計算の課題と簡単な魔法の基礎訓練を見てやれることはあったが、本格的な魔法となると野外の広い場所でなければ、危ない。

それとユイシアの魔力量が増えたのは、こっそりと食事に【不思議な木の実】を出しているからだ。

私のような【不老】スキルの条件は、不老となる因子を持ち、それに一定の魔力量を高めるためか、それともその他にも要因があるのか。

とりあえず【遅老】スキルが生えるまでは、セレネの時のように魔力量を増やさせるつもりだ。

最終的に、世界に放出される魔力の足しにもなる。

「それじゃあ、町外れの海岸まで散歩しながら行きましょう」

「行くのです！」

「は、はい！」

そうして、私とテトは、ユイシアを連れてローバイル王国の王都から出た海岸を歩く。

「魔女様～、みんなへのお土産にいい石があったのです！」

「この辺りの海岸には、宝石の原石とか見つけられるかもね」

川の流れや海の波でぶつかり合って角の取れた小石のある海岸を歩きながら、私も海岸に打ち捨てられた流木などを拾い上げる。

家のオブジェになるだろうかなどと思っていると、後ろから声が掛けられる。

「ひぃひぃ……チセさん……テトさん……どうして、そんなに体力あるんですか……」

王都外の海岸まで歩いてきたが、普段運動量が少ないユイシアとしては、結構辛いらしい。

そんなユイシアを頑張れと言うように、肩に乗ったクロがユイシアの頬に肉球を押し当てている。

君が肩から下りればもう少し楽になるよ、と視線を向けるとクロは、知らなーいと言った感じでツンと澄ました顔をするので苦笑してしまう。

「ユイシア、【魔力制御】の応用よ。目に魔力を集中させて」

「【身体強化】なのです！」

「えっ、はい！」

魔力量が増えたと言っても、まだ２５００程度だ。

そのために、長時間の【身体強化】はできないが、一部分に対しての強化くらいは日常生活の中で教えている。

「あっ、チセさんとテトさん、魔力で体を覆ってる？」

「正解よ。私とテトは、体力が底上げされているから、ユイシアより疲れづらいのよ」

「でも、ちゃんと体を鍛えることは、損じゃないのです！」

これから成長するユイシアは、【身体強化】の強化倍率だけでなく、基礎体力も鍛えて【身体強化】を効率よく高めることができるのだ。

私の場合は、12歳の体で不老化して成長が停滞しているので、どんなに負荷トレーニングをしても身体能力が成長も低下もしない。

逆に、12歳相応の体力であるために、常時【身体強化】でもしていないとすぐに疲れてしまう。

「ふぅ……【身体強化】……」

足を止めたユイシアが私たちの言葉を噛み締めながら、自身の魔力を体に纏って、体力の回復に意識を集中させる。

しばらくして呼吸は落ち着いたが、その反面、ユイシアの魔力が半分になっていることに苦笑しつつ、マジックバッグからマナポーションを取り出す。

「実際に、野外に出た時の体力の重要性が分かったでしょ？　体力の回復で魔力が減っているからそれを飲みながら、魔法について話しましょう」

「は、はい……色々とすみません……それと、ありがとうございます」

住居に食費、私が読み終わった魔法に関する書物、生活雑貨に、こうしたポーションなどは全て私たちが用意している。

ユイシアがお金に換算すると結構な金額なことに恐縮しているので、私は苦笑を浮かべる。

テトは、ユイシアに魔法を教えることができないので、一人浜辺にある物を拾い集めている。

「それじゃあ、魔法の復習についてだけど、魔法ってなに？」

私がマナポーションを飲んでいるユイシアにそう尋ねると、飲む手を止めて真剣に答えてくれる。

「魔法とは、魔力によって引き起こされる現象です。その内容は、自然現象や個人が抱く空想の再現だったりします」

「正解よ。それじゃあ、魔法の属性とその構成する要素は？」

「は、はい。魔法は、火、水、風、土、光、闇の六属性とそれらに分類されない無属性です！　それらの基本的な属性が複数合わさり、氷や雷などの属性とされます。魔法が構築される要素には、強化、変化、放出、操作、具現化、その他に分けることができます！」

一息に魔法について語ってくれるユイシア。

世間一般の魔法論であり、魔法を構築する上で大事な物だ。

魔法使いたちは、そうした要素を組み合わせて様々な魔法を作り上げる。

だが――

「そうね。よく覚えているわね。でも、その魔法論に関しては一旦忘れて」

「えええっ……忘れるんですか」

魔法を学ぶ上で重要な基礎的な内容だし、私もリリエルたちから深く学んでいるから、昔よりも格段に魔法発動の魔力消費や制御能力などが向上した。

ただ――

「この世界で最初に魔法を使った人は、どんな魔法を使ったか分かる？」

「は、はい？　なんですか、急に……」

魔法理論に関して忘れろと言ったかと思えば、急に禅問答のような問い掛けに驚いている。

だが、私の真剣な表情に息を呑み、真剣に考えてくれる。

「聖書に出てくる偉人たちは、神様たちから魔法を授かったので、その魔法ではないんですか？　雨を降らす魔法とか、食べ物を育てる魔法とか、悪い人たちを罰する魔法とか……」

「うーん。ちょっと違うかなぁ」

五大神教会の聖書や教会の魔法書に書かれている逸話は、女神たちが行使した奇跡の模倣だ。

言わば、自分たちが女神リリエルたちと同一化するための空想の補強である。

他にも神々が授けた魔法も言わば、リリエルたち神々が人々を導くために見せた奇跡を人々が模倣した結果だ。

だが、そうではない。

古代魔法文明が崩壊するよりも更に以前、創造神によって人々が創られた原初の時代。

神々から魔法の概念を教わる前に、人々が自力で見つけた最初の魔法だ。

「この世界で最初に使われた魔法は、一杯の水を生み出す魔法なのよ。ちょうど、こんな感じにね」

ユイシアの目の前で、空気中の水分を集める生活魔法の《ウォーター》を使ってみせる。

「チセさん、難しい思考実験ですよ。確かに、最初の魔法使いが偉大な魔法使いじゃないって言いたいんですよね！　落ちこぼれな私を励ますために！」

そう言って、私の話を笑い飛ばすユイシアだが、私は微笑みを浮かべたまま首を横に振る。

「そんなつもりはないけど、それじゃあ次の質問ね。その最初の魔法は、どういう願いで生まれたのか分かる？」

「えっ……どういう……願い？」

私の質問に考え込むユイシアは、答えを探るように辺りを見回し、目を瞑《つぶ》り自分の記憶や知識から答えを探そうとする。

そして――

「喉が渇いたから？」

「正解よ。最初の魔法は、喉が渇いて飲み水が欲しいって願いから生まれたわ。魔法で重要なのは、最初に言った個人が抱える空想の再現。でもね、そこに付随する思いの方が私は重要だと思うの」

「思い……」

原初の世界――創造神が創り上げたばかりの世界と言っても、今と大差ない。

乾く地域もあれば、異常気象も飢饉《ききん》もある、神話に謳《うた》われる地上の楽園などは存在しなかった。

そんな中で、飢饉が起きて餓《う》えと渇きで死にそうになった男が、飲み水を求めて彷徨《さまよ》った末に生まれた願いの形が最初の魔法なのだ。

たった一杯の魔法の水が男を生かした。

自分が願えば飲み水が生まれることを理解した男は、集落で飲み水を生み出し、喉が渇いている仲間に分け与えた。

この話は、その様子を見ていたリリエルたち女神から【夢見の神託】で直接聞いた話だ。

「魔法はね。どんな思いで作るかが大事だと思うの。ただの魔力による空想の再現じゃない。何のために、誰のために振るうか、それを考えて欲しいの」

「ううっ、難しい話ですよ。そんなの答えはないじゃないですか」

「そうね。でも、私が本当に魔法を教える時は、まずこの話をするのよ」

義娘のセレネやギルドの訓練所の魔法使いたちに魔法を教える時もそうだった。

何のために、そして、誰のために魔法を振るうのか、一人一人が考えて欲しいから語る。

「それともう一つは――魔法は本当にただの現象よ。使い方によっては、この水球だけで人を殺すこともできるわ」

「えっ……そんなの冗談ですよね」

話の中で生み出した水球に視線を向けたユイシアは、その水を凝視して表情が強張る。

ありふれた生活魔法でも人を殺せる、と語る私は、言葉に僅かな魔力の威圧を乗せるために、強い実感が伴ったようだ。

事実、コップ一杯の水で口や鼻を塞げば、人を容易に窒息死させることができ、高速で噴出すれば岩をも切り裂ける。

「魔法は、よく切れる刃物と同じなのよ。どんな風に使うか、何のために使うか、ちゃんと考えないといけないわ」

魔法は、容易に他人や自分を殺せる道具であると。

使い手の思い一つで容易に姿を変えるのだ。

「は、はい……」

「魔法が怖い物って感じてくれて嬉しいわ。それじゃあ、練習しましょう」

「は、はい……！」

その後、私は少しぎこちないユイシアと共に海に向かって魔法を放つ。

実践派の魔法使いである私としては、基本的な魔法を幾つか見せて、ユイシアにも何回も繰り返しやらせるようにしている。

魔法が上手く行かない時は、私が見せた魔法を要素的に分解して、どういう要素を意識して使えばいいか、イメージを補強しつつ、最速で最大の威力を出せるようにアドバイスする。

「なんか、魔法一門の魔法の教え方と全然違いますね」

「まぁ、実践派の私は、殆ど感覚でやっているからね。理論では理解しても、いざ実践だとその思考も抜け落ちるから、とにかく起こしたい現象を明確に意識することかな」

サザーランド一門は実践派の魔法一門ではあるが、それでも魔法研究を行なっている側面もある。

そのために、同じ現象・結果に辿り着くにも様々な方法や手順があり、それを模索している。

一方、冒険者のような実践派の魔法使いは、最速で最大威力で敵を撃滅することが求められる。

そのために理屈云々よりも反復練習によるイメージの固定化などが求められるのだ。

そもそもの性質が異なるのである。

「ううっ、私の魔力量だと強力な攻撃魔法は使えないですよね」

「そこはこれからの成長かなぁ。あと、魔法を構成する要素をしっかり分析して記憶に残しておけば、無意識下で魔法のイメージを補完してくれるから、その分魔力消費が減るわ。あと、実戦で本当に使う魔法の数を絞った方がいいわね」

「じ、実戦ですか……」

「今すぐに戦う必要はないわ。でも、魔物を討伐してレベルアップすれば、魔力量が増えて使える魔法の幅も少しずつ広がるはずよ」

魔法を使って何をするか、と言う志を持つにもそれに伴う実力がなければ、実現もできない。

だが、無理に急ぐ必要はなく、少しずつ慣れて強くなれば良いと思う。

「は、はい、頑張ります！」

「ある程度の強さがあれば、冒険者として一日銀貨3枚稼ぐのも夢じゃないからね。どうしても魔物討伐が無理なら、ポーションとかの手に職となるものを教えて、生活ができるように仕込んであげるわ」

「そ、そう言えば、それが目標でしたね。が、頑張ります」

そんな感じで今日は、海に向かって火魔法の練習を繰り返したのだった。

20話【ユイシアの魔法の杖】

ユイシアへの魔法の指導は、週に二回ほど行われる。

ユイシアの魔法適性は、水が一番高く、ついで火と土。一番低いのが風と光と闇である。

適性が低い魔法も知識として座学で教えて、他の魔法と同様に海に向かって放って反復練習を繰り返させる。

特に家では——

「ユイシア、新しい魔法書を持ってきたけど読む？」

「それとおやつも貰ってきたのです！　みんなで食べるのです」

「は、はい！　ああああっ！　読みたかった本が沢山読める！　それに甘いお菓子もある……ここは天国ですか⁉」

「大げさね。でも、後で感想聞かせてね」

「はい！　色々話しましょう！」

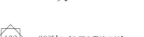

私は、趣味の書店巡りで購入した魔法書や【虚無の荒野】に一時帰宅した際に持ち帰った本などをユイシアと共有して読んでいる。

今まではテトが本を読む性格じゃないので、中々本の内容で語り合えなかったから勉強熱心なユイシアとは、いい本仲間になれた。

共同生活でも食事の準備や家事の手伝いなど、互いに協力して行なった。

【虚無の荒野】では、全部ベレッタたちがやってしまうし、義娘のセレネと暮らしていた時とはまた違った距離感が楽しくもあった。

そして、新しく持ってきた本を部屋に運び読んでいたユイシアが部屋から出てくると、真剣な表情で私とテトに話し掛けてくる。

「チセさん、テトさん……お願いがあるんですが……」

「うん？　どうしたの？」

「何か困ったことでもあったのですか？」

私たちが聞き返すと、ユイシアは先ほど部屋に持っていった本を掲げて訴えてくる。

「私に、魔法使いの杖の作り方を教えて下さい！」

その言葉を聞いた私は、ティーカップに入ったお茶に口を付けて喉を潤し、考える。

「買って欲しいじゃなくて、作り方を教えて欲しいの？」

「は、はい。チセさんにあまり甘えすぎるのも心苦しいですし！　なら、自分で作れば安くできるんじゃないかと思いまして！」

ユイシアのお願いに私は、顎に手を当てて考え込む。

そんな私にユイシアは、不安そうな眼差しを向けてくる。

「魔女様？　何を考えているのですか？」

「ユイシアの戦闘スタイルに合わせて、どの杖がいいかって考えていたのよ」

魔法使いの杖と一口に言っても、様々な種類が存在する。

「持ち運びに優れた短杖のワンド、中程度の長さを持つ杖のロッド、先端に金属で補強されているメイス、身の丈ほどの長杖のスタッフ、と色々ね」

杖には、それぞれに特徴があるのだ。

短杖のワンドは、魔法の増幅率は乏しいが、体に近い位置で魔法を発動させるために魔力制御がしやすい。

非常に細かな魔法を扱うのに向いた杖である。

続いてロッドは、杖先に様々な触媒を取り付けやすいために属性魔法の増幅率が高く、また取り付ける触媒によって幅広い選択肢が生まれる。

ただ短杖のワンドに比べて、魔力制御が落ちる。

メイスは、主に教会の聖職者たちが使う杖で基本的な性質はロッドに近い物があるが、金属を使用しているために魔力伝達率が落ちる。

その反面、金属で補強しているために、打撃武器としても使えるのだ。

最後に私の使うスタッフは、身の丈以上の長さがあるために、魔法の増幅率が非常に高く、その分魔力制御が難しくなる。

「――と、大体こんな感じに分かれているのよ」

「それじゃあ、まだまだ未熟な私は短杖のワンドを使えば良いんですね！」

キラキラとした目で聞いてくるユイシアに、私はその通りだと頷《うなず》きつつ、自分の過去を思い出して遠い目をする。

形から入るために【創造魔法】で長い杖を作って、それを長年ブンブン振り回してきた私としては、なんとなく自分の黒歴史を目の当たりにしているようで辛い。

まぁ、【不思議な木の実】で増やした魔力量を使って、豪快に魔法を使う戦い方だったので、結果的には長杖の方が適していたとも言える。

「それじゃあ、早速杖を作りましょうか」

「ええっ!?　今から作れるんですか！　でも、素材は？」

話題が出たために早速作成に取りかかろうとする私に、素材の心配をするユイシアだが、そこは心配ない。

「テトが海辺で色々拾ってきたのです！　その木を使うのです！」

「浜辺に打ち上げられていた流木なら安く使えるでしょ？　まぁ、海水に浸かっていたからアク抜きして乾かした後、削って形を整えて、ニスを塗ったりするわ。とりあえず、練習しながら作りましょう」

「は、はい！」

早速、テトが拾い集めた流木をポーションの調合部屋に運び込み、大釜で流木を煮沸して、アク抜きを始める。

大体水を継足ししながら、30分ほど煮込んだ流木を放置してゆっくりと冷ます。

その後、乾燥魔法の《ドライ》を使って水分を飛ばし、小刀で程よい大きさに削り出す。

「ワンドは、狙いを定める照準としての役割もあるから、先端に向かうほど細くなるように削るのよ」

「は、はい……」

真剣な表情のユイシアの横顔を見ながら手本となるように、私とテトも小刀を持って流木を削り、短杖を作り上げていく。

そうしてユイシアは削り出した短杖にワックスを塗って乾かすことで魔法使いの杖が完成した。

「やった。やりました！　私の初めての杖です！」

そう言いながら、家の中でも安心して使える光魔法の《ライト》を使って杖を振っている。

『うっつ、にゃっ、にゃにゃっ！』

漂う光球に野生の本能が刺激されたケットシーのクロが飛び掛かり、前足で叩き落とそうと果敢に挑むが、光球が消えずに漂い続ける。

それをユイシアが短杖の動きに合わせて動かすので、クロがそれを追い掛けて飛び掛かる様子に私とテトがクスクスと笑う。

「チセさん、テトさん！　この杖、一生大事にしますね！」

「大事にするのはいいけど、ちゃんと身の丈に合った杖に変えていくのよ」

「でも、大事にする前に壊されそうなのです」

私がそう窘《たしな》め、テトが注意すると、光球を動かすために振っていた短杖の方に狙いを定めたクロが飛び掛かり、杖先を甘噛みし始める。

「ああ、クロさん、ダメですよ！　折角作った杖が折れちゃいます！」

そんなユイシアとクロのやり取りに、私たちはクスクスと笑ってしまう。

そして、自分の杖を手に入れたユイシアは、更に魔法に対するモチベーションを高め、ぐんぐんと魔法の腕を上達させていくのだった。

21話【5年目の共同生活】

ユイシアと共同生活を始めて、5年が過ぎた。

最初は魔法も満足に扱えなかったユイシアだが、徐々に生活に密着した魔法の使い方を覚えたために、衣類を洗濯する魔法と台所の火加減に関する魔法は少しずつ慣れている。

私を真似して異なる生活魔法を出そうとして失敗していたが、今では二つ同時に出せるようになっていた。

魔法一門の者たちから見たら、崇高な魔法をそんな低俗なことに使うななどと怒られそうではあるが、生活に密着した方法で魔力制御を鍛え続けた結果、魔法の腕がみるみる上達していった。

また冒険者ギルドの方では、ユイシアが使える魔法で達成できそうな雑務依頼があれば、私たちの依頼に同行させ、ユイシアに実際にやらせてみた。

ユイシアには、ポーションなどの【調合】や簡単な魔導具の作り方などを教えて、自立するための手段を学ばせてきた。

時折、冒険者ギルドの依頼や【虚無の荒野】への帰還の際は、数日泊まり掛けで出かけることがあるが、ユイシアには留守番を安心して任せることができるほど、しっかりと心身ともに成長していた。

既に、当初の目的であるユイシアがお金を稼いで自立する手段は十分に教えている。

だが、ユイシアとの生活が思いの外楽しくて、この関係を止める機会を見つけられずに惰性で続いているのが実情だったりする。

そしてこの5年間、クロの住処《すみか》である浮遊島がローバイルに接近することがなく、時が過ぎていた。

「はぁぁっ――《アイス・ランス》！　掃射！」

ローバイル王都近郊のダンジョン12階層――ユイシアは、短杖を振るい複数の氷の槍を生み出して魔物を倒していく。

串刺しになった魔物は、Cランクのコカトリスであり、最後の抵抗として鋭い麻痺《まひ》の眼光を向けてくるが、ユイシアの【身体強化】による魔力抵抗の前に防がれて倒れる。

「チセさん！　テトさん！　レベルが上がりました！　これで魔力量が2万を超えましたよ！」

「そう、よかったわね。魔力量だけなら宮廷魔術師にも匹敵するんじゃない？」

「おめでとうなのです！」

私たちほどではないが、そこそこの頻度で【不思議な木の実】を食べているお陰か、魔力量も増えて、魔法の練習回数にも磨きが掛かる。

それに比例して魔法も上達するために、最も得意な【水魔法】のスキルレベルが5になっている。

本人も魔法の扱いに関して自信が付いたのか、以前に比べて明るくなっている。

魔力量の増加で老化の遅延が見られるが、【不老】スキルの一歩手前である【遅老】スキルの発現までには至っておらず、スキル取得には個人差があると思われる。

「最初は下っ端の見習いだったんですけど、今では一級魔術師になれましたし！　このまま頑張れば、宮廷魔術師も夢じゃないかもしれませんよ！」

そう夢を語るユイシアに微笑ましげに相槌を打つ私とテトだが、クロだけは若干呆れ気味な様子だ。

ローバイル王国内の魔法使いには、独自の階級制度が存在している。

魔法一門に在籍する者は、まず見習いから始まり、実技、筆記、論文提出、特別課題など、複数の試験を通じて階級が上がっていく。

試験を通じて三級から二級、一級にと上がり、一級魔術師になると一人前として認められるのだ。

また一級魔術師からは、毎年国が用意する宮廷魔術師の採用試験に参加できるようになり、それに合格すれば、晴れて宮廷魔術師に就任することができる。

未だにサザーランド一門の中ではユイシアが落ちこぼれの印象が残っており扱いは悪いが、他の魔法一門や冒険者たちからは一目置かれているそうだ。

『うにゃにゃ！』

「ふわっ!?　ク、クロさん！　どうしたんですか!?」

そんなユイシアの説明にケットシーのクロがポフポフと肉球でユイシアの頬を叩いたりする。

あまり調子に乗るなよ、と言うようなお兄さん風を吹かせるクロの様子は、最近ではよく見ることが多い。

この5年間で私たちの魔力を吸って成長したケットシーのクロは、成猫ほどの大きさになり、ユイシアの肩に乗るのが定位置となっている。

「それにしても、本当にユイシアは成長したよねぇ」

「そんな、チセさんやテトさんに比べたらまだまだですよ」

変わらず謙遜を口にするユイシアは、本当に立派になったものだ。

魔法の腕を磨き、身長も伸びて可愛らしさにも磨きが掛かった。

そして何より、胸が大きくなった。

童顔巨乳なテトほどじゃないが、それでも形のいい胸がローブの下の服を押し上げているのを見て、何度羨ましくなったことか……

(もっと早い段階で、魔力量を増やして、同じ貧乳仲間に引き入れるべきだったかしら)

成長しきる前に同じ【不老】スキルを手に入れて、こちらの道に引き入れるべきだったか——などと悪魔の囁《ささや》きが脳裏を過る。

そんな不穏な考えを浮かべる私を、テトとユイシアが不思議そうに見て首を傾げている。

「チセさん、どうしたんですか?」

「……いえ、なんでもないわ。それより、今日は帰りましょうか」

「帰ったら、美味しい物を食べるのです～」

ユイシアの鍛錬のために魔物討伐に来たダンジョンから抜け出し、空を見上げれば、日が傾き始めている。

「あー、思ったよりダンジョンに潜っていましたね。すみませーん！　馬車、空いていますか？」

王都に近いダンジョンと言っても、王都まで帰るのに片道で徒歩2時間は掛かる。

ダンジョン前には冒険者ギルドの出張所があり、毎日王都から冒険者たちを運ぶための辻馬車などが待機しているが、生憎《あいにく》今はなさそうである。

「お嬢ちゃんたち、すまないね。さっき、魔法一門の団体さんが大荷物を載せて出たばっかりで今は、馬車はないよ」

「そ、そうですか」

ドロップした素材をたっぷりと詰め込んだ馬車が王都へと向かったらしく、私たちが乗る馬車はないようだ。

既に日も傾きつつあるために、待っていても王都側からダンジョン前まで辻馬車がやってくることはないだろう。

こうなれば冒険者たちは、徒歩で王都に向かうか、翌日まで辻馬車を待たなければならない。

「チセさん、テトさん、どうしましょう？」

「どうするもこうするも、普通に歩いて帰るしかないんじゃない？　それとも【身体強化】して走る？」

「早く帰らないと、お夕飯の時間に間に合わないのです！」

徒歩で2時間であるが、【身体強化】して走り通せば、一時間以内で王都に辿り着ける。

「そ、そうですか……でも、残り魔力量が結構厳しいですし、マナポーションも入りませんよ」

今日は、ユイシアのレベル上げのためにガンガン魔法を使って、魔物を倒したのだ。

途中、マナポーションを飲んで魔力を回復して水っ腹になっている状態で、更にマナポーションを飲んで、【身体強化】で走って帰るのは厳しいだろう。

「仕方がないわねぇ。ちょっと待ってて……」

苦笑を浮かべる私は、マジックバッグから【空飛ぶ絨毯《じゅうたん》】を取り出して広げる。

「チセさん、なんですか？　これは？」

「移動用魔導具の【空飛ぶ絨毯】よ。さぁ、上に乗って」

「移動用魔導具!?　それに空を飛ぶんですか!?」

広げられた絨毯にユイシアは、驚く。

そう言えば、この5年間で冒険者ギルドの依頼で数日間出掛ける時などに使っていたが、ユイシアの目の前で使うのは初めてだったことに気付く。

「三人とも【空飛ぶ絨毯】に乗ったわね。ユイシアは、クロをちゃんと抱えてて」

「はいなのです！」

「そ、空を飛ぶって初めてなんですけど！　どうなっちゃうんですか⁉」

私がテトとユイシアがちゃんと乗ったのを確認し、ゆっくりと【空飛ぶ絨毯】に魔力を込める。

そして、魔力に応じて絨毯が浮き上がり、私のイメージ通りに空を飛び、移動を始める。

「わぁぁぁっ！　飛んでる⁉　本当に空を飛んでる！」

『にゃぁぁっ！』

「あんまり身を乗り出しすぎて、落ちないようにね」

ユイシアとクロが【空飛ぶ絨毯】から見える景色に感動し、下を覗き込むようにしているので、注意すれば、慌てて身を引く。

「少し速度を上げるわよ！」

そして私は、更に【空飛ぶ絨毯】に魔力を込めて、速度を上げる。

馬車を上回る速度で王都に向かう道沿いを飛んでいく【空飛ぶ絨毯】にユイシアは、ただただ子どものように【空飛ぶ絨毯】から見える景色に感嘆の声を漏らしていた。

そして、少しして私たちより前に出発した複数台の馬車を追い抜き、そのまま30分もしない内に王都前の城門に辿り着くことができた。

SIDE：馬車に乗る魔法一門

「全く、なぜ宮廷魔術師の我らが、このような雑事をしなければならないのだ。冒険者風情にやらせておけば良いだろう」

「仕方がありませんよ、オルヴァルト様。これもサザーランド一門の威光を示すためだと思いましょう」

その馬車には、宮廷魔術師でありサザーランド伯爵家の次期当主であるオルヴァルト・サザーランドが乗っていた。

ローバイル王国のダンジョンは、比較的安定しており、スタンピードは滅多に発生しない。

それでもダンジョン内の魔物を放置すれば、スタンピードが発生しやすいために定期的に、騎士や宮廷魔術師を派遣し、数日間掛けてダンジョン深部の魔物の間引きをするのだ。

騎士や宮廷魔術師のレベルアップに加えて、持ち帰った大量の素材や財宝は、宮廷魔術師たちの研究素材に使われたり、商人たちに売却されて国家の財源となる。

そんなダンジョンでの魔物討伐に不平を零すオルヴァルトが馬車から外を眺めていると、黒い影が通り過ぎる。

それを目で追うと、空中を飛ぶ絨毯が悠々と馬車たちを追い抜いて行くのだ。

目を見開くオルヴァルトが【空飛ぶ絨毯】を目で追うと、その絨毯の上にはサザーランド一門の者が身に着ける緑色のローブの後ろ姿が見えた。

「……なんだ、あれは」

側近の男に尋ねるが、その男も答えを持ち合わせていないらしく口を閉ざすが、今回のダンジョンの間引きに同行した騎士が何かを知っているらしい。

「そう言えば以前から、女の子を乗せた絨毯が街道を飛んでいる、なんて与太話があったが本当だったようだなぁ」

「おい、詳しく話せ！」

「詳しくも何も、そのまんまだろ。与太話だと思って信じちゃいなかったから詳しく調べてねぇよ！大方ダンジョン産の魔導具かなんかだろ？」

その言葉にオルヴァルトは、舌打ちをしながら記憶に焼き付けた絨毯を思い出す。

ダンジョンからは、人の手で作ることが難しい魔導具が発見される。

魔剣などの魔法武器を始め、様々な便利な道具や特殊な効果を持つ魔導具だ。

それらを解析し、再現して量産化することが宮廷魔術師の仕事の一つである。

「……欲しいな。あの、飛翔魔導具」

風のサザーランドは、風魔法を習得した門下生を商家や海軍に斡旋して船の動力に利用することで、ローバイル王国を海運国家に押し上げた。

それにより、海運や交易で莫大な利益を得たサザーランドの次なる野心は、内陸での影響力だ。

河川舟運だけでは、内地への影響力は足りない。

馬車よりも速く、路面の状況を無視して空を進む【空飛ぶ絨毯】は、まさに風のサザーランドに相応《ふさわ》しい魔導具のように思えた。

そのために風のサザーランドを継ぐオルヴァルトは、己の野心のために【空飛ぶ絨毯】を欲するのだった。

22話【サザーランドの魔の手】

ダンジョンでユイシアのレベリングをしてから一週間ほど経《た》ったある日——ユイシアと共に港側の冒険者ギルドに訪れた私たちだが、私とテトがゼリッチ氏に呼ばれて応接室に案内される。

「突然、すまないな。少し尋ねたいことがある」

「何かあったの？」

「困り事なら、手伝うのですよ」

今日は、ユイシアと共にポーションの納品に来たのだが、何か緊急性の高い依頼でも回ってきたのだろうかと思っていると、ゼリッチ氏が口を開く。

「実は、サザーランド伯爵家より冒険者ギルドに問い合わせがあった」

「サザーランド伯爵って……」

「ああ、サザーランド一門の盟主一族だ」

魔法一門を立ち上げた一族であり、宮廷魔術師を輩出する名門魔法貴族だ。

サザーランド一門を通じて、様々な方面に多大な影響力を持っているらしい。

「人を乗せて飛ぶ絨毯《じゅうたん》型の魔導具の持ち主を探しているそうだ。是非とも、ローバイル王国の発展のためにその魔導具を召し上げたいと……」

「召し上げたい……ねぇ」

私は、詰まらなさそうに呟《つぶや》く。

召し上げるとは、つまり――貴族の立場から冒険者が持つ魔導具を強制的に取り上げると言うことらしい。

「当然、お断りよ」

「そうなのです！　魔女様とテトにとって大事な物なのです！」

私たち【空飛ぶ絨毯】の代名詞とも言える魔導具であり、思い出の品でもあるのだ。

自作の魔導具であるために、また作れるとは言っても手放す気はなく、空を飛ぶと言うことを余り広めるつもりもない。

そもそも貴族には、幾ら国の発展などの大義名分を立てようと、冒険者から財産を取り上げる権限などないのだ。

私がそう言葉を返すと、もちろんだとゼリッチ氏が真剣な表情で頷《うなず》く。

「サザーランドは、以前から魔法一門の門下生によって冒険者たちが不利益を被ることが多く、あまり信用はできない」

もちろん、魔法一門全員が悪いのではなく、君たちの所に下宿しているユイシア君のような優良な人物はいると、ゼリッチ氏がフォローを入れてくれる。

「今までは冒険者に直接交渉して魔導具を手に入れてきたみたいだけど、私たちの情報が制限されているから、今回はギルド経由で聞いて来たのね」

「ああ、それにサザーランド家は、何かと黒い噂が絶えない家でもあるのだ」

「黒い噂ねぇ……」

例えば、奴隷を購入しての違法な魔法実験、子飼いの兵力を使った恐喝や暗殺、権力による事件の揉《も》み消し、財力による経済的な圧力など――とゼリッチ氏は語る。

「へぇ、怖いわねぇ」

「危ないのですねぇ。魔女様は近づかない方が良いのです」

「そう言っても、大抵厄介事って向こうからやってくるのよねぇ」

私がそうぼやくとゼリッチ氏は、少しは緊張感を持ってくれと呟く。

「まぁ、一応気をつけるわ」

「それじゃあ、また来るのです！」

そして、応接室からユイシアの所に戻ると、ポーションの精算が終わっていたのか依頼掲示板を眺めながら待っていた。

「あっ、チセさん、テトさん！　お話はもう良いんですか？」

「ええ、ちょっとした事務連絡だっただけよ。それよりポーションはどんな感じで売れたの？」

「えっと……チセさんと私の分がそれぞれ銀貨５枚になりました」

ギルドでのポーション買い取りの価格を告げてくるユイシアに私は、ニッコリと笑みを浮かべる。

「おめでとう。今月で銀貨30枚以上が稼げたわね」

「おめでとうなのです！　これで目標達成なのです！」

私とテトがそう言うと、一瞬きょとんとしたユイシアは、小さく笑う。

「そう言えば、最初はそれが目標でしたね。一日銀貨３枚、１ヶ月で銀貨30枚。魔法が楽しくて、すっかり忘れてました」

「今日は、お祝いしないとね」

「美味しい物を買って帰るのです！」

ユイシアとしては今更感があるようだが、私としては祝うべき事だと思う。

「いいんですか？　それじゃあ確か昨日南方の商船が来ていたはずなので、今日は市場に南方の食材が並んでいるかもしれませんよ！」

「それじゃあ、市場に行きましょう」

そう言って私たちは、三人で馴染みの市場に向かい、ユイシアの好物の食材を買い集めていく。

ローバイル王国の王都は、高潮や津波対策として港側は海に面した坂道になっているのだ。

そして、大量の木箱を積んだ荷馬車が私たちの前を通り過ぎ、ドンドンと坂道を登っていくのを見て、直感的に危ないと思った。

そして、その予感はすぐに現実のものとなる。

ガタッと嫌な音を立てて止まった荷馬車が急に坂道を後退し始めたのだ。

「なっ⁉　馬具が千切れた⁉」

荷馬車を牽引《けんいん》する馬具が全て外れ、荷馬車が坂道を下り始めたのだ。

この坂の下には、人が多く集まる市場がある。

そんな場所に坂道で勢いの付いた荷馬車が突っ込めば、大勢の人が巻き込まれてしまう。

「テト、行くわよ！」

「はいなのです！」

私はマジックバッグから【魔杖・飛翠】を取り出し、テトと共にすぐさま駆け出す。

そして、加速し始める荷馬車の前に立ちはだかり、魔法を使う。

「――《サイコキネシス》！」

「――《アース・バインド》！　なのです！」

私が念動力の魔法を、テトが坂道を操作して、加速し始める荷馬車を押し止める。

魔法による強引な停車に慣性の力が働き、荷台に積んでロープで固定されていない木箱が勢いよく飛び出してくる。

それも私は、念動力の不可視の手で空中で捕らえて、地面に下ろしていく。

「ふぅ……被害はないわね。ユイシアは、衛兵と冒険者ギルドの職員を呼んできてくれる」

「はい、分かりました！」

ユイシアが衛兵の詰め所に向かって駆け出す中、馬車事故を見るために遠巻きに野次馬たちが集まってくる。

危うく大勢の人を巻き込む大事故が引き起こされるところだった。

御者には過積載について注意しないと、と思いながら念動力で止めた荷馬車が登っていた方向を見ると、本来なら過失を引き起こした御者が居るはずである。

だが、荷馬車を牽《ひ》いていた馬だけが取り残されて御者は見当たらず、妙な不快感が腹の底に溜まっていく。

「魔女様、これを見るのです」

「テト、これは……」

正面に回って荷馬車を牽引していた馬具を確かめると、経年劣化や重い物を牽いた結果千切れたのではなく、鋭利な刃物で切り裂かれたような断面をしていた。

もしかして、この馬車の事故は人為的に引き起こされたのではないか、と思ってしまう。

「チセさーん！　テトさーん！　衛兵さんとギルドの職員さんを呼んできました！」

そして、ちょうどいいタイミングでユイシアが衛兵とギルドの職員を呼んできたことで現場検証が行なわれる。

坂道を登っていた過積載の荷馬車が馬具の故障で暴走した馬車事故ではあるが、明らかに不審な点が多い。

また積み荷は、どこの商店に運ばれる品物なのかも分からず、中身はとにかく雑多な物が詰め込まれていた。

こんな物が散乱すれば、辺り一帯が大混乱になっていたところだろう。

「ふぅ、なんか変な目に遭ったけど、帰りましょうか」

「なんか、疲れたのです。魔女様、後で癒やして欲しいのです」

「……チセさん、テトさん。お疲れ様です」

労《ねぎら》いの言葉を掛けてくれたユイシアと共に家に帰り、買い込んだ食材を使ってユイシアの好物を作る。

ただ、後味の悪さのような物を感じつつ、家に帰るのだった。

23話【サザーランド家の凋落《ちょうらく》の始まり】

「あの事故、タイミングが良すぎるわよねぇ」

私がサザーランド家から【空飛ぶ絨毯《じゅうたん》】の買い取りを断った直後に、市場での荷馬車の暴走事故が引き起こされた。

馬具の壊れ具合などを見た限り、私とテトを狙って人為的に引き起こされた物だと思っている。

目の前で荷馬車の事故で混乱を引き起こし、その隙を突いて【空飛ぶ絨毯】が収納されているマジックバッグを奪取する気だったのかもしれない。

元々この手の魔導具は、誰でも扱える状態で発見され、後から付与魔法により【使用者制限】などのセキュリティーが掛けられる。

だが、使用者が死亡した魔導具やマジックバッグが使えないのでは非常に困る。

そのために、腕のいい魔法使いが時間を掛ければ、【使用者制限】の付与魔法を解除して新しく使用者を書き換えることもできるのだ。

そうやって【空飛ぶ絨毯】を手に入れる気だったのかもしれない。

ちなみに、私のマジックバッグはポーチ型の時間遅延効果のあるマジックバッグである。

元々は、それほど容量は多くなかったが、いつからかマジックバッグの容量を大きくできないか、と試行錯誤した結果、マジックバッグの内部の亜空間に魔力を注ぐことで容量を拡張することができ、今ではかなりの大きさになっているのは余談である。

そもそも普通の人は、マジックバッグの内部を拡張できるほど魔力を注げないと思う。

そんなこんなで、考え事をしながら夜を過ごしていると、ユイシアが話し掛けてきた。

「あの、チセさん……チセさん！」

「うん？　ユイシア、どうしたの？」

「どうしたのじゃありませんよ。さっきから浮かない顔をして、どうしたんですか？」

どうやら、サザーランド家が【空飛ぶ絨毯】を狙っていることについて考え込んでいたようだ。

ユイシアとクロが心配そうな表情で見つめていた。

「ごめんなさい。心配掛けたけど……」

平気……と言いたかったが、もしも【空飛ぶ絨毯】の所有者である私とテトの他にも、同居しているユイシアもサザーランド家から目を付けられたら狙われる可能性が高いことに気付く。

ならば、ユイシアにも教える必要があるかもしれない。

「ユイシア。実は、私たちに魔導具の買い取りを打診されたのよ……」

そう前置きを入れて、サザーランド家から【空飛ぶ絨毯】の買い取りを断った事。

その直後に、不審な荷馬車の事故が起きたことを語る。

そして、ここまで強攻策を打って出る相手は、早々に諦めない可能性が高いことを伝える。

「もしかしたら、ユイシアの身にも危険が及ぶかもしれないわ」

「そ、そんな……私の心配よりチセさんたちの方が逃げるべきですよ！　【空飛ぶ絨毯】って凄い魔導具があるんですから、それに乗って遠くまで逃げちゃえば良いんですよ！」

そう訴えてくるユイシアだが、私は緩く首を振る。

「私たちは、いつ来るか分からない浮遊島を待たなきゃいけないからね」

そう言って、私がこのローバイル王都に滞在する理由を告げると、理解できないと言ったように表情を歪める。

「なんで、そこまで浮遊島に拘《こだわ》るんですか？」

「それは、秘密よ」

「でも、魔女様とテトとクロにとって、大事なことなのです！」

『にゃぁ〜』

私たちがそう答えるとユイシアは、私たちが絶対に意見を変えないと思い、若干泣きそうな顔をしている。

「まぁ、私たちの傍に居るか、離れるかを決断するのは、また今度になりそうね」

「えっ？」

不思議そうに声を上げるユイシアに対して、テトが魔剣を持って立ち上がる。

「魔女様、敷地に入ってきたのです」

「数はざっと10人……暗殺者ってところかしらね？」

私とテトの魔力感知が、家の敷地内に何者かが侵入したのを感じる。

「チセさん、テトさん、大丈夫なんですか!?」

「いえ、もう終わっているわよ」

「全員地面に転がって、いつもみたいに捕まえたのです！」

「ええ？　ど、どういうことですか？」

『なぁ～』

暗殺者が来たと告げられた直後、もう終わってると言われて混乱するユイシアに、クロが真っ先に庭に駆け出す。

「事前に仕込んでおいた防犯用の魔法が発動したから今は庭で寝ているわ」

私たちもクロを追い掛けて庭先に出れば、複数の侵入者たちが庭の地面に倒れていた。

この家には、入居した時から侵入者防止用の結界を張っていた。

害意や悪意に反応する結界により雷魔法の《スタン》を打ち込まれた侵入者たちは、動きを鈍らせ、テトが遠距離から土魔法で地面を操作して拘束している。

「え、大丈夫なんですか⁉」

「大丈夫よ。私の捕縛魔法とテトの拘束があるんだから」

昔から冒険者たちとの模擬戦、盗賊退治や賞金首の捕縛などで、それなりに相手の無力化には慣れている。

それに捕縛用の雷魔法である《スタン》を使っているので、肉体的に痺《しび》れて動けない状態だろう。

さらに、操作した土石はテトの魔力によって強化されているので、ただの土石でも【身体強化】で崩すのは困難である。

そして、家から出て見れば、10人の男たちが土の手に押さえられ、地面で藻掻いている。

「とりあえず、侵入した理由と目的、雇い主を教えてもらえる？」

地面に押さえつけられた暗殺者の一人を見下ろして尋ねるが、無表情で答えようとしない。

むしろ、自身の奥歯に仕込んだ毒で自決しようとするが――

「――《アナライズ》。毒の種類は、なるほどね。――《アンチドーテ》」

暗殺者たちの使った毒を鑑定魔法より高度な解析魔法を使い、毒の成分を理解した後に、回復魔法で解毒した。

即効性の毒による苦しみが一瞬にして消えたことに男たちが狼狽《うろた》えるが、私は淡々とした表情で告げる。

「これでも治癒師や調合師の真似事もしているから、私の前では簡単に死ねるとは思わないことね」

私がそう告げると、今度こそ逃げられず死ねないと理解した男たちが項垂《うなだ》れ、沈黙を決め込む。

たとえ舌を噛み切って自決しようとも、再生魔法で舌を再生させる。

そうなれば今度は、自決防止のためにテトが口の中に土を詰めるだろう。

「さぁ、改めて聞くわ。理由と目的、雇い主を教えてもらえる？」

「……言えぬ」

ただ一言、それだけ聞ければ私は満足である。

「……そう、ならいいわ。あなたたちは明日の朝までそのままね。今日はもう遅いから私たちも寝ましょう」

「はいなのです。魔女様！」

「ええ、チセさん、良いんですか!?　放っておいて！　殺しに来た相手ですよ！」

暗殺者たちを放置する私とテトにユイシアが慌てるが、私は答える。

「私は別に尋問とか拷問とか好きじゃないから、情報を引き出すのは衛兵や騎士団の専門家たちに任せるわ」

「魔女様は、優しいからあまり人を傷つけるのが好きじゃないのです」

テトにそう言われて、そんなことないわ、と顔を背けるが、さっきまで緊張で強張っていたユイシアの表情が少し和らぐ。

「チセさん、優しいですよ。それも凄い甘いくらいです」

「私は甘いんじゃなくて、臆病で慎重なだけよ。だから防犯魔法で家の周りはガチガチにするし、尋問も別の人に押しつけるのよ」

ユイシアの言葉に、私は自嘲気味に笑う。

だから、誰かを傷つけるよりも癒やし、守り、育てることを選ぶのかもしれないと思う。

無論、敵意や害意を持って迫ってくるなら相応の対応はするが、結局は暗殺者たちを尋問する役目を別の誰かに押しつけているのだ。

そして、家の中に入った私が、ふわぁ～と欠伸《あくび》を上げるとユイシアは――

「本当にチセさんたちは、何者なんですか？」

「ふふっ、それはまだ秘密かな？」

「まだ内緒、なのです～」

私とテトが二人して悪戯《いたずら》っぽい笑みを浮かべれば、暗殺者たちが襲ってきた直後なのに毒気を抜かれたユイシアが提案してくる。

「なんか、襲ってきて怖いですから、今日はチセさんとテトさんの部屋で眠らせてもらいますよ」

「いいわよ。三人で川の字ね」

「一緒に寝ると楽しいのです！」

『にゃぁ～』

拘束した暗殺者たちを放置して、私たちは同じ部屋で並んで眠りに就くのだった。

SIDE：サザーランド次期当主・オルヴァルト

「クソッ、忌々しい子どもの冒険者風情が……。飛翔魔導具だけでなく、あのような杖まで隠し持っていたとは！　今すぐに手に入れろ！」

「オルヴァルト様、落ち着いて下さい。きっと今頃、子飼いの暗殺者たちが手に入れている頃ですよ」

「かわいそうにな。まだ子どもって年齢のやつから殺して物を奪おうとするんだからな。ククッ……」

オルヴァルトの研究のための屋敷には、オルヴァルトの他に二人の男がいた。

二人はその才をサザーランド伯爵に認められてオルヴァルトの側仕えとなった者たちだ。

「それにしても私も驚きましたよ。飛翔魔導具の他に、あんな性能の杖があるなんて……まさに風のサザーランドのためにあるような物じゃないですか」

側仕えの一人がそう言って感慨深げに話す。

【空飛ぶ絨毯】の買い取りを拒否され、すぐさま事故に見せかけて奪うつもりで馬車事故を引き起こした。

その際に取り出した魔法の杖には、能力の一部が封印されていたが明らかに常軌を逸する性能をしていたのだ。

「飛翔魔導具に規格外の魔法の杖ねぇ……サザーランドにもねぇ杖や魔導具なんだろ？　普通になんであんな女子どもが持っているのか疑問だよな。それに轢《ひ》き殺すために起こした馬車事故も魔法で止められたみたいだし、何者なんだ？」

そして、もう一人の男はオルヴァルトの側仕えではあるが、裏の顔はサザーランド家の子飼いの暗殺者だ。

金さえ払えば様々な汚れ仕事を請け負い、目障りな人間を暗殺して欲しい物を奪い取ってきた。

「ふん、そんなことはどうでもいいだろう。所詮は、宮廷魔術師にも成れない杖や魔導具頼りの野良の魔法使い……ただそれだけだ！」

宮廷魔術師こそ至上と考える権威主義的な思想のオルヴァルトに対して暗殺者の男は、肩を竦《すく》める。

「俺としては、金さえ払ってくれれば別になんでもいいさ。配下の暗殺者を10人送ったんだ。どんな凄腕の魔法使いでも、寝静まった頃に寝首を掻かれれば終わりだ」

いつものように手慣れた仕事だ、とでも言うように暗殺者の男は語る。

だが、彼らは信じたいこと、都合のいい事だけを考え、まだ手に入っていない【空飛ぶ絨毯】や【魔杖・飛翠】について夢と野望を膨らませる。

自分たちが手を出したのがどういう相手なのか、時間を掛けて調べることはなかった。

また、短時間で集めた情報だけで相手を判断し、自らの目で判断する事なく簡単な相手だと思い込む。

いや、チセたちが馬車事故を魔法で止めた瞬間を目撃したのだ。

だが、【魔杖・飛翠】の存在感に更にその目を曇らせ、その日の内に暗殺者を直接送り込んだ。

もし自らの目でチセたちを確認しても、完璧に近い魔力制御を行なうチセとテトの実力を正確に感じ取ることができたかと言えば、難しかったかもしれない。

そうして夜も更けていく中、彼らは未だ帰らぬ暗殺者たちに不安を募らせる。

「ええい！　いつ戻るんだ、奴らめ！」

「ふぅ、流石《さすが》に遅いですね。今日はもうお休みになられた方がよろしいかと。明日にでも朗報が届きます」

「ったく、あいつらは何をやってんだ。帰ったら絶対に罰を与えてやる」

オルヴァルトたちは、やきもきしながらその日は眠りに就く。

そして翌朝、彼らの下に届いた情報は、放った暗殺者全員が冒険者に捕らえられて、衛兵に引き渡されたというものであった。

24話【正体を告げる時】

翌朝、庭で拘束していた暗殺者たちを衛兵に引き渡した私たちは、大事を取って家で休んでいた。

「あ、あの……チセさん。大事な時に、こんなにのんびりしていて良いんでしょうか？」

魔法貴族に目を付けられ、暗殺者まで送られて不安そうにするユイシアがそう尋ねてくる。

「今は、こちらから何か行動を起こすこともできないからね」

「まったりと過ごせばいいのです～」

「それは、そうかもしれませんけど……」

それでも現状に落ち着かないユイシアを宥めるように、クロがその背中を擦り付けてくる。

「……不安なんですよ。今がどういう状況かも分からないですし、そもそもチセさんとテトさんの事を全然知らずに過ごしてきました」

今回狙われたのは、私たちが持つ【空飛ぶ絨毯《じゅうたん》】だ。

だが、馬車事故を起こしたその日に、暗殺者を送り込んでくるのも性急だと考えると別の何かも同時に奪いに来たのかもしれない。

それに、そろそろ私たちのことをユイシアに明かしても良い頃合いだろう。

そう思って口を開き掛けた時、家の扉がノックされる。

「魔女様、誰か来たみたいなのです」

「ちょうどいいタイミングね。行きましょう」

私が家の扉を開けると冒険者ギルドのサブマスターであるシェリルさんが立っていた。

「チセ様、テト様、ユイシア様。グランドマスターのゼリッチ様が冒険者ギルドでお待ちしております」

「分かったわ。そこでユイシアには、色々話すわ」

「はい……」

それだけ言って私たちは、シェリルさんの用意した馬車に乗って港側の冒険者ギルドに向かった。

そして、ギルドの応接室に案内されれば、沈痛そうな表情をした王弟にしてグランドマスターのゼリッチ氏が待ち構えていた。

「チセ殿、テト殿、待っていた。そして、ユイシア君とはこうして顔を合わせるのは初めてだね」

「は、はい！　初めまして！　サザーランド一門の門下生のユイシアです！」

冒険者ギルドで様々な依頼を受けてきたユイシアは、Dランク冒険者でもある。

そのためユイシアにとっては、ローバイル王国の冒険者ギルドを統括するグランドマスターは、雲の上の人と言えるだろう。

「用件は、昨日のこと？　それとも今朝のことかしら？」

前置きはそこそこに私がそう切り出せば、ゼリッチ氏は緊張した面持ちで口を開く。

「……両方だ。サザーランド伯爵家から冒険者ギルドに抗議と賠償請求が入った。昨日の荷馬車にはサザーランド一門で注文した魔法薬の素材があり、冒険者の手によって破損させられたのだそうだ」

「そう……」

「えっ、おかしいですよ！　だって、昨日は、荷馬車の暴走事故だって衛兵さんが！」

私が小さく呟《つぶや》くが、ユイシアの方が抗議の声を上げる。

だが、ゼリッチ氏の言葉はまだ続く。

「それに関しては、こちらも突っぱねた。そして今朝、チセ殿が衛兵に引き渡した暗殺者たちから依頼主がサザーランド家とその目的を聞き出して、余罪も追及している」

「それで相手は、どうなるの？」

私は、今後の展開についてゼリッチ氏に尋ねると、少し悩ましげな表情で答えてくれる。

「どちらの事件でも明確な被害者が出なかったが、他国でも信頼の厚い冒険者への財産の略取、暗殺未遂、それに故意に引き起こした馬車事故による殺人未遂を理由にオルヴァルトらは現在謹慎にさせた。刑が確定すれば、宮廷魔術師から追い落とし、余罪追及と共にサザーランドの権勢を削《そ》ぐ」

冒険者ギルドに所属する冒険者を守るのは当然として、私が活動していたガルド獣人国からも強い反発が起き、直接国土が接していないイスチェア王国からも反発があるだろう。

他にも冒険者ギルドと同じく大陸全土に根を張る巨大組織である五大神教会には、孤児院救済のための活動をしたり、定期的に教会に寄付を行なう優良信者でもある。

隣国ガルド獣人国、冒険者ギルド、五大神教会との関係悪化を防ぐために、サザーランド伯爵家を潰すだけなら安いものである。

「ユイシア君には悪いが、これからサザーランド一門の権勢を削らせてもらう。加えて、他の魔法一門との勢力をほぼ均等にして魔法技術の発展を目指してもらう」

そう宣言するゼリッチ氏の顔は、国を動かす為政者の顔だろう。

「えっと私は、その……あまりサザーランド一門の力を借りてないので、権勢とか言われても……よく分からないです。ただ、冒険者の人と組む時に失礼な人が減れば嬉しいです」

「分かった。君の願いを叶えるために、少しは風通しが良くなるように努力しよう」

対するユイシアは、どう答えて良いか分からずにあたふたするが、最後の方の本音を聞いたゼリッチ氏が優しい顔つきになる。

「海運国家として風のサザーランド伯爵家を優遇しすぎた弊害だ。改めて、申し訳なく思う」

非公式ながら、王弟でありグランドマスターが頭を下げると言う事実に、ユイシアが目を見開き、改めてあの疑問を口にする。

「あの……チセさんとテトさんは、本当に何者なんですか？　グランドマスターも頭を下げる相手って……」

「むぅ？　まさか、チセ殿とテト殿は、ユイシア君に教えていないのか？　確か5年ほど同居しているのだろう？」

そう言われると、私はそっと目を逸らす。

「だって……正体を知られたら、ユイシアが緊張すると思ったのよ」

「緊張するより、普段の方が楽なのです〜」

少し罰が悪く目を逸らしたまま呟く私と気の抜けた声で答えるテトに、ゼリッチ氏が溜息を吐きながら、ユイシアに私たちの正体を明かす。

「彼女たちはどちらも数少ないAランク冒険者で、【空飛ぶ絨毯】というパーティーを組んでいるんだ」

「えっえええっ⁉　チセさんとテトさん！　Aランク冒険者だったんですか⁉」

流石《さすが》に、ここ数年ほど【空飛ぶ絨毯】として目立った活動はしていないために、酒場などの吟遊詩人が謳《うた》う詩には上がらず、知名度が下がっている。

それでもAランク冒険者の衝撃は大きいようだ。

自分を借家に住まわせてくれた人たちがAランク冒険者であることに、驚き過ぎたユイシアが放心状態になっている。

「わ、私、Aランク冒険者の凄い人たちに魔法を教わってたの……」

「まぁ、海の幸を食べるために半分楽隠居な感じでローバイルに来て、ランクを隠して細々と活動していたからね」

「ユイシアとの生活は、楽しいのです！」

「楽隠居ってチセさんとテトさんって、何歳なんですか⁉」

そう言われて、時折自身の外見年齢が変わらないため年齢を忘れそうになるので、ギルドカードで確かめれば私は47歳。テトは52歳となっていた。

まぁ、異世界に転生して早35年と考えると中々に生きていると思う。

「4、47歳と52歳……5年前からまるで変わらないけど、う、嘘……若すぎる、っていうか、幼すぎる……」

「まぁ、魔力量が増えれば、寿命も延びて老いも遅くなるから」

「それにしても変わらなすぎですよ～！　まだ秘密を隠しているんじゃないですか⁉」

「それは、秘密よ」

「チセさ～ん！」

半ば泣きそうになっているユイシアだが、ゼリッチ氏にはまだ話があるらしく、咳払いをして意識をそちらに戻す。

「既にチセ殿とテト殿を守るために、サザーランドを追い落とすための準備を進めている。少しチセ殿たちの周りが騒がしくなるかもしれないが、全力で守らせてもらう」

「ありがとう。まぁ一応、私たちは私たちで身を守れるけど、お願いね」

「よろしくお願いするのです！」

大枠の話し合いが済み、後はゼリッチ氏たちに全て任せることにする。

魔法貴族に狙われたことも、暗殺者を捕まえて衛兵に突き出したことも、私にとって雑事を振り払うような出来事である。

だが、その事の影響は予想よりも大きく、周囲の動きは更に激しかった。

25話【オルヴァルトの悪あがき】

SIDE：サザーランド次期当主・オルヴァルト

「くそぉぉっ！　こんなはずでは！　こんなはずではなかったのに！」

サザーランドの本邸では、オルヴァルトが自らの髪を掻き毟《むし》り、家具や調度品に激しい怒りと苛立ちをぶつけている。

冒険者の少女が持つには、不釣り合いな飛翔魔導具。それに馬車事故を止めるために見せた魔法の杖を手に入れるために、いつものように行動した。

だが、今回は相手が悪かった。

こちらの身分や権力に怯まず買い取りを拒否し、子飼いの暗殺者を送っても全て返り討ちにされた。

その上、引き渡された衛兵により尋問されて、そこからサザーランドの名が漏れたのだ。

「落ち着いて下さい！　オルヴァルト様！」

「これが落ち着いていられるか！　我らのサザーランドが窮地に追いやられているのだぞ！」

道具の価値も分からぬ幼い少女の魔法使いだと蔑んだが、その実、他国や教会とも懇意にしている高位の冒険者だった。

それに冒険者ギルドにとっても、守るべき優良冒険者でもあったのだ。

衛兵に引き渡された暗殺者たちは、貴重なサザーランドの裏の戦力だ。

普段なら賄賂を渡して、貧民街で調達した適当な死体で誤魔化して解放されるはずだった。

だが、ここでローバイル王国の騎士団が出張ってきたのだ。

「あの少女のことを知っていたなら、手など出さなかったのに！　くそ、こんな肝心な時に、あいつは逃げ出したな！」

オルヴァルトの側仕えであり雇われ暗殺者の男は、暗殺が失敗し、サザーランドの旗色が悪いと見ると、騎士団がサザーランドの監視を強める前に金品を持って王都から逃げ出したのだ。

「王国の悩みの種の一つを解消した人物だと!?　このサザーランドがどれだけローバイル王国に貢献しているのか、分からないのか！」

かの冒険者は、ローバイル王国の治安を守る騎士団が追っていた裏組織の壊滅の切っ掛けを作り上げた功労者であり、恩人である。

そのような人物が暗殺者に襲われたとあれば、裏組織の生き残りが逆恨みで襲ったと判断した騎士団が直々に尋問をした結果、今回の事態に行き着いたのだ。

「それに今回の事だって、何代にも渡ってサザーランドがやってきたことだ！　何故、私の代に限って、このような！」

まるで自らの不幸を嘆くようだが、彼ら一族の行いを反省しているわけではない。

『国家の発展のため、魔法の発展のため』という大義名分の下で、自分だけではなく現当主の父やその祖父も同じ事をやってきた。

そのために、次期当主のオルヴァルト一人を切り捨てることができなかった。

今はサザーランド家として、冒険者ギルドに『貴重な魔法薬の素材を破損させられた』ことを理由に抗議して、貴族裁判の審議を拒否して時間を稼ぎ、打開策を探している。

「奴の、もっと奴らの情報は、ないのか！　こちらが生き残れる相手の弱みを！」

「一応、急造ですが、調べさせた情報がこちらに――」

ガルド獣人国から流れてきた【空飛ぶ絨毯《じゅうたん》】という二人組のAランク冒険者の話を集めさせた資料をもの凄い形相で睨《にら》み付ける。

冒険者ギルドが持つ情報から、吟遊詩人、ガルド獣人国から流れてきた人々の話などが総括されているが、あまりに荒唐無稽だった。

「冒険者の登録はチセ12歳、テト17歳で今年で登録から35年だと!?」

高位の冒険者や魔法使いなどは、魔力量が多いために寿命が延びる傾向があることを知っている。

だが、その加齢の速度変化は、緩やかになるが止まることはない。

筆頭宮廷魔術師である父のサザーランド伯爵でさえ魔力量が4万を超えているが、加齢が緩やかなだけで止まることはなかった。

そして歴代の筆頭宮廷魔術師たちも魔力量が多く長寿だったが、寿命の平均は150歳前後。長い者でも300歳ほどが限界だった。

「おかしいぞ。何故、冒険者に登録した時から一切の外見が変わらない?」

魔法後進国であるガルド獣人国では、長寿なのはエルフの血が混じっているからだの、幼いが成人しているのはドワーフの血が混じっているからだの、噂されている。

だが、両者の種族が混じり、魔力量が多いからと言っても、あまりにも変化が乏しすぎる。

「もしかして……いや、まさか……これは……」

「オルヴァルト様、いかがされました?」

オルヴァルトは、傲慢で自身が上でなければ気が済まない気質を持つが、魔法貴族に生まれて宮廷魔術師にまでなったために、決して頭が悪いわけではない。

宮廷魔術師に至るまでに蓄えた知識や経験が、ある可能性を導き出す。

「やつは、――【不老者】かもしれんぞ!」

「【不老者】……まさか!」

「12歳の姿のまま居続けるなど、普通はありえん。だが、本来の年齢や姿を偽れる【不老者】ならば話は別だ！」

資料には、容姿に似合わぬ落ち着いた対応をする人物と書かれているが、子どもにそんなことは無理だ。

不老の賢者や魔法使いたちは、時折現れて、時の権力者から逃げるように暮らし、忘れられた頃にまた俗世に現れたりする。

そんな不老の賢者や魔法使いたちが、若返りや容姿を変える未知の魔法薬を使って現れたとしても不思議ではない。

なにより、そのような人物ならば膨大な力を宿した杖や【空飛ぶ絨毯】などの魔導具を持っていても不思議ではない。

本当は、転生者であり地道な成長でチセは【不老】スキルを手に入れたのだが、大事なのは過程や前提ではなく、チセの秘密に辿り着いた事実と言うことだ。

「俺は、王宮に向かい王に謁見する。お前は、引き続き情報を集めろ！」

「わ、分かりました！」

オルヴァルトは、王宮に向かい王に謁見を申し入れる。

サザーランドの不祥事で権勢を落とそうとしているが、魔法一門が積み上げてきた実績から王への謁見が許された。

「して、本日は何用だ？」

ローバイル国王からは無気力な反応が返され、周囲の騎士や文官からは明らかに侮蔑や嘲笑の視線が向けられる。

オルヴァルトのプライドがズタズタに傷つけられる中、それをグッと堪《こら》えながら言葉を口にする。

「王よ。王の耳に入れたいことがあるのです」

「ほう、国家を危険に晒した事件を引き起こし、裁判が控えた身である其方が、どのようなことを申すのかのう?」

気だるげなローバイル国王は、全てを持ち、何かに餓えているのだ。

海運国家として富を持ち、珍しい調度品に囲まれ、権力者として女や宝石、食事に不自由しない。

王籍から抜けた王弟と比べられたら凡庸な王であるが故に、周囲が支えた。

そのため順風満帆に見えるが、唯一の物を持たない老王はその唯一を求めて餓《う》えているのだ。

その餓えを満たすために飽食を行い、享楽に耽った結果、健康を害しており、今になって自らに死の影がちらついているのを感じている。

オルヴァルトは、そこに付け込むのだ。

「私めが、かの冒険者たちと揉《も》めたのは、一重に王と王家への忠誠のためです!」

「何を言うか! かの御仁たちは、国民を脅かす裏組織の壊滅の切っ掛けを与えて下さった人物だぞ! 口を慎め!」

この場にいる近衛騎士団長がオルヴァルトを叱責するが、それに被せるように言葉を重ねる。

「かの冒険者は【不老者】です！　かの冒険者のマジックバッグには、不老の賢者が持つ未知の知識や道具があり、それは王国の発展に繋がるでしょう！」

「馬鹿な……【不老者】などあり得ぬ。今更そのような世迷い言を！　それにそのような理由で個人の財産を奪うなど仁義にもとるぞ！」

騎士道を遵守する騎士団長が憤慨する中、更に王の興味を引くために、不老について語る。

「歴史上、度々現れる【不老者】たちの秘密！　その髪を、血を、肉を研究すれば、不老不死が得られるかもしれません！」

「……ほぅ」

気だるげな王が初めて興味を示した。

「我らサザーランドは、これまで蓄えた魔法の知識・調合の技術で【不老不死】の秘密を手に入れ、王に献上することを誓います！」

荒唐無稽な話である。

謁見の間では、それを多くの者が否定するが、幸か不幸かこの国の最高権力者であるローバイル国王がそれに興味を示してしまった。

ちらつく死の影から逃れるためか、はたまた【不老不死】を手に入れた偉大な王になる夢を見たためか……

「ならば、サザーランドに対する審問を一時中断し、その不老不死の秘密とやらを手に入れてみせよ。

この場でのことは他言無用だ。そして、オルヴァルトよ。もしも不老不死が嘘であったのなら、余を謀ったことになる。分かっておろうな」

「はっ、この身に代えましても不老不死の秘密を暴いてみせます」

この瞬間、オルヴァルトの悪あがきは成功したのである。

26話【浮遊島の接近とユイシアの選択】

SIDE：ユイシア

チセさんたちがサザーランド家に狙われて、暗殺者が送り込まれた後、不安を抱いて過ごしていたが、拍子抜けするほど変わらない日々が過ぎていく。

「今は、騎士団の人たちがサザーランド家を監視しているみたいだから、任せましょう」

「そうですけど……」

「それより重大なことは、今日のご飯を何にするかが大事なのです！」

『にゃぁ～』

不安に駆られる私だが、チセさんたちは相変わらずの自然体だ。

二人がAランク冒険者であることに緊張して対応がギクシャクしたが、チセさんたちは変わらず私と接してくるので、なんだか緊張するのも馬鹿らしくなった。

そして、一ヶ月が過ぎ――

「チセさん！　テトさん！　ついに来ましたよ！　浮遊島です！」

「本当ね。文献で調べた限り、王都には三日掛けて接近して、同じだけの時間を掛けてまた離れていくそうよ」

「それなら、今日は準備して明日、浮遊島に向かって出発なのです！」

『なぁ～』

家の窓辺から見える小さな豆粒のような巨岩の浮遊島を見つめて、チセさんたちが話している。

「チセさんたちは、飛翔魔法であそこまで行くんですよね。私も一緒に行ってみたいけど……無理ですよね」

「ごめんね、ユイシア。何がある場所か分からないから、おいそれと連れて行けないわ」

「でも、お土産話は期待するのです！」

『なぁ～』

私は、チセさんたちだけが浮遊島に乗り込むことに寂しさを覚え、それを紛らわすためにクロさんの背中を撫でると、甘えるように体を擦り付けてくれる。

たまに厳しいクロさんでも、こうして甘えてくれるのは嬉しく感じる。

そして、私が出掛けた後でチセさんとテトさんは、浮遊島に向かう準備をするためにどこかに出かけていくようだ。

送り出された私は、サザーランド一門の施設に近寄らないように冒険者ギルドへポーションを納品しに出かける。

「シェリルさん、こんにちは。今日はポーションの納品をしに来ました」

「あっ、ユイシアちゃん、こんにちは」

私は、港町に近い冒険者ギルドに立ち寄り、受付に居るサブマスターのシェリルさんにポーションの納品をする。

「ユイシアちゃん。ここのところダンジョンに挑んでないみたいだけど、どうする？　どこかの冒険者パーティーを斡旋しましょうか？」

シェリルさんがそう提案すると、私たちの話に聞き耳を立てていたギルドに居た冒険者たちが声を上げる。

『ユイシアちゃん、今度うちのパーティーと組まない？』

『あっ、ずるいぞ！　私たちの所と組んで依頼をこなそうぜ！』

『俺たちのところは、実力あるし、固定パーティーを組まないか？』

「あははっ、すみません。もう少し状況が落ち着いたらお願いしようと思いますので、また今度――」

私は愛想笑いを浮かべながら、軽く頭を下げて冒険者の人たちに断りを入れる。

サザーランド一門が不祥事を起こした後、その制裁措置として冒険者ギルドのゼリッチ様がサザーランド一門の門下生に対して冒険者パーティーの斡旋を停止した。

魔法一門の門下生たちは、魔力量を増やすためのレベル上げや魔法研究に必要な資金と素材の確保のためにダンジョン探索が推奨されている。

今まで横柄だったサザーランドの門下生たちは、パーティーの斡旋が止められたためにダンジョンに潜ることができず、レベル上げや魔法の研究のための素材集めなどが難しくなっているのだ。

唯一、今まで丁寧な対応を心がけていた私だけが、サザーランド一門に居ながら個人でパーティーを組みたいと言ってくれる人たちが居た。

今もこうして気さくに声を掛けてくれる知り合いの冒険者たちに断りを入れながら、依頼の掲示板から手頃な雑務依頼を見つけて、依頼を受注する。

そして、町中の簡単な依頼を終えてギルドに戻ってくると、ギルドの酒場の一角では赤い首輪を付けた黒猫のクロさんが愛嬌を振りまいているのだ。

「クロちゃんって可愛いですよねぇ。見ていると、癒やされますね」

「あ、あははは……その、すみません」

「可愛いから構いませんよ。それに冒険者たちもああ見えて癒やしが欲しい時がありますから」

受付嬢をしていたシェリルさんは、微笑みながらそう答えてくれる。

殺伐とした魔物との戦いなどを行なう冒険者ギルドでは、確かに心の癒やしを求める人が多いらしい。

「時折、ユイシアちゃんが出掛けた後を付いていったり、こうしてギルドで帰りを待っているのを見ると、本当に可愛いですよね」

シェリルさんにそう言われてクロさんを見ると、私が雑務依頼を終えたのを察知して、相手をしてくれた冒険者たちから離れて私の所に来る。

「クロさん、もうお家に帰りましょうか」

『にゃぁ～』

私が肩に登りやすいように膝を少し落としてやや前屈みになれば、一鳴きしたクロさんが器用にジャンプして背中を登って肩までやってくる。

その肩登りにも随分慣れたなぁ、などと思いながら肩に乗るクロさんの顎下を撫でれば、ゴロゴロと気持ち良さそうに鳴く。

そして、冒険者ギルドを後にしようとした時――

「サザーランド一門のユイシアだな」

「っ!? あっ、騎士団の人ですか」

気配を感じず振り返れば、騎士団の鎧を着た男性が立っていた。

テトさんに【身体強化】と近接での護身術を教えてもらっていたのに、気付かなかった。

そのことに、自分はまだまだ未熟だなぁ、と思い内心落胆する。

「Aランク冒険者への襲撃と暗殺未遂の件で、詳しい話を聞きたい」

「あっ、はい。分かりました」

冒険者ギルドの近くには、馬車が用意されていた。

ただ、1ヶ月も前に起きたことなのに今更と不審に思いながらも、馬車に乗り込む。

そして走り出した馬車が騎士団の詰所に向かうのかと思ったが、流れていく窓辺の景色が詰所とは違い、貴族街に向かっているのに気付く。

「あの……騎士団の詰所とは別の方向みたいですけど……」

「…………」

『ジアァーォ』

私の疑問に、騎士鎧を着た男性は腕を組んだまま黙っている。

『ゴァ――ォ』

馬車に乗る時、肩から降りて膝に乗ったクロさんも、毛を逆立てて威嚇するような低い唸《うな》り声を出している。

その時点でやはりおかしいと気付くが、何が起こっているのか確かめるためには、このまま見届けなければならない。

そうして辿り着いたのは、サザーランド伯爵家の本邸であった。

「こ、ここは……」

「さぁ、進め」

こちらにチラリと見えるようにナイフを背中に突きつけてくる騎士鎧を着た男性に促されて、私とクロさんは屋敷の中に入っていく。

案内された先は二階の一室であり、そこに居たのは、本来謹慎が言い渡されて騎士団によって監視されているはずのオルヴァルトだった。

「オルヴァルト様……」

「待っていたぞ。お前がユイシアだな。さぁ、座りたまえ」

騎士鎧を着た男性は、足音を立てずにオルヴァルトの後ろに立ち、私は渋々ソファーに座る。

そして、オルヴァルトは私に語りかけてくる。

「随分と、件《くだん》の冒険者たちと親しくしているようだな」

「は、はい。よくして頂いています」

震えそうになる声を抑えてそう答えれば、オルヴァルトの表情が嫌らしい笑みに歪む。

「それは重畳。では、この薬と手枷《てかせ》と首輪を使って奴らを無力化しろ」

「なっ⁉」

オルヴァルトが取り出したのは、何らかの薬物と罪人用の手枷と首輪だ。

「これは、強力な睡眠薬だ。食事にでも混ぜれば、丸一日は目覚めない。そして、こっちは【吸魔】の手枷と奴隷の首輪だ。Aランク冒険者に暴れられては困るからな。しっかりと着けるんだぞ」

「な、なんで私が、チセさんたちにそんなことしなきゃいけないんですか⁉」

『シャァァァッ――――！』

突然の要求に反射的にソファーから立ち上がった私が声を上げ、クロさんも激しく威嚇する。

馬車事故を引き起こし、暗殺者を放った次に、私を使ってチセさんたちを奴隷に落とすことを要求してくるのだ。

そして、そんな私とクロさんの反応を不快そうに睨《にら》んでくる。

「随分、躾《しつけ》のなってない門下生とその使い魔だな。サザーランドに入ったなら、その盟主である俺に従え」

「そんな理不尽なことに従うつもりはありません！　どうしてそこまでチセさんたちを狙うんですか！　あの【空飛ぶ絨毯《じゅうたん》】が狙いなんですか！」

私がそう声を上げるが、オルヴァルトは鼻で笑う。

「飛翔魔導具もあの女の持つ杖も、もうどうでもいい！　むしろ、それ以上に価値のある物を見つけたのだからな！」

「価値の……ある物？」

狂ったように歪んだ笑みを浮かべるオルヴァルトは、朗々と自分の計画を語る。

「あのチセとか言う冒険者は、【不老】スキルを持っている。奴の体に隠された【不老不死の秘密】を調べ上げるように王命が下ったんだ。その体を調べるには、捕まえなければならないよな」

王命……今まで不気味なほど平穏だった裏では、サザーランド家を追い落とす準備が進んでいるのではなく、国王を味方に付けてチセさんたちを捕まえる準備が進められていたことに気付く。

「なに、タダでやれとは言わないさ。宮廷魔術師になるのが夢なんだろう？　成功した暁には、宮廷魔術師への口利きをしてやろう」

粘着質な声でそのような誘惑を私に掛けてくる。

「だが、もし断るようならば、お前をサザーランド一門から破門する。魔法一門から破門されれば、この国では宮廷魔術師にはなれないよなぁ……」

チセさんを裏切れば、宮廷魔術師になれる。

けれど、オルヴァルトの提案を断れば、魔法一門から破門されて宮廷魔術師への道が閉ざされる。

私は俯《うつむ》き、自身の拳を強く握りしめて声を絞り出す。

「お断りです……」

「ああっ？　冒険者のチセとテトの捕縛は王命でもあるんだぞ」

「それでもチセさんとテトさんを裏切るのは、お断りです！」

『ニャアァァァアッ！』

私の強い拒絶の言葉にクロさんが同意するように強い鳴き声を上げる。

そして、私に拒絶されたオルヴァルトの顔が怒りで真っ赤に染まっていく。

「親の死んだ小汚い孤児を拾ったサザーランドへの恩を忘れたのか!?」

「サザーランドは、ただ私を拾っただけです！　毎日ひもじい思いをして！　魔法の指導なんてせずに！　雑用を押しつけられていただけ！　私を魔法使いとして育ててくれたのは、チセさんたちです！」

私も怒りと悔しさで涙で視界がにじみ、感情が爆発しそうになる。

「チッ、計画変更だ！　こいつを捕らえて、あの冒険者たちへの人質にしろ！」

屋敷からぞろぞろと、チセさんたちが捕まえた暗殺者たちやオルヴァルトに従うサザーランド一門の宮廷魔術師たちが現れる。

「私は、絶対に負けません！」

私も懐から短杖を取り出して、この屋敷での戦いに備える。

27話【一人と一匹の戦い】

部屋に雪崩《なだ》れ込んでくるのは、暗殺者五人に、オルヴァルトに付き従う宮廷魔術師が三人だ。

オルヴァルトの指示で私を人質として捕まえようとするために、暗殺者の男たちが一気に駆け寄ってくる。

「魔法使いの小娘一人が、この人数を相手にできるか！」

「相手にできるように、今まで頑張ってきたんです！」

チセさんとテトさんから教えられたことが自然にできる。

自らに【身体強化】を施し、襲い掛かってくる男たちを下がりながら捌くことができる。

とは言っても正面から戦うつもりはない。

私たちの勝利条件は、捕まらないことであり、そのために動く。

「クロさん！　逃げますよ！　――《アイス・ランス》！」

私が壁に向けて氷槍を放ち、大穴の空いた壁に向かってクロさんと共に走り出す。

「逃がすな！　追え！」

「邪魔です！　――《アイス・バインド》！」

『にゃっ！』

壁に開けた大穴から逃げる私を追い掛けようと手を伸ばす男達の足下を凍り付かせて動きを封じる。

クロさんの方は威嚇するように尻尾を膨らませると、そこから雷撃を放ち、手を伸ばした男を感電させる。

「雷魔法を使う猫だと……そいつも、ただの使い魔の猫じゃない⁉　魔物か！　お、お前たちも早くあの女を捕らえろ！　多少怪我させても構わん！」

『――《ウィンド・アロー》！』

逃げる私の背を狙う宮廷魔術師たちが、無数の風の矢を放ってくる。

だが、クロさんと共に部屋を抜け出し、屋敷の廊下を走って逃げ出す。

「クロさん！　そんなこともできたんですね！」

『にゃっ！』

まさか、クロさんが魔法を使うとは思わず驚く私に対して、自慢げに鳴くクロさん。

私一人で切り抜けなければ、と思っていた所で思わぬ戦力である。

『――女が逃げ出したぞ！　早く捕らえろ！』

風魔法の名門であるサザーランドだ。

屋敷全体に声を伝える風魔法――《ウィスパー》を響かせた直後、他の部屋に待機させていた戦力が続々と廊下に現れてくる。

「これってもしかして、チセさんたちを捕まえるための人なんでしょうね。でも、ここで全部倒せば……」

『にゃぁ～』

「クロさん、無理しませんよ！　――《ウォーター》！」

私は、走りながら短杖を振るい、無数の水球を生み出す。

「はっ！　そんな魔法で抵抗しようってのか、落ちこぼれが！」

私と歳の近いサザーランドの魔法使いも集められていたようだ。

廊下に出て私と私が魔法で生み出した水球を見て嘲笑を浮かべるが、私は逆に挑発的な笑みで返す。

「人を倒すには、コップ一杯の水で十分なんですよ！　行きなさい！」

短杖を振るい、水球を廊下に現れた者たちに放つ。

相手も魔法で相殺したり、ダメージがないと思い、自らの腕やローブを盾にして水球を防ごうとする。

だが、振り抜けるような軌道を描いた水球が廊下に居る人たちの頭部を次々と包み込んでいく。

「「――ゴボッ、ゴガッ……」」

頭部を水で包まれた人たちは、突然口や鼻を水で覆われたことでパニックになり、水球を掻き毟《むし》るように暴れる。

だが、頭部を包む水は、崩れることなく纏わり付いている。

「な、何をやったんだ⁉」

「別におかしな事じゃありませんよね。攻撃魔法の中には、放った後も魔法使いが軌道を修正することができるものもありますし……」

そう呟《つぶや》き、新たな水球を動かして尋ねてきた男の頭部を水で包み込む。

「これもチセさんに教わった【魔力制御】のお陰ですね。相手を傷つけるだけが攻撃魔法ではないことを――」

私は、そうやって次々と現れる人たちを無効化する。

窒息状態で死ぬ直前になれば頭部を包む水が解除されるので、彼らを無視して先に進めば、水球を警戒したのか魔法使いの一団が通路の奥から距離を取り待ち構えていた。

『――《ブラスト・ボム》!』

距離を取り、廊下の端からこちらに向けて魔力の塊が放り込まれる。

『にゃにゃっ⁉』

「クロさん、こっちです！　――《アイス・ウォール》！」

私は、氷の壁を張り、魔力の塊がやってくるのを待つ。

そして――圧縮された空気爆弾が一気に解放され、廊下の壁を軋《きし》ませ、窓ガラスを吹き飛ばす。

「空気爆弾の風圧の余波だけでも大怪我するのに、更に瓦礫《がれき》の破片も襲ってくれば、それだけで危ないのに……」

もはや、生きて捕らえろ、という命令もなにもあった物ではない。

とにかく逃がさないために強力な魔法を使っているようだ。

そして、次々と空気爆弾が放り込まれ、氷壁が軋む中、打開策を探る。

先ほどと同じように精密な魔力制御により操った水球で廊下奥の魔法使いたちの頭部を覆って無力化する作戦は、断続的に放たれる空気爆弾の風圧で水球がバラバラに崩されるために維持できない。

ならば、私も壁越しに魔法を使うことになる。

「――《ウォーター・カッター》」

氷壁越しに生み出した水球が音速を超えた細い水流を放つ。

だが、直接魔法使いたちに放つのは危険であるために天井に向けて水流を縦横に走らせた。

それによりバラバラに切り裂かれた屋敷の天井が落ちてきて、彼らを下敷きにしていく。

『にゃっ！』

「あははっ、あそこの廊下は通り抜けられそうもないし、壁を壊して出ましょう」

私は、壁に向けて《アイス・ランス》を放ち、大穴を開けながら屋敷を進んでいく。

そして、ついに階段のある玄関ホールに辿り着き、そこからクロさんと共に降りていくが――

「くそっ！　よくもサザーランドの屋敷を破壊してくれたな！　貴族に対する明確な襲撃行為だ

ぞ！」

　壁を壊し、屋敷に待機させていた他の魔法使いたちも倒し、また壁を壊して抜け道を作って逃げてきた私とクロさんに追いついたオルヴァルトが、吹き抜けの玄関ホール二階から声を張り上げている。

　なんだか最初に感じた怒りも、段々と魔法使いたちと戦っている内に少しずつ冷静になってきた。

　文字通り、Aランク冒険者のチセさんたちと宮廷魔術師では格が違ったのだろう。

「こうなったら、俺が直々に――《我が魔力を持って、旋嵐を巻き起こし、彼の敵を討ち滅ぼせ！――《エアリアル・ストーム》！」

　きっとサザーランド一門でも一部の人しか教えられていない風の上級魔法だろう。

　吹き抜けのホールを巻き込むほどの竜巻が巻き起こる。

『にゃっ!?　にゃにゃっ!?』

「っ!?　クロさん！　きゃっ!?」

　そして竜巻の吸い上げにより体の軽いクロさんが持ち上がり、私も助けようとクロさんに手を伸ばすが、地面から足を放したために一緒に吸い上げられていく。

　なんとか竜巻に呑まれる直前に、空中で捕まえたクロさんを守るように抱え込む。

「ふははは！　サザーランドをここまで虚仮にしたのだ！　貴様もこの竜巻に飲まれて命で贖《あがな》え！」

　オルヴァルトの嘲笑が響き渡り、ホールに飾られている家具や調度品などが竜巻に吸い上げられ、その中でバラバラに壊された物の破片がまた竜巻に巻き込まれた別の物とぶつかり破壊の連鎖が続く。

そんな竜巻の中でクロさんを守ろうと腕の中に抱えた私だが、私とクロさんを守るように薄い球状の結界が張られているのに気付く。

「これは……結界？　それにクロさんの首輪が光ってる？」

『にゃぁ』

そう一鳴きするクロさんに、きっとチセさんたちがクロさんが怪我をしないように用意した魔導具なんだろう、と思う。

だが、竜巻が巻き込んだ破片に削られるように結界が軋みを上げるために、時間はなさそうである。

「クロさん、私は魔法で一気にここを突き破ります。そしたら、チセさんとテトさんの所に帰りましょうね」

『にゃっ！』

当然、とばかりに頷《うなず》くように鳴くクロさんに微笑みを浮かべ、そして真剣な表情を作り、魔法を構築していく。

「――はぁぁぁぁぁぁっ！」

腹の底から魔力を練り上げ、限界まで魔法を組み上げていく。

作り上げるのは、巨大な氷だ。

ただただ圧倒的な質量を持つ氷を生み出して竜巻を内側から突き崩す。

特に名前も何もない即席の魔法であるが、徐々に私たちの周りを守るように氷が生まれていく。

だが、それも竜巻に混じる破片が削り取り、竜巻の中に氷の粒子が舞い散る。

「もっと、もっと私に力をぉぉぉっ――――！」

感情を高ぶらせ、だが頭は冷静に、腹の底から自分の限界ギリギリまで魔力を汲み出して巨大な氷魔法を構築する。

『にゃにゃっ！』

クロさんの応援の鳴き声と共に、氷は徐々に育ち、舞い散る破片すら取り込んで、育つ氷の支えの一部としていく。

そして、限界を超えた瞬間、体の底から湧き出す魔力が一気に増えるのを感じる。

汲み出す魔力の全能感を抱きながら、その魔力を一気に氷魔法へと注ぎ込む。

「いっけぇぇぇぇぇっ――――！」

そして、魔力を注ぎ込まれた氷塊が一気に成長して氷のトゲを方々に伸ばし、竜巻の壁を突き破る。

「ば、馬鹿な！　サザーランドの魔法が！　それに我が家の至宝の杖が⁉」

氷の質量に押されて竜巻が内側から突き破られて消滅し、その反動が全て術者であるオルヴァルトの持つ杖に逆流して杖先が砕ける。

「まだまだ――――！」

更に魔力を注ぎ込んだ氷塊の先端が樹木のように枝分かれして、壁や天井、床に突き刺さり屋敷を破壊しながら氷の世界が広がっていく。

「やめろ、来るな、こっちに来るな！　グェッ……」

氷塊から伸ばされた氷の枝がオルヴァルトを壁に押しつけ、カエルのような唸《うな》り声を上げるとともに体に掛かる圧迫で気絶する。

「ふぅ、ふぅ……終わったのかな？」

『にゃっ！』

クロさんを守る結界も消えており、私たちは、竜巻の風魔法を突き崩した氷塊の中にいる。

私が魔法で生み出した氷は、魔力によって具現化された物であるために、魔力制御によって一部を解除すればその部分の氷が消えて、外に抜け出せる。

「さぁ、クロさん、帰りましょう。それにこんなローブもう要らないです」

『にゃにゃっ！』

屋敷の外に出て後ろを振り返れば、屋敷を内側から突き破るように幾本もの氷のトゲが生えている。

そんな屋敷を見ながら、ボロボロになったサザーランドの緑色のローブを脱ぎ捨てた私は、クロさんと共にチセさんとテトさんが待つ家に帰る。

その日——サザーランドの本邸が全壊したのである。

28話【ユイシアの弟子入り】

ケットシーのクロが落ちてきた浮遊島が王都に見えた私とテトは、浮遊島に乗り込む準備のために【虚無の荒野】に帰ってきていた。

『ご主人様。我らメイドたちは、ご主人様の行動を邪魔するつもりはありませんが、こうも長期の不在が多いと寂しくもあります』

そして、浮遊島への乗り込む準備を終えてローバイルの家への帰り際に、ベレッタからそう懇願されてしまった。

「ごめんね、ベレッタ。この件が一段落付いたら、しばらくは【虚無の荒野】に引き籠もるつもりよ」

「そろそろ、海のご飯も飽きてきたのです」

『それでは我ら一同は、ご主人様とテト様のお帰りをお待ちしております』

そして、私とテトの言葉を聞き、いつもと変わらぬ見送りをしてくれたベレッタに、少し甘えていたかな、と申し訳なく思いつつ【転移門】を潜り抜ける。

ローバイル王国では、同居しているユイシアも自立できるほど成長し、私たちも魔法貴族のサザーランド家に目を付けられたらしい。

そろそろ、海辺の町で半隠居生活を続けるのも潮時かと思っている。

そして、私とテトが【転移門】で家に帰ってくるが、ユイシアとクロはまだ帰ってきていなかった。

「ただいまー。って、まだ帰ってきてないみたいね」

「いつもなら、美味しいご飯の匂いがする頃なのに、おかしいのです」

「まぁ、そう言う日も――っ!? テト、クロの結界が作動したわ！」

私とテトが不思議そうに家の中を見回していると、クロの首輪の結界が発動したのを感じる。

その場所がローバイル王都の貴族街の方向であり、クロはユイシアに付いて回ることが多いために二人が危険に巻き込まれた可能性が高い。

「ユイシアとクロを捜しに行くわよ！」

「了解なのです！」

私とテトが家を飛び出して【魔杖・飛翠】に二人で跨がると、王都の空へと舞い上がる。

貴族街の方に向かって杖を飛ばしながら【魔力感知】でユイシアとクロを探すと、二人は見つかった。

髪は強風で煽られたかのようにボサボサで、普段羽織っているサザーランドの緑のローブすらなく、その下の衣服まで埃《ほこり》が付いているのか汚れている。

クロの方も黒い毛並みに少し白っぽい埃が付いているために灰色の猫になっている。

二人とも汚れているが、大した怪我もなく安堵する。

「あっ、チセさんだ！　おーい！」

『にゃぁぁっ！』

ユイシアの足取りは覚束ないが、その表情は何かをやり遂げたように晴れ晴れとした笑みを浮かべていた。

「チセさん、テトさん。ただいま、です」

「おかえり、って、それどころじゃないでしょ！　何があったの⁉」

「服がボロボロなのです！」

私とテトが二人を心配すると、困ったような笑みを浮かべている。

「えへへっ……実は、オルヴァルトに魔法一門から破門を受けちゃいました」

「破門なのですか！　ところで魔女様、破門ってなんなのですか？」

驚いてみせるテトだが、破門の意味を分からず私に尋ねてくるので、少しだけ焦る自分を落ち着けることができた。

「破門って言うのは、魔法一門からの追放……追い出されるって意味よ」

「それは大変……なのですか？　ユイシアは、どこでも生きていけるのです」

「はい、だから破門されてきました！」

褒めて下さい、とばかりに胸を張るユイシアに若干、呆れながらも尋ねる。

「とりあえず、帰りながら話を聞くわ。破門はいいとして、オルヴァルトと会ったって、どうしてそんなことになったのよ」

私は、【空飛ぶ絨毯《じゅうたん》】を取り出し、ユイシアを乗せて家に運びながら、話を聞く。

「実は――」

どうやら、私の【不老】スキルに気付いたオルヴァルトが国王を味方に付けて、不老不死の秘密を探ろうとしていたようだ。

その際に、宮廷魔術師への口利きを餌に、ユイシアに私たちを捕まえさせようとしたらしい。

もし、ユイシアが言うことを聞かなかった場合には、私たちへの人質にするつもりだったようだ。

「本当に、怪しい人にホイホイとついて行っちゃダメじゃない」

「私を子どもみたいに……それに騎士の鎧を着ていたから安心しちゃったんですよ！　まさか、王様まで巻き込んでチセさんを狙うなんて思わないじゃないですか！」

「まぁ、ねぇ……」

ユイシアを注意する私の隣では、テトがクロと目を合わせて頷《うなず》き合っている。

「クロ。これからテトは、魔女様を狙い、ユイシアを傷つけた相手を倒しに行くのです！　一緒に行くのですか？」

い。

『にゃっ！』

「こらこら、二人して乗り込みに行こうとしないの！」

テトとクロを落ち着かせてユイシアの体を調べれば、やはり怪我はなく、自力で窮地を脱したらしい。

さらに、身体検査した結果、驚きの変化が起こっていた。

「なんか逃げる途中、体の奥から魔力が湧き起こる感じがして……凄かったんですよ。何でもできるんじゃないかって気がして」

「ユイシア、実際にあなたの魔力は増えているわよ。ざっと――5万ほどに」

「へっ？」

サザーランドの屋敷での戦いで魔力が減っているために自覚は薄いが、ユイシアの魔力量が大幅に増えているのだ。

物語の主人公が窮地に陥ると、その潜在能力を覚醒させる場面が多々あるが、ユイシアはサザーランドの屋敷での戦いで覚醒した結果、魔力量が一気に増えたようだ。

「えっ、嘘っ――あっ、本当だ。って、ええええっ!? 【遅老】スキル!?」

自身のステータスを確認したユイシアに、おめでとうと言うべきか、少し悩む状況ではある。

最初にユイシアを拾い上げたのは、私と同じ不老因子を感じ取ったからだ。

そして、【不老】スキルの手前の【遅老】スキルが発生したことで独り立ちさせるべきなんだろうが――

「そうだ！　チセさん！　お願いがあります！」

「どうしたの、改まって？」

「チセさん、私を魔法使いの！　いえ、魔女の弟子にして下さい！　お願いします！」

既に、破門されたユイシアの懇願は、初めて会った時のことを思い起こさせる。

「いいわよ。私の弟子、第一号ってことになるわね。よろしくね、ユイシア」

「改めて、よろしくなのです」

「チセさん、相変わらず軽いですよ～」

『にゃぁ～』

テトが弟子入りを祝福し、嬉し泣きするユイシアの涙をクロが舐め取る。

「元々、借りている家をユイシアに任せて浮遊島に乗り込むつもりだったけど、ユイシアがサザーランドの屋敷で大暴れしちゃって王都に居づらいわよね」

「は、はい……すみません」

申し訳なさげに俯《うつむ》くユイシアを宥める。

「いいのよ。国王に目を付けられたら、どんなに白でも黒にされちゃうから」

「魔女様、白は黒にはならないのですよ。どこまで行っても白なのです」

「テト、物の例えよ……」

そんなふうに宥める私とテトの遣り取りがおかしかったのか、ユイシアは少しだけ笑みを見せる。

そして、【空飛ぶ絨毯】で家に帰り着いた時、ユイシアがふと、あることを思い出して私たちに尋ねてくる。

「そう言えば、私たちが襲われた時、クロさんが魔法を使っていましたけど、クロさんって何者なんですか？　なんて魔物の子なんですか？」

『にゃっ』

「ああ、痛い！　魔物扱いが嫌なんですか？　ごめんなさい！」

ユイシアの肩に乗ったクロがユイシアの頬に猫パンチを決めていく。

「クロ、おいで」

ユイシアとじゃれ合うクロに呼び掛けるとクロは、私の下にやってくる。

「いい子ね。ちょっと首輪を外すわよ」

クロを撫でながら赤い首輪を外せば、隠蔽効果が消えてクロの背中から妖精の羽が現れる。

昔は弱々しかった小さな羽ではあるが、今では成長したのかかなり大きくなっており、力強い魔力の燐光《りんこう》を振りまいている。

「綺麗……これが、クロさんの本当の姿……」

「クロは魔物じゃなくて幻獣――ケットシーよ。この子は、浮遊島から落ちてきたの。だから、浮遊島が接近したら乗り込んでケットシーの群れに帰すつもりなのよ」

「チセさんたちが浮遊島を待っていたのは、クロさんのためだったんですね」

『にゃぁ～』

私がそう答えると、ユイシアは納得したように呟《つぶや》き、本来の姿を見せたクロを撫でる。

その後、ユイシアとクロはお風呂に入って人心地ついた後、着替えをした所で今後の予定について話す。

「私たちやユイシアも狙われてることだし、三人と一匹でローバイル王国を出て浮遊島に乗り込みましょう」

「クロの故郷にお邪魔するのです！」

「え、ええっ⁉　私も浮遊島に行くんですか⁉」

ユイシアが驚きの声を上げるが、ユイシアも狙われているならこの場所に残すわけにはいかない。

「もちろんよ。さぁ、家の中の物を全部マジックバッグに詰めて、夜明けと共に浮遊島に飛び立ちましょう」

「ちょっと、チセさん！　なんか、凄いこと言ってるんですけど！　って言うか、なんだか、性格変わってませんか⁉」

この状態で慌てふためくユイシアだが、私は言う。

「今までは、同居人のユイシアに配慮して秘密を隠していたけど、今のユイシアは弟子だから隠す物は何もないわ」

「魔女様、生き生きとして楽しそうなのです！」

テトがそう言ってニコニコしているが、ユイシアとしては若干遠い目をして早まったかも、と呟いている。

そして、ローバイル王都で過ごす最後の夜は、三人で夜通し家の中にある物を片っ端からマジックバッグに収納するのだった。

29話【旅立つ者と治める者】

「んんっ……朝ね。今朝はうるさいわねぇ」

「むぅ、もう少しゆっくり寝たいのです……」

家を夜通し片付け、浮遊島に乗り込む準備を整えた後、僅かな仮眠を取っていた私たちは、夜明けと共に朝の喧噪の中で目を覚ます。

ここは、町の中心地から少し外れた場所であるために、普段はそれほどうるさくない。

今日に限ってなぜと思いながらユイシアを探すと、緊張で眠れなかったのか起きていたユイシアが窓を開けて外を確かめていた。

「あ、あの、チセさん……家の表の方に騎士団や宮廷魔術師、冒険者の人たちがいるんですけど……」

「私たちを捕まえに来たのね。けど、市街地に配慮して魔法を手加減して使っているから、私の結界を壊せないみたい」

昨日のサザーランド家の屋敷での騒動を聞きつけ、事態を把握した国と冒険者が双方この家の前に集まって対峙しているようだ。

周囲の家々も物々しい事態に怯えているので、さっさとこの場から去るに限る。

「ユイシア、早速だけど準備はいい？」

「は、はい！　いつでもいいです！」

私の予備のローブを身につけたユイシアは、緊張した面持ちで二階に上る。

そして、二階の窓から屋根に登った私たちは、浮遊島を見上げる。

天気は快晴、浮遊島との距離は、昨日よりも陸地に接近している。

この距離なら、私が【空飛ぶ絨毯《じゅうたん》】でテトとユイシアを運ぶことができるだろう。

「三人とも【空飛ぶ絨毯】に乗ってね。ユイシアは、クロをちゃんと抱えてて」

「はいなのです！」

「ほ、本当にあの高さまで飛ぶんですか？　と言うより、飛べるんですか⁉」

本来なら私とテトが【魔杖・飛翠】に乗り、クロを抱えて向かう予定だった。

だが、急遽《きゅうきょ》ユイシアも加わることになり、【空飛ぶ絨毯】に変更する。

広げた【空飛ぶ絨毯】の上に乗った私の横にはテトが座り、その後ろにユイシアも片手でテトの服を掴み、ローブの内側にクロを抱えるようにしている。

「それじゃあ、行くわよ！」

「浮遊島に行くのです！」

「わ、わひゃぁぁ――――！」

私たちを乗せた【空飛ぶ絨毯】が浮かび上がり、地上で私たちを捕縛しようと家の外で待ち構える人々が私たちに気付き、見上げている。

「チセさん、下から攻撃を受けていますよ！」

「大丈夫よ。結界を張っているから攻撃も来ないわ」

「みんなー、さよならなのです〜！」

下の人たちを見下ろしながら、テトはご近所さんたちに挨拶をしていく。

それが捕まえに来た人たちへの煽りと思われたのか、攻撃は一層激しくなるが、すぐに攻撃の射程外に逃れ、そのまま浮遊島へと高度を上げていく。

「ほわぁぁっ、地面があんなに遠く、それに浮遊島がこんなに近く」

『にゃぁぁっ！』

間近で見る浮遊島に感嘆の声を漏らすユイシアと久しぶりの故郷に興奮するクロ。

そして、魔力を目元に集中させれば、浮遊島の周囲には【虚無の荒野】と同じく魔力の流出を阻害する結界で覆われているのが見えた。

「一気に上がって、浮遊島に乗り込むわよ！」

「了解なのです！」

そのまま私は、雲を突き抜け、浮遊島を包む結界を越えて島の上部に飛び出す。

「ここが……クロさんの故郷」

浮遊島の上部には、木々が生い茂り、小川や山の峰の名残のような物が見える。

大きなビオトープのような浮遊島に接近し、ゆっくりと【空飛ぶ絨毯】から降り立つのだった。

SIDE：冒険者ギルド・ゼリッチ

私は、王弟であり、臣籍降下してベントーニ公爵の地位を得た。

その立場と事務能力で国のために働いてきたが、それがとある問題を招いた。

――凡庸な兄王、優秀な弟公爵。

貴族たちの評価が、そのように決まってしまった。

また近年では改善しつつあるが、十数年前から内地での不作を改善できずに兄王の評価が下がり、落ちた税収を補うために、交易に傾倒していった。

その結果、円滑な交易の助けとなる風魔法を使うサザーランド伯爵家を優遇してきたのだ。

「全く困った物だが、これで少しは改善するか」

王都で幅を効かせるサザーランド一門を牽制《けんせい》するためには、成り上がりの冒険者がローバイル王国のグランドマスターを務めるには権威が足りなかった。

本来、冒険者ギルドと各国の貴族が密接な関係になることを良しとはされないが、毒をもって毒を制すために前任者のグランドマスターから後任の打診を受けた。

その時には兄王との距離を取りたかったために、渡りに船だと思い元Bランク冒険者のシェリルをサブマスターにつけてローバイル王国にある冒険者ギルドの統括であるグランドマスターの地位に就く。

それからは裏でサザーランド一門との主導権争いを行なっていたが、半隠居のAランク冒険者であるチセ殿、テト殿に対してサザーランド次期当主による財産狙いの殺人未遂が起きた。

そこでサザーランド一門の勢力を追い落とし、本来の健全な国の状態に戻そうかという矢先に、驚きの報告が飛び込んできた。

サザーランドの次期当主は、【不老不死の秘密】などという荒唐無稽な話で兄王を味方に付けて、罪もなき冒険者であるチセ殿たちの捕縛に乗り出したのだ。

王命を受けたが自身の正義との葛藤に迷う騎士たちと共に、私の指示を受けた冒険者たちが彼女たちの家の前で入り乱れる。

そして、チセ殿たちが空を飛び、居なくなり騒動が沈静化して気付く。

「――兄王は、狂われてしまった」

理由はどうであれ、国家として非常に不味いことになったのだ。

兄を王のままにすれば、国内外が荒れる。

私は、すぐさま行動を起こすことにした。

それから一年後——諸侯と力を合わせて、不老不死の妄想に取り憑《つ》かれた兄を王位から追い落とし、幽閉した。

諸悪の根源であるサザーランド伯爵家は、様々な不法行為の他に国王を唆し、王国を乱した罪で処刑され、魔法一門としてその名を残すだけになる。

私は、既に王籍から抜けたために王を名乗るつもりはなく、王が一つの勢力に偏ったためにこのような事態になったのだと感じた。

そのためにローバイル王国の政治は、諸侯の議会政治に委ねられ、その初代議長として私が就任した。

後世の歴史家は、こう語る——

この政変の真相は、【創造の魔女】に手を出したことによる破滅であったと言われている。

歴史の中で幾度と出てくる【創造の魔女】に不当な行動をした結果の破滅。——『善意には善意。悪意には悪意を返す、まるで鏡のような存在である』と記されている。

30話【浮遊島に住まう者たち】

浮遊島に降り立った私は、すぅーと深呼吸をする。

「ふぅー、浮遊島に辿り着いたのね」

遠くに見えた浮遊島まで三人を運ぶのに、かなりの魔力を使った。

【魔杖・飛翠】なら、触媒の浮遊石で飛翔魔法を効率よく増幅して、浮遊島まで楽に来ることができただろう。

だが、私たちを乗せた【空飛ぶ絨毯《じゅうたん》】だと、浮遊島の高度まで強引に持ち上げるのに、10万魔力ほど消費した。

「ここがクロの故郷なのですか。良い場所なのです！」

『にゃぁ～』

私たちが周囲を見回しているとユイシアのローブに隠れていたクロが抜け出し、ぴょんと浮遊島の地面に降り立ち、歩き始める。

そして、少し進んだ所で振り返り、尻尾を振りながら一鳴きする。

「クロさん、こっちに来るように誘っているみたいです」

「行ってみましょうか。テトは一応、警戒を続けてね」

「はいなのです！」

私たちは、クロの案内で浮遊島を歩いて行くと、すぐに私たちの周りに様々な幻獣たちが集まってくる。

「この子は、馬の体に翼……ペガサスね」

「魔女様、魔女様。クロの仲間たちも来たのです！」

「チセさん。こっちには、角の生えたリスと妖精の羽が生えた犬がいますよ！」

幻獣のペガサス、妖精猫のケットシー、世界樹に住む角の生えたリスのラタトスク、妖精犬のクーシー。

他にも狼のフェンリル、大鷲のアクイラ、兎のアルミラージ、蛇亀のアスピトゲロン、鷲と獅子の混合生物のグリフォン、宝石を額に宿した鼠のカーバンクルなど——様々な幻獣たちが私の前に現れ、私に体を擦り付けてくる。

「ちょ、沢山は、重い……苦しい……」

「魔女様、人気者なのです～」

「でも、チセさんに凄い集まって来るけど、なんで……？」

多分、直前まで【空飛ぶ絨毯】に大量の魔力を使った残り香のようなものを感じ取ったのだろう。

私の体から漏れ出る魔力を吸収しようとしているのだ。

モフモフとした感触は嫌いではないが、流石《さすが》にこの物量では息苦しい。

「動けなくなるから、落ち着きなさい！」

キレた私が魔力を一気に放出すると、放出された魔力を吸収して満足した幻獣たちが少しずつ落ち着きを取り戻す。

それでも私の魔力を気に入った幻獣たちは、森に帰らずに一緒に付いてくる。

「むぅ、幻獣たちは魔女様の魔力を貰ってたのです。羨ましいのです」

「はいはい、テトも後で補充してあげるから」

「補充？」

ユイシアが私とテトの会話に小首を傾げている。

その様子を見て、テトがゴーレムの魔族であることも伝えないと、と考えてしまう。

「それにしてもクロたちは、どこに向かおうとしているんだろう？」

まっすぐに、浮遊島がかつて半島だった時にあった山の方向を目指して進んでいる。

途中、獣道を抜けて進み、様々な幻獣たちが何度も私の魔力を欲して、近づいてくる。

その度に、最初に集まった幻獣たちが威嚇して落ち着かせ、何故か幻獣たちの列ができあがる。

私は、その子たちの額を撫でながら魔力補充の《チャージ》を唱えると満足して去って行くのだ。

「魔女様～、テトも撫でて欲しいのです」

「はいはい、テトは良い子、テトは良い子」

そうして、途中でテトに投げやりな感じで頭を撫でるのだが、それでもテトは満足げに笑っている。

「幻獣たちに好かれるのは嬉しいけど、これじゃあ先に進めないわね」

テトと列を成す幻獣たちの頭を撫でて、魔力を送り込みながら呟《つぶや》く。

害意を持って襲ってくる魔物よりも、好意を持ってやってくる幻獣たちの瞳に見つめられた方が、よっぽど足止めされてしまう。

「私はサザーランドの屋敷で戦って、夜通し家を片付けて、そのまま浮遊島に乗り込んで……ちょっと疲れました」

「私は仮眠したけど、ユイシアは緊張しっぱなしの状況だったし、少し休もうか」

近くの倒木や石の上に腰掛けた私たちは、マジックバッグに入れた果物を取り出せば、近寄ってきた幻獣たちも欲しがるので分け与える。

幻獣たちと共に果物に齧《かじ》り付き、ぼんやりと休んでいると、上空にも魔力の反応を感じて頭上を見上げる。

太陽を背にして姿がよく見えないが、翼を持つ人がこちらを見下ろしていた。

「っ！　鳥系の獣人⁉」

翼の生えた人の姿から鳥系獣人だと思い杖を構えると、こちらの魔力感知をすり抜けて、周囲の草

むらからも人影が現れる。

「チセさん。リザードマンの亜種もです！」

草むらから現れたのは、緑や青の鱗を持つ角のある爬虫類《はちゅうるい》の頭部を持つ人だ。

その姿は、リザードマンと呼ばれる亜人系の魔物よりも、竜人種族が習得できる固有スキル【竜化】で変身した姿に近い。

幻獣だけの浮遊島かと思えば、人間たちも住んでいたのかと警戒するが、テトがローブを摘まんで引っ張り――

「魔女様……あの人たち、テトと同じなのです……」

「テトと同じってことは、魔族？」

「ええっ、テトさん！　魔族だったんですか!?」

謎の魔族の一団に囲まれた状況で、テトの正体に驚くユイシアに、案外余裕があるのね、と頭の隅で思ってしまう。

そうこうしていると、翼を持つ魔族が私たちの目の前に降りてきた。

「人間！　訂正を求める！　高貴なる我らの姿をただの鳥の獣人などと呼んだこと、万死に値するぞ！」

空より舞い降りた少女の背中には、一対の白い羽があり、頭には天使の光輪が輝いている。

「天使……？」

「うむ！　いかにも我らは、女神の眷属《けんぞく》である神族――私は、天使のシャエル！」

ユイシアの呟きに、シャエルと名乗った天使の少女は、尊大に胸を張って答える。

魔族ではなく、神族とはなんだろうか。

リリエルたち神々に従う天使は、悪魔と同様に精神生命体である。

中には、世界に顕現できる力のある天使もいるらしいが、明らかに彼女たちは精神生命体の天使とは別存在である。

「シャエルが名乗ったのなら、某も名乗ろう。某は、ヤハド！　古竜の眷属にして竜の戦士である！」

武人のような風体のヤハドと名乗る竜の戦士は、大きく演舞するように槍を振るい、地面を踏みならす。

その他にも彼らの背後には天使や竜の戦士たちが集まり、こちらを囲んでいる。

「幻獣たちよ！　なぜ我らの島への侵入者を庇い立てる！」

そんな状況の中、低い唸《うな》り声を上げる幻獣たちが、私たちと天使や竜の戦士たちとの間に入って壁になり、私と浮遊島の人々が争わないようにしてくれている。

だから私は、幻獣たちの意を汲んで、杖を下ろす。

「私は、魔女のチセ。この浮遊島に訪れた目的は、この島から落ちてきたケットシーを元の群れに帰すことで、敵対する意志はないわ。それと種族を間違えてしまって、ごめんなさい。謝罪するわ」

「ごめんなさいなのです」

私が深々と頭を下げるとテトも頭を下げる。

そして、一拍遅れてユイシアも竜の戦士たちを魔物と勘違いした事への謝罪のために頭を下げる。

そんな天使のシャエルと竜の戦士のヤハドたちの前に飛び出したケットシーのクロを見て、二人が目を見開く。

「お前！　生きていたのか!?　嵐の日に飛ばされて死んだかと思っていたのに！」

「これは目出度い！　行方の分からなかった友が帰ってきた！　村に知らせを走らせろ！」

彼らは、ケットシーのクロを見て、すぐに5年前に島から落ちたケットシーであると気付く。

そんなクロに天使のシャエルが手を伸ばそうとするが、ツンとした表情のクロがその手から逃れ、ユイシアの足下に首筋を擦り付けて甘えてみせる。

その様子に、シャエルが悔しそうな表情を見せ、ユイシアをキッと睨《にら》み付ける。

睨まれたユイシアがたじろぐ中、表情の分かり辛い竜頭のヤハドは、口を歪ませて笑い、仲間を伝令に走らせる。

「貴殿らの目的は、分かった！　すぐに大爺様に判断を仰ぎ対応を決める。外部から人間がやってくるなど1200年の間、一度も聞いたことがないわ」

そう言うシャエルとヤハドたちは、伝令が戻るまで私たちを警戒する。

だが、幻獣たちが身を挺して壁を作ってくれるので争うこともなく、『大爺様』と呼ばれる人物から客人扱いでの出迎えが決まった。

天使と竜の戦士たちに囲まれて歩く私たちは、移動を始める。

しかも、移動する度に私に挨拶するように現れて、魔力を吸収して去る幻獣たちの姿に、天使と竜の戦士たちも驚きの表情を浮かべている。

「貴様、何者だ……幻獣たちが貴様を迎え入れている」

「魔女様は、魔女様なのです！」

「ただ、私の魔力が欲しいだけよ」

生き物ごとに好む魔力の性質があるらしく、それをテトは美味しいなどと表現する。

浮遊島にいる幻獣たちも普段の環境と違う性質の魔力があったから味見しに来たんだろう、と思っている。

そうして進んでいくと、山の麓《ふもと》には小さな集落があり、シャエルとヤハドと同じ種族の人たちが暮らしていた。

生活様式などはかなり質素だが、生活の中に寿命や事故で亡くなった幻獣の死体から手に入れたと思しき体毛や毛皮、骨などの素材が随所で使われている。

幻獣の素材を考えるなら、地上で宮殿が建つほどの価値がこの浮遊島にはあるだろう。

そのようなことを考えていると、村を抜けて、山の麓の一角に辿り着く。

「大爺様がお越しになる！　くれぐれも無礼な行いはするなよ！」

そう釘を刺すシャエルの言葉の直後、地面が揺れるのを感じる。

巨大な生物が歩くような振動。

それに私以上に膨大な魔力を持つ存在が近づいてくるのを感じる。

ユイシアが表情を強張らせる中、クロが嬉しそうな鳴き声を上げているのを見て、恐れる相手ではないと気付く。

そしてついに、大爺様と呼ばれた存在の姿が目の前にやってきた。

『初めまして、地上で迷子になった子を助けてくれた恩人よ』

穏やかな老人のような念話が、巨大な竜から放たれる。

「ド、ドラゴン……はわぁ……」

『おお、そちらのお嬢さんにはワシの存在は刺激が強すぎたようだのう……』

巨大な竜の存在にユイシアが気絶し、その倒れる背中を大柄な幻獣が横腹で支えて、寄りかかるように眠らせる。

『お主らがこの島に来るのは、女神ルリエル様より下された神託で知っておる。来訪を歓迎しよう、女神リリエル様の使徒とその仲間たちよ』

既に女神ルリエル経由で私のことを知っていたようだ。

そして、女神リリエルの使徒であることにシャエルたち天使が驚く。

『にゃぁ〜』

そんな中、巨大な竜の前に飛び出したクロが甘えるような鳴き声を上げると、柔らかな目元の竜がクロを見下ろす。

『ははは、ケットシーのやんちゃ坊主が無事でよかったわ。その上、ワシらの希望を連れてよく帰ってきてくれた』

希望とは何か、と疑問に小首を傾げる私たちを前に、巨大な竜はゆっくりと頭を下げていく。

『女神リリエル様の使徒よ。どうか、この浮遊島のワシの子らを救っては下さらぬか？』

その言葉に私は、更に困惑しながらも耳を傾けるのだった。

31話【浮遊島の歴史と古竜の願い】

『女神リリエル様の使徒よ。どうか、この浮遊島のワシの子らを救っては下さらぬか？』

「お待ち下さい、大爺様！　大爺様の願いは我らが叶えます！　なにゆえ、余所者に頼むのですか⁉」

「そうです。実力も分からぬ者に任せるべきことなのですか？」

その言葉に私が困惑するが、それと同様に天使のシャエルや竜の戦士のヤハドたちが声を上げる。

『これより大事な話を行なう。シャエル、ヤハド、下がれ』

「「……はい」」

そんな二人に大爺様と呼ばれた竜は、有無を言わさず、私たちだけで話をさせることを命じる。

それを受けたシャエルとヤハドは、渋々といった表情で他の仲間たちを引き連れて、途中で通ってきた村に戻っていく。

『さぁ、客人たち。楽になされよ』

「ええ、ありがとう」

「座るのです！」

地面に座れば、ここまで付いて来た幻獣たちが温かく柔らかなお腹で私たちの背中を支えてくれる。

他にも、隠れて付いて来た幻獣たちが私やテト、気絶してしまったユイシアの膝や腕に纏わり付いてくる姿を見て、巨大な竜が愛おしそうに見つめてくる。

『人よりも本能と直感に優れた幻獣たちに好かれておる。やはり、願いを託すのに相応《ふさわ》しき相手のようだ。そういえば、自己紹介がまだだったのぅ。ワシは緑青の古竜――1万年を生きる老いぼれの竜じゃ。皆からは『古竜の大爺様』と呼ばれておる』

「初めまして――私は、魔女のチセ。そして、女神リリエルの使徒でもあるわ」

「テトは、テトなのです！　魔女様を守る、剣士？　なのです！」

目の前の緑青の古竜と名乗る竜は、私たちの名を聞いて頷《うなず》く。

『では、魔女殿と守護者殿と呼ぼう。ワシの願いを託すに当たり、この浮遊島の歴史を知ってもらいたいが、どれほど知っているかの？』

「確か1200年前に、逃げてきた幻獣たちを連れて島が空に上がったって伝説は聞いたけど、それ以上は……」

私が答えると、古竜の大爺様は頷く。

『その通りじゃ。まずは、全ての始まりである2000年前の魔力大量消失について語ろう』

私にとっては、リリエルたちの【夢見の神託】で度々聞いている馴染みの深い話が古竜の大爺様の視点で語られる。

『古代魔法文明の暴走による魔力の大量消失という未曾有《みぞう》の危機が世界を襲い、魔力に依存した生物の多くが死に絶えた。

原初の世界より生きる究極生物であるワシら古竜たちは、魔力に依存せず、また強靭な肉体を持つ。世界を保つために神々と協力し、山や谷、森に住まい、己の魂より生まれる魔力を世界に還元し続けたのだ』

女神リリエルたちが低魔力地域を結界で隔離する他にも、古竜たちも神々に協力して、己の身の魔力を世界に放出し続けていたようだ。

『最初の５００年までは順調であった。だが、文明がある程度回復した人々は、愚かにも限界まで世界に魔力を還元して弱り切った古竜たちを見つけ出し、討ち倒していったのだ』

「それって……」

『それが切っ掛けで討ち取られた古竜や神々への協力を辞めて去る古竜もおり、世界への魔力供給の一角が崩壊したのだ』

私たちは、ただ静かに古竜の大爺様の話に耳を傾けていた。

『古竜の同胞たちが住む場所には、幻獣や隠れ住む人々もおり、住処《すみか》を追われた者たちが少しずつワシの下に集まったのだ』

当時を思い返すように語る古竜の大爺様たちに私とテトは、同情の念を抱く。

「様々な地域に竜殺しの伝説があるけど、その裏にはそんな事情があったのね……」

「頑張っていたのに倒されたり、追い出されるなんて、かわいそうなのです」

私たちの感想に古竜の大爺様は、自嘲気味に笑う。

『ワシら古竜たちは、人間を恨んではおらんよ。それにもっと大昔は古竜たちも好き勝手やっていたからお相子じゃ。

それに土地を去った古竜たちもどこかで生きておるし、古竜とは原初にて誕生した究極生物。その身が朽ち果てようとも世界のどこかで新たな卵となって知識を継承して転生する――【不滅】の存在』

新たに生まれ直すには相応の魔力を外部から得なければならぬがな、とも古竜の大爺様は言う。

私は【不老】の存在になってしまったが、それ以上に不滅の古竜が現れるとは、ファンタジー世界は本当に驚きの連続である。

『話を戻そう。人間の欲望は、ワシの住まう土地にも手を伸ばそうとした。ワシの土地には、他の古竜の領域から逃げ延びた多くの幻獣や人々が集まっていた。ワシが討たれれば、逃げてきた幻獣や人々の行き場をなくし、侵略者の手で狩られるか、魔力を得られずに絶命する運命にあった』

「それが浮遊島の誕生に繋がるのね」

『その通りだ。逃げてきた人々の中には、海母神ルリエル様の使徒がいた。女神様の力を借りて浮遊石を生み出し、ワシの魔力で土地を浮かべて、逃げてきた幻獣や人々と共に空へと逃げ果たせたのだ』

それが、浮遊島誕生までの流れらしい……

「それじゃあ、シャエルたち天使を名乗る人やヤハドみたいな竜の戦士たちが逃げてきた人だったの？」

『うむ。シャエルたちは、天使だ、神族だ、などと名乗っておるが、その本質はそなたらの言う魔族と変わらぬ』

そうして語るのは二つの種族の成り立ちであった。

シャエルたち天使――改め天使族のご先祖様は、その身に天使たちを憑依《ひょうい》・同化させる【御使い降臨】の状態で子作りした結果らしい。

この天使の【御使い降臨】は、【悪魔憑《つ》き】に非常に似た強化手段である。

術者に精神生命体を憑依・同化させて精神生命体の魔力を術者に加算させる、と言う物だ。

ただ【悪魔憑き】の場合には、悪魔の影響から精神汚染が引き起こされ、場合によっては主従関係が逆転されて肉体を乗っ取られるために禁術指定されている。

天使の【御使い降臨】は、人間の方が主で天使は従の立場が多い。

また、天使との憑依状態を任意で解除可能な点が、今なお五大神教会の魔法書にも残されている所以《ゆえん》だ。

そして、その状態で子作りした結果、憑依した天使の因子が胎児と融合して天使の特徴である白い翼と頭部の光輪を持って生まれたそうだ。

「神々に仕える天使が起源だから、天使と名乗っていたのね。でも、そんなことが何で起きるの？」

『２０００年前の世界では、起こりえなかった現象だ。ステータスが世界に導入されたために誕生した新種族の天使族と言ったところじゃろう。まぁ、ただの【御使い降臨】の状態での子作りでは誕生しないために、何らかの条件が必要なのだろう』

そして条件さえ揃えば、【悪魔憑き】の人間が変異して魔族になる以外にも、実体化した悪魔や【悪魔憑き】の人間が子作りした結果、悪魔の因子が宿った悪魔族の子どもが生まれる可能性が――いや既に一つの種族として確立しているのかもしれない。

『天使族たちの親であるルリエル様の使徒たちは、その子の容姿から宗教的な道具にされかねないと判断してルリエル様の導きでワシの下まで逃げてきたのだ』

「それじゃあ、ヤハドさんたち竜の戦士も同じように逃げてきた魔族なの？」

私が続いてそう質問を投げかけるが若干、古竜の大爺様が言い辛そうに視線を逸らす。

『あー、彼らは……元はただの人間だったのだがな。浮遊島での長い生活の中でどうしても男が少ない時期があって、血が濃くなりすぎるのを防ぐために希望者にワシの種を使ったのだ。原初の時代では、古竜と人が子作りしたために竜人が生まれたから行けると思ったが、ワシ寄りの竜の魔族――竜魔族となったのだ』

古竜の大爺様は、自分の下の話をしたために恥ずかしそうにしている。

なんと言うか神話の再現を行なった結果――竜魔族が生まれたようだ。

竜魔族たちの姿が【竜化】した竜人に近いのは、古竜の血が色濃いためのようだ。

「それじゃあ、この島には種族は天使族と竜魔族だけなの？」

『如何《いか》にも。この浮遊島の特殊な環境故か、一代限りでの新種族の絶滅を避けるための個体数の増加なのか……徐々に普通の人間の子が生まれず、天使族と竜魔族だけが生まれるようになったのだ』

この浮遊島には、３５０人ほどの魔族たちが集落を作り暮らしているようだ。

「にゃんにゃん、なのです」

『にゃぁ～』

途中からテトは話に飽きており、クロたちや他にもじゃれついてくる幻獣たちと遊び始めている。

そんなテトの様子に私と古竜の大爺様は、少し和んだところで話が本題に入る。

『さて、二種族の説明が終わったところで本題に入ろうか』

あまりにスケールの大きな話にかなりの満足感を得ていたが、まだ本題にすら入っていなかったのを思い出す。

「この浮遊島の子らを救ってくれって、幻獣たちや天使族、竜魔族たちを助けるってことよね。私たちに何をして欲しいの？」

『地上の煩わしさから逃れるために、空に逃げて１２００年。だが、この島は長い時の中ですり減り、徐々に小さくなっておる。こんな狭く不安定な浮遊島ではこれ以上の種の発展は望めぬ。そこで、ワシの子らを地上に帰して欲しいのだ』

しかし、ただ地上に送るだけでは、迫害や狩猟の対象となってしまう。

浮遊島の代わりに守り、発展の余地のある場所を提供してほしいということだろう。

そして私には、【虚無の荒野】と言う小国に匹敵する土地がある。

それに、私たちにもメリットがある。

幼体の幻獣たちが育つには、魔力が必要であるが成体まで成長すれば、今度は魔力を生み出す側に回るのだ。

魔力の生産の大部分を世界樹に依存している【虚無の荒野】に、新たな魔力を生み出す存在である幻獣たちが加わるのだ。

「分かったわ。【転移門】を設置して【虚無の荒野】に少しずつ移住って形で幻獣や住人たちを受け入れましょう」

「魔女様？　これからクロだけじゃなくて、クロの仲間も一緒に暮らすのですか？」

「ええ、そうなるかな？」

そんな私の承諾の言葉を受けて古竜の大爺様は、頭を下げる。

『感謝する。ルリエル神の神託の通りだ。これでワシの子らをこの方舟から降ろすことができる』

こうして穏やかに、肩の荷が下りたかのような安堵を浮かべる古竜の大爺様との初めての接触が終わったのだった。

32話【虚無の荒野への招待】

古竜の大爺様の願いを受け入れたものの、一日、二日でできるようなことではない。

とりあえず、洞窟に帰って行く古竜の大爺様を見送った私とテトは、気絶したユイシアを起こした。

「はっ⁉　大きな竜が……チセさん、私生きてますか⁉」

「大丈夫よ。とても理知的な竜で、いい話し合いができたわ」

「優しいお爺ちゃん竜だったのです！」

私たちが目覚めたユイシアをそう宥めると涙目になり、私とテトに抱き付いてくる。

「良かった～、死んじゃうかと思いましたよ～」

まだ17歳のユイシアには衝撃が強すぎた、と若干反省しながら、天使族と竜魔族の集落に向かう。

「……大爺様との話し合いは済んだのか？」

集落に辿り着くと、私たちを待っていたシャエルが不服そうに声を掛けてくる。

「ええ、少し昔話を聞いて、大爺様のお願い事を引き受けただけよ。詳しい話は、大爺様から聞いてもらえる？」

「なら、私はすぐに聞いてくる！」

「待て、シャエル！　全く、客人を放っておいて大爺様に聞きに行ってしまった」

飛び立ったシャエルに制止の声を上げたヤハドであるが、それでも止まらないシャエルに溜息を吐き出す。

「某も明日にでも大爺様の下に向かい確認しよう。ところでチセ殿たちは、今晩はどこで過ごすのだ？」

浮遊島の集落には宿屋なんて物はないために、今後どこで過ごすのかとヤハドに尋ねられる。

私たちは、【転移門】で【虚無の荒野】に戻るつもりでいるために、どこか小さな場所を借りることにする。

「狭くてもいいから、場所を借りられるかしら？　魔法で小屋を建てるから」

「ならば、村外れの空き地に案内しよう」

私たちは、ヤハドに案内された村外れの空き地を借りて、そこに【土魔法】で小屋を建てさせてもらう。

「チセさん、お家が随分狭いみたいなんですけど、ここで暮らすにはちょっと厳しいんじゃ……」

テトが土魔法で造り上げた石組みの小屋にユイシアは、困惑している。

「心配しないで、私たちが暮らすのは別の場所だから——テト、取り出すわよ」

「はいなのです！」

そんなユイシアを安心させるように語り掛けた私は、マジックバッグから【転移門】を取り出す。

「チセさん、テトさん？　このオブジェって確か家の大事な部屋に置いてありましたよね。何なんですか、これ？」

ユイシアは、マジックバッグから取り出した【転移門】を見上げながら尋ねてくる。

「【転移門】――対になっている門に転移することができる魔導具よ」

「ここを潜ると、バッと景色が変わるのです」

「【転移魔法】って高度な魔法ですよね!?　【転移魔法】の使い手は、各国で一人か二人いるか、いないかって。それが使える魔導具なんて……『にゃっ！』――あっ、クロさん！」

そうこう言っている間に、ユイシアの足下を通り抜けたクロが【転移門】に飛び込み、消えていくのを見て驚いている。

「クロさんが消えちゃいました！」

思わぬ光景に驚くユイシアは、石造りの小屋に設置した【転移門】の裏側に回ってもケットシーのクロがいないことを確かめている。

「さぁ、ユイシアの魔力を登録して行きましょう」

「早く帰ってご飯を食べるのです！」

私とテトは、ユイシアの手を引いて【転移門】に触れさせ、魔力を登録する。

これでユイシアは、いつでもこの【転移門】を使うことができるようになった。

「それじゃあ、行きましょう」

「ふぅ～、はぁ～……行きます！」

目を強く瞑《つぶ》り、深呼吸したユイシアの手を私とテトが引いて【転移門】を潜り抜け、【虚無の荒野】の屋敷に戻ってくる。

『『――お帰りなさいませ、ご主人様、テト様。そして、ようこそお客様』』

「ベレッタ、みんな。ただいま」

「ただいまなのです～！」

瞑っていた目を恐る恐る開けたユイシアは、目の前にズラリと並んだメイドたちが頭を下げている光景に出くわし、予想外の展開に驚きっぱなしである。

「ただいま、ベレッタ。こっちの子は、私の弟子になったユイシアよ」

「……あっ、はい！　よろしくお願いします！」

正気に戻ったユイシアが大きく頭を下げれば、ベレッタも恭しく綺麗なお辞儀をする。

『ご主人様のお弟子になられたユイシア様ですね。この屋敷でメイド長を務めさせて頂いているベレッタと申します。どうぞ、お見知り置きを』

私に対して、まるで貴族の主人のような対応をしていることにユイシアが驚き、屋敷という単語に周囲を見回す。

ここが知らない部屋であることに気付き、窓の外から見える風景から違う場所だとユイシアは理解した。

「凄い、転移していますす！　チセさん、凄いですよ！　雲が上にあります！」

浮遊島は、雲より高い位置にあったために確かに転移した、という実感を一番に得られるのだろう。

「何というか、ちょっとこういう反応は新鮮ね」

私としては、隠していた能力や魔導具を公開したことに驚くユイシアの様子を多く見ているので、こうして素直に感動されると珍しさを覚える。

セレネの時は、お母さんはこういうもんだから～、みたいな雰囲気があったけど、一般常識的に言えば、十分に驚愕《きょうがく》や感動すべきことだと理解させられた。

【転移門】を使って浮遊島から幻獣や住人たちの引っ越しを行なうならば、こうした反応を頻繁に見ることになるのだろう。

そして、ベレッタたちからの恭しい対応にあたふたするユイシアが、私に話しかけてくる。

「チセさんは、ご主人様って呼ばれていますけど、貴族様なんですか？　まさか、身分を隠して冒険者をやっている、とか……」

「違うわよ。私は、今も昔も普通の平民よ」

私はそう答えるが、ユイシアはイマイチ納得していないような表情をしている。

そんな私たちは、ベレッタの案内で食堂に向かう。

「ベレッタ？　今日のお夕飯は何なのですか？」

『今日の夕食のメインは、畑で取れたトマトとオークの挽肉を使った煮込みハンバーグになります』

「美味しそうね。こっちでは、何か問題はあった？」

『ご主人様たちが昨日ご帰宅した際にお伝えしましたので、現在はありません』

ユイシアがサザーランドの屋敷に連れて行かれた時も、私とテトは【虚無の荒野】に戻り、浮遊島に乗り込む準備や万が一に長期で戻れない場合の指示をしたばかりだった。

まさか、数日も経《た》たない内に帰ってくるとは思わなかった。

『今回は随分お早いお帰りですが、浮遊島には辿り着けたのですか？』

「浮遊島に行ってきたのです！　クロのお友達が沢山居たのです！」

「ローバイルの借家を手放したから、しばらくはユイシアと一緒に屋敷に移り住む予定よ。まぁ詳しい話は後でね」

『了解しました。これでまたご主人様のお世話ができますね』

嬉しそうに微笑むベレッタに案内された私たちは、食堂の長テーブルの席に着き、他にもベレッタを始め、魂を獲得して進化したメカノイドや奉仕人形たち数人がテーブルに着き、食事を共にする。

この場に居ないメカノイドや奉仕人形たちは、給仕の仕事に回ってもらい、時間をズラして食事を取るはずである。

「さぁ、食べましょう。いただきます」

「いただきます、なのです！」

そうして、みんなで食事を始めるのだが、ベレッタたちメカノイドたちの食事の会話は、非常に事務的だった。

事務的に見えるといっても、個々人で微妙に癖が違うし、私はそういう物だと慣れている。

テトが食事に夢中になる一方、居心地が悪そうにするユイシアの様子に、私は苦笑を浮かべてしまう。

そして、食後のお茶を飲んだところで、ベレッタに浮遊島での話をする。

「ベレッタ。今日、浮遊島に乗り込んで色々なことがあったわ――」

浮遊島に乗り込み、数多《あまた》の幻獣たちと天使族、竜魔族の二種族の魔族と出会ったこと。

そんな彼らを束ねる浮遊島の主である古竜の大爺様と面会して、浮遊島の誕生の歴史と二種族の魔族の誕生過程、そして最後に古竜の大爺様の願いを話した。

古竜の大爺様の前で気絶してしまったユイシアも私の話を聞いて、自分の常識が崩されていくのか表情がコロコロ変わって面白かった。

『なるほど。ご主人様は、その願いを聞き入れるのですね』

「ええ、幸いにもこの【虚無の荒野】には、人や幻獣たちが暮らすのに十分な土地が余っているからね」

小国にも匹敵する土地を持つ【虚無の荒野】には、冒険者として気ままな旅をする私とテト、主に

【虚無の荒野】の全域を管理しているベレッタとその配下のメイド隊20人しか暮らしていない。

他にも農作業用のゴーレムたちもいるが、幻獣数百匹に、二種族の魔族３５０人を受け入れてもまだ余裕がある。

『ご主人様。古竜の大爺様の願いは理解しました。ですが、一つ問題があります』

「ベレッタ、その問題はなに？」

『現在の【虚無の荒野】は、結界魔導具で区画を限定すれば、幻獣たちに適した魔力濃度を作り出すことは可能です。

ですが、幻獣たちの生存に適した環境となると、まだまだ十分とは言えません』

確かに今は、【虚無の荒野】中央から南部の外縁部まで森林で繋がるように植樹を行ない、その森林伝いに生物の移動による生態系の多様性を確保しようとする――【緑の道作戦】が実行されているが、それでは幻獣たちの成育環境としては不十分なようだ。

『更に、幻獣ごとに好む環境、周囲の植生、好む立地条件などが異なるでしょう。それを人工的に作り出すために一度、幻獣たちの生態調査などが必要だと思われます』

「でも、今日明日で住人や幻獣全てを引っ越すんじゃなくて、10年以上時間を掛けて、少しずつ迎え入れることを考えているわ」

そもそも古竜の大爺様が海母神ルリエルから私たちのことを聞き及んでいるなら、きっと【不老】であることも聞いているはずだ。

【虚無の荒野】への移住計画が、私の寿命により頓挫する可能性を考慮する必要もないはずだ。

『差し出がましいことを言って申し訳ありません』

「いえ、そんなことないわ。ベレッタの言うとおり、幻獣たちの生態調査や二種族の生活様式の確認は必要よね。だから今度、浮遊島に行く時はベレッタも同行して色々と調べましょう。古竜の大爺様との顔合わせも必要だからね」

『畏まりました』

その他、ベレッタと共に事務的な様々なことを話し合った。

その一方、テトとユイシアは――

「チ、チセさんとベレッタさんが、凄く難しそうな話をしています。……テトさん、分かります？」

「テトに難しいことは分からないのです！　でも、魔女様に任せておけば、大丈夫なのです！」

「あ、あははっ、そう、ですか」

膝に乗ったクロを撫でるユイシアは、テトの言葉に乾いた笑いを浮かべる。

「ほんとに、なんで私がここにいるんだろう。それに10年単位の活動って、私は行き遅れって言われる歳になっちゃいますよ」

「ユイシアは魔力が大幅に増えて【遅老】スキルを得たから外見の老化は遅いはずよ。魔力量にもよるけど、終わる頃には二十代のお姉さんって感じかしら？」

今日一日で色々なことがありすぎて、すっかり【遅老】スキルを手に入れたことを失念しているユイシア。

17歳のユイシアは【遅老】スキルの影響で、これから成長と老化がゆっくりとなるのは確実である。

そして、私の弟子になり、【遅老】スキルを得たユイシアに色々なことを話すのはこのタイミングだろう、と思う。

「ユイシアには、まだ話してなかったことが色々あるわ。私たちが出会った日、なんで私がユイシアに同居を申し出たのか」

「私を拾った理由……ですか？　住み込みのお手伝いが欲しいんじゃなくて……」

私は静かに首を横に振り、ユイシアが持つ不老因子について話すのだった。

33話【不老因子】

「あの日、倒れているユイシアに触れた時、共感のような物を感じたのよ」

「共感……ですか？」

「そう……私と同じ【不老】スキルを習得できる不老因子の持ち主に会った時に感じる感覚よ」

既に私の事を【不老】スキル持ちだと知っているユイシアだが、その【不老】スキルが自分も得られる可能性があることに、今日一番に目を見開いている。

「えっ、嘘ですよね。だって、私は普通の平民で漁師の娘で、落ちこぼれだったんですよ……そんな【不老】なんてスキルが得られるなんて……」

「ユイシアの体を調べて分かったのは、不老因子持ちに血筋も魔法の腕前も関係ないって事よ」

神々が直接作り出した原初の人々が持っていたのが、不老因子だ。

その不老因子を隔世的に持って生まれた人が、肉体に膨大な魔力を宿すことで【不老】スキルを得るのだ。

伝承や伝説、神話などに登場する不老長寿の賢者や魔女たちがそうした人間たちである。

だから、たとえ不老因子持ちであろうとも魔力が乏しければ、【不老】スキルは発現せずに普通の人生を歩む人が多いだろう。

逆に、豊富な魔力を持ち、弛まぬ鍛錬を続けた魔法使いであっても、その先天的な不老因子がないために不老に至れない者も多くいただろう。

「チセさんは、私を【不老】の仲間にするために助けてくれたんですか？　それじゃあ、テトさんも同じ【不老】スキル持ちだから、全然変わらないんですか？」

「……それは、違うわ。テトの場合は、私が作り出したゴーレムが進化したゴーレムの魔族なのよ」

「そうなのです！」

ユイシアの疑問に私がテトの正体を明かすと、テトはいつものように体の一部を泥土に変えてみせる。

「そうだったんですか……もう、なんだかチセさんなら、何でもアリなのかなぁって思いました」

もう今日一日で何度も驚きすぎて、そういうものか、と全部受け入れ始めているようだ。

「ユイシアを助けた理由は、【不老】の仲間を作るためじゃないわ。ユイシアがある程度、自立できるまで成長したら、独り立ちさせるつもりだったのよ」

それこそ、私とテトが浮遊島に乗り込んだ後、あの家を買い取ってユイシアの独り立ちの際の贈り物にするつもりだったのだ。

まぁ、それも【不老不死】を求めた国王やそれを唆かしたオルヴァルトの所為で、計画が全てパァである。

「それに魔女様は、ユイシアを【不老】にするのが幸せになるとは限らないって言ってたのです」

以前テトに語った私の言葉をテトが勝手に話し、それを聞いたユイシアが眉を顰《ひそ》める。

「老いずに長く生きるのは、凄い事じゃ……」

そんな反応を見せるユイシアに対して、私は苦笑いを浮かべる。

「不老になってまだ30年程度だけど、気ままな生活を送れているのは力があってのことよ」

「あっ……」

私の言葉にユイシアが気付き、小さな呟《つぶや》きを漏らす。

もし、私に力がなければ、サザーランドの次期当主であるオルヴァルトの策略によって捕まり、【不老不死の秘密】を探るために飼い殺しされた可能性を。

または、時折話した義娘のセレネの話を聞いて、自分だけが老いずに子どもが成長して大人になる寂しさに気付いたのかもしれない。

「だからね。ユイシアは私の弟子になったけど、【不老】は強要しないわ。それに今の【遅老】スキルの状態なら、まだ寿命が長い人として自然に死ぬことができるわ」

既にユイシアは、一日銀貨3枚以上を稼げるだけの知識と魔法の腕を得ているのだ。

またサザーランドの屋敷での魔力の覚醒により、一段と魔力量を増やしている。

ローバイル王国での騒動から逃げ出せた今なら、このままイスチェア王国かガルド獣人国に送り届けて、自立した生活を送り、人としてちょっぴり長い人生を謳歌《おうか》することもできる。

私としては、むしろそれを勧めたいが——

「チセさん。私は、まだまだチセさんから色々と学びたいです！　それに浮遊島のことも見届けずにここを離れるなんて、嫌です！」

「ユイシア……」

「だから、【不老】とかそういうのは抜きで、今後ともよろしくお願いします！」

そう言って頭を下げるユイシアに、私は苦笑いを浮かべてしまう。

「それに、浮遊島とか幻獣とか古竜とか女神様とか！　普通なら一生掛けても出会えないことが沢山あるんですよ！　ここを離れて普通の生活に戻ったらきっと……いえ、絶対に死ぬまで後悔すると思うんです！」

「ふふっ、そうね。確かに、そうかもね」

「なら、ユイシアも一緒に頑張るのです！」

ユイシアの熱意に私は静かに同意し、テトが力強く励ます。

こうして【虚無の荒野】では、翌日から浮遊島の住人を受け入れる準備が始まり、ユイシアも私の弟子として魔法を学び、浮遊島からの移住を手伝う生活が始まるのだった。

SIDE：ユイシア

チセさんの弟子になって【虚無の荒野】の屋敷で暮らすようになった私の日常は、実はそれほど変わらなかった。

「おはようございます、クロさん、アイさん」

『にゃ～！』

『おはようございます、ユイシア様』

折角、故郷の浮遊島に帰れたのに、何でか私と一緒に行動するケットシーのクロさん。

そして、メイド長のベレッタさんが屋敷での生活に慣れてもらうためにアイさんという方を私に付けてくれた。

なんでも色々な場所がこの屋敷の中にあり、一人だと簡単に迷ってしまうらしい。

そんなアイさんの案内で食堂でチセさんたちと朝食を取った後、今日の活動に移る。

「アイさん、今日は魔法の練習をしたいんだけど……」

『でしたら、北の転移門に案内します』

アイさんの案内で複数の転移門が置かれた部屋に通され、北の荒野に繋がる転移門を通り抜ける。

「ここは、荒野……」

『我々は森林の再生を行なっておりますが、それも屋敷を中心とする中央部と南部方面を中心に行なっており、北部方面は未だ手付かずの荒野となっております』

「なるほど、ここならいくらでも魔法を使って良いのね」

『はい。時折ご主人様が新しい魔法を試したり、テト様やベレッタ様が組み手をしたり、我々メイド隊が自主訓練を行なう時にもこの場所を使用します』

荒れた地面は、所々に戦闘痕のクレーターができていたりする。

『それでは、ユイシア様。魔法の鍛錬を頑張って下さいませ』

そう言って、恭しく頭を下げるメイドのアイさんですけど、すぐに私から視線を外して一緒に付いて来たクロさんの目の前で猫用のおもちゃなどを取り出して振り始める。

そんなアイさんの猫好きなところに苦笑しながら、自分の鍛錬に集中していく。

魔法を放って限界まで魔力を使ったら、瞑想《めいそう》による魔力回復。そしてまた魔法の練習を繰り返す。

この場所には倒すべき魔物がおらず、魔物討伐によるレベルアップを行なえないため、ただただ魔法の反復練習を行なう。

少しでも今の魔力量を増やして、チセさんたちに追いつくために――

『ユイシア様、少しよろしいでしょうか』

「はぁはぁ……アイさん、どうしたんですか？」

魔法スキルを鍛えるためにも、増えた魔力量に任せて魔法を放っていた私は、アイさんに呼び止められる。

『ユイシア様の魔力はかなり豊富ですが、それを魔法の発動だけで消費するのは大変だと推察します』

「確かに、そうですね……」

魔力量が一気に5万まで増えたために一度に消費するのは難しい。

また魔法を使うほど【魔力制御】などに集中力を取られて、精神的な疲労感も覚えるために、魔力を消費し切るのは大変である。

そんな私にアイさんが提案してくる。

『魔力だけを効率よく消費する方法としては、自らの魔力を外部に放出する物があります』

「魔力の放出？」

『はい。一度に多くの魔力を放出することで魔力放出量を拡張し、魔法の使用時に一度に使用できる魔力量を増やす効果があります』

「へぇ、そうなのね」

サザーランドでは魔法スキルのレベル上げの方を優先していたために、ただ魔力を放出するという考えはあまりなかった。

『また、この地は魔力濃度が低い場所が多く生物を移住させるために、ただ魔法を放つよりも鍛錬のついでに魔力放出をしていただいた方がこちらとしても都合が良いのです』

「なるほど……とりあえず、やってみる」

アイさんのアドバイスを受けて魔力放出量を増やすために、全身から魔力を放出していく。

だが、そうした魔法の訓練だけを繰り返すと疲れてしまうために、日によってチセさんが集めた本を読んで魔法の知識を深めたり、チセさんに同行して浮遊島の人々や幻獣たちと交流を深めた。

たまに森の中を歩き薬草採取をしていると、頭にお団子の付いたゴーレムさんたちが私の採取を手伝ってくれる。

そうして集まった薬草から作ったポーションを持って、チセさんの【転移魔法】で近くの村々を訪れれば、少しばかりのお金を稼ぐこともできた。

ローバイル王国では指名手配されていることを想定して、ユイという偽名を名乗り、世俗とは隔絶した生活を送っていく。

そんな中、ステータスの【遅老】が【不老】スキルに変わっていないか確かめるのが日課になっていった。

34話【竜魔族の戦士ヤハド】

【虚無の荒野】に帰りベレッタたちとも浮遊島の情報を共有した翌日、私たちはベレッタを連れて浮遊島に転移した。

浮遊島も神々の結界が張られており、幻獣が暮らしていけるだけの魔力濃度が確保されている。

そのために、ベレッタたちメカノイドやまだ進化していない奉仕人形たちも浮遊島なら長時間の活動が可能である。

『お初にお目に掛かります、緑青の古竜様。私は、ご主人様にお仕えするベレッタと申します』

『ほぅ、古代魔法文明の人形が魂を得て魔族となったか』

『はい。遺跡で放置されていた私をご主人様が助けて下さいました』

『魔女殿のお力か、世界にはまだまだ不思議なことがあるものだのぅ』

ベレッタと古竜の大爺様との顔合わせが終わり、私たちは浮遊島の調査を行なう。

その際、天使族のシャエルと竜魔族のヤハドも同行してくれる。

「大爺様から昨日、何を頼んだのか聞いた。貴様たちになるべく協力しろとも言われた」

「某たちの中にも、ここでの生活に閉塞感を覚えている者もいる。地上への移住に好意的な者もいるのだ」

渋々と言った様子のシャエルに対して、ヤハドは竜頭の口で笑みを作って好意的に話してくれる。

「早速、魔女殿の土地に移り住むのであろうか？」

「いえ、土地の準備もできていないし、この島での生活様式とか幻獣が好む食べ物とかをまず教えて欲しいわ」

「お安いご用だ。某に聞きたいことがあれば、何でも質問して下され」

ヤハドが率先して案内を引き受けてくれて、私たちは浮遊島のことを学ぶ。

週に二回浮遊島を訪れて、不満げなシャエルに睨《にら》まれながらヤハドから様々なことを学んだ。

幻獣たちの生活環境を再現するために植物の種や苗を受け取り、または確認した後、【創造魔法】でその植物の種子を創り出して、屋敷のメイド隊と共に【虚無の荒野】での栽培や植樹を行なう。

また彼らの集落についても学んだ。

浮遊島での生活様式は、土魔法で造り上げた石の建築物が多く、畑は小麦などを中心に古竜の大爺様の知識から輪作も行なっていた。

「食事は、何を食べているの？」

「小麦や豆、後は森の中に生える芋や果物を食している。また天使のシャエルたちを中心に海に網を投げ込んで、魚を捕らえている」

「へぇ……凄いわね」

浮遊島は結構な高さに浮いているが、海面まで降りて、漁をして浮遊島まで戻ってこられるシャエルたち天使族の飛行能力に驚く。

「ふん……この浮遊島では、家畜に適した動物は既に数百年も前に絶滅してしまった。だから、代わりの食べ物として私たちが漁に出て捕らえているのだ」

「そう、大変なのね」

「当たり前だ！　海面からこの浮遊島までの高さの往復だ！　この島で一番危険な仕事なのだ」

だからこそ、それを成せる自分たちの種族に誇りを持っているのかもしれない。

「そして、空を飛べない某らは、主に農耕をしながら生活している。また幻獣たちから僅かばかりの恵みを頂き、それを使って道具を作ったりもしているのだ」

例えば、幻獣たちの抜けた牙や角を研いで刃物にしたり、爪を使って農具を作るなどしている。

この浮遊島には金属鉱脈がないために、そうした生体素材を利用した道具に頼っている。

住人たちが魔法を使えても金属資源がないために、どうしても文明レベルはそれ相応まで下がってしまう。

他にも幻獣たちの強靭な体毛を編んだ網やロープは、天使族たちが漁で使ったり、浮遊島に戻ってくる時の命綱になったりするらしい。

私たちが浮遊島の外からやってきたことで隠れていた竜魔族の女性たちも、姿を現すようになる。

そんな竜魔族の女性たちは、皆ヤハドのような竜頭ではなく、普通の竜人に非常に近い見た目をしている。

ただ、体の鱗を占める割合が竜人より少し多く体内に魔石があるくらいで、外見的な違いはほぼないだろう。

そこで、ふとローバイル王国で読んだ伝承の本を思い出す。

「そういえば……」

「魔女殿、どうしたのだ？」

女性の竜魔族たちを紹介していたヤハドが振り返り、尋ねてくる。

「いえ、昔話に、空から降りてきた竜人の美女が竜人の青年と結婚して英雄の子を産んだ、っていう昔話があったのを思い出してね。確か――【ドグリーンの勇者】って話」

「ほぅ、興味深い話だな。魔女殿や、ぜひ某にその話を聞かせてもらえないだろうか」

「ええ、いいわよ」

そして私はマジックバッグから取り出した【ローバイル王国の物語集】を開き、【ドグリーンの勇者】を読み聞かせする。

その声に、何人もの村人たちが集まり、物語を語り終えた後、最後に締めに入る。

「嘘か真か分からないけど、竜人の勇者ドグリーンの子孫って人に会ったことがあるわ。彼が言うにはドグリーンの母親は、竜の鱗のペンダントを持って、空から降ってきたって話らしいわ」

ローバイルの北部の港町でギルドマスターをしている竜人族のドグル氏を思い出しながら、ついでにその竜の鱗らしきペンダントが受け継がれていることも語る。

話を聞き終わった竜魔族の住人たちが啜《すす》り泣きを始め、私がどうしたのかとオロオロしてしまう。

「……某らは代々大爺様の生え替わった鱗をお守りにしているのだ」

そう言ってヤハドが自分に掛かる竜の鱗のペンダントを掌に載せて語り始める。

「浮遊島では、時折人や幻獣たちが島から滑落することがある。某らは体が丈夫で魔法も使えるために、落下の勢いを殺せる。だが島から落ちた者は、皆死んだと思われていたが、某らの一族の中で運良く外で血を繋げた者がいたのだな……」

「そうね……」

しみじみと呟《つぶや》くヤハドに、私は頷《うなず》く。

「某は、一度外で一族の血を繋げた者に会ってみたいものだ」

「そう……もしかしたら、その人も自分のルーツを知りたいかもしれないわね」

世界は、思わぬ形で繋がっている。

それが竜魔族たちの移住を前向きにさせる切っ掛けとなった。

そして、しんみりとした雰囲気を振り払い、他の者たちにせがまれて浮遊島に関係する他の物語も読み聞かせ、交流を深めるのだった。

35話【移住計画の軌跡】

『ご主人様、移住計画の進捗状況についてご報告をお持ちしました』

「ありがとう、ベレッタ。今、確認するわ」

私は、屋敷の一室でベレッタが上げてくる資料や【虚無の荒野】の状況を確認していた。

「魔力は順調に生産しているし、幻獣たちが暮らすのに適した場所も作っている最中よね」

『はい。ガルド獣人国に近い南西部の水源地を拡張して人工的な泉とし、その周辺の地形を魔法による人工的な起伏を付けてから植物の種や苗を植えているところです』

「集落の予定地はどうなってるの？」

『テト様が監修の下、土作りから始めております。……とは言いましても、既にテト様の体内で成分が調整されておりますので、すぐにでも作付けすることが可能です』

浮遊島の幻獣や住人たちを【虚無の荒野】に移住させるために最初の1年目は、相互理解のための事前調査に費やされた。

様々なことを学び、そして浮遊島の植生の中で【虚無の荒野】に持ち込んで問題ない物なのかなどを調べた。

2年目には、浮遊島との交流を続けながら、ベレッタからある提案を受ける。

「――【虚無の荒野】全域の地表操作？」

「なんだか凄そうなのです！」

ソファーにテトと並んで座っている時、ベレッタから【虚無の荒野】全域の地表操作の提案を受けたのだ。

『現在、【虚無の荒野】の環境は、草原と植林した森林、そして手付かずの荒野だけです。ですが、ここに地形の起伏を引き起こすことができれば、その起伏に応じた多様な環境が生まれるでしょう』

古代魔法文明の暴走によって【虚無の荒野】の地表は、起伏の少ない荒れ地となってしまった。

そのために、地脈制御魔導具を通して、地震を誘発して地表に変化を生み出すことをベレッタから提案されたのだ。

例えば、地面の陥没を引き起こせば、そこに水が溜まり泉や湖などの水場になる。

高低差が生まれれば、その土地に沿うように河川が生まれ、広範囲に浅く地面が沈み、そこに水が満たされれば湿地や沼地になる。

他にも立体的な地形は、生き物の住処《すみか》や隠れ家となることもある。

「でも、テトやクマゴーレムたちでも地面を動かせるのです！」

確かにテトやテトが作り出した頭にお団子の付いたクマゴーレムたちならば、少しずつでも地表を操作できるだろう。

『テト様や多数のクマゴーレムたちならば、同じように地表操作を行なえるでしょう。ですが、地脈制御魔導具で地震を引き起こした方が結果的に魔力消費量が少なくなると思われます』

「そうね。テトたちに全部任せるよりも、地脈制御魔導具で大雑把に地形を変化させた後、テトやクマゴーレムたちが土地に手を加えて植林計画を実行した方が良さそうね」

そして、月に1回の地表変化を促すための地震の誘発が一年間を通して行なわれた結果、土地に多様な環境が生まれた。

日当たりのいい丘が生まれ、地震によって大地に生まれた亀裂から新たにいくつかの水源が湧き出し、水源周辺の一部が湖や湿地帯になった。

「みんなー、この辺りの地面を良い感じに変えるのですよー！」

『『『ゴー！』』』

そしてそんな変化した大地をテトが指揮するクマゴーレムたちが、色々と手を加えていく。

その地表の変化に合わせて、前年に調べていた植物が定着するように適切な場所に移植していく。

3年目には、移住先の【虚無の荒野】を知ってもらうためにシャエルとヤハドたちを始めとする島の代表者を連れて、幻獣の住処となる土地や彼らの新たな集落の予定地を見せ、初期の移住が始まる。

「ここがあなたたちの移住先の土地になるわ」

「みんなの新しいお家を作る場所なのです！」

『『『――おおおおっ！』』』

どこまでも広い大地と、大地から溢れる湧き水が形成する泉と流れる小川を見て、驚愕《きょうがく》している。

「これが大地！　このような広い土地を某らが使えるのか⁉」

「ええ、とは言っても魔力濃度の関係で魔族の人たちが過ごしやすい環境は、まだそれほど広くはないわ」

「でも、みんなが沢山木を植えると、もっと住みやすくなるはずなのです！」

私とテトが【虚無の荒野】の見学者たちに説明しながら案内し、ヤハドたち見学者が嬉々として様々なことを尋ねてくる。

『ゴー！』

「むむっ、この土塊の塊は、面妖な……これが地上の生き物」

シャエルなどは、クマゴーレムたちを初めて見て、眉を顰《ひそ》めてじっと睨《にら》み合いをしており、その様子がおかしくて私は小さく噴き出してしまう場面もあった。

その後、浮遊島と集落予定地を【転移門】で繋げて、人の行き来を可能にした。

浮遊島では、限られた土地で農業を行なっていたために、身体能力の高い魔族の彼らが行なうとすぐに農作業が終わって時間が余ってしまう。

今までは空いた時間には、歌を歌い、道具を作り、武芸を嗜《たしな》んでいたそうだ。

だが、今では働けば働いた分だけ成果が上がるのだ。

また、そんな彼らも自身の暮らしを良くした私たちへの恩返しのために、【虚無の荒野】の植物の移植の手伝いをメイド隊の奉仕人形たちと共に行なってくれる。

そのついでに森林に入り、果物や木の実、薬草を採取し、浮遊島では貴重な木材を集めて持ち帰るのだ。

そして4年目には――

「みんなー、こっちですよー！」

『にゃぁ～！』

クロの仲間のケットシーを始めとした小型の幻獣たちの受け入れが始まった。

ユイシアとケットシーのクロが先頭に立ち、【転移門】を潜り抜けて小型の幻獣たちを【虚無の荒野】に誘導していく。

【転移門】を抜けて初めて見た広い大地に幻獣たちは驚き、恐る恐る歩きながらも端のない大地を走り始めた。

その後、妖精犬のクーシーは地面や倒木の下に穴を掘って巣穴を作る。

ラタトスクは、真っ先に世界樹の近くに住み着き、木の実をせっせと集めている。

クロの仲間のケットシーやカーバンクルたちは、森の中に放って繁殖していたネズミや虫を狙って飛んできた小鳥を捕食していた。

浮遊島では、生存するために古竜の大爺様の下で獣としての本能が抑えられていたが、この場所では、伸び伸びと暮らしている。

そして幻獣たちだけではなく、初期に移住した住人たちの間で次々と妊娠が発覚している。

その事が切っ掛けとなり順次、浮遊島の住人たちが少しずつ移住を決意し、幻獣たちも順番にそれぞれの種族に適した環境へ移住を始めている。

中には、牛の幻獣のガウレンや羊の幻獣のアリエス、鷲と獅子の混合生物のグリフォンなどの一部の幻獣たちが集落の傍で暮らし、浮遊島の住人たちと共存する光景も見られる。

そうして、5年目の現在――

「魔女様、魔女様、ちっちゃくて可愛いのです～」

「ええ、とても可愛らしいわね」

移住した小型の幻獣たちが子作りに成功し、今はせっせと子育てに励んでいる。

そんな様子を遠くから眺め、可愛らしい幻獣の姿に私やテトが表情を緩める。

『そうか、幻獣の子らが子を成したか。この地では、これ以上繁殖数を増やすのは無理じゃったから喜ばしい』

その話を聞いた古竜の大爺様は、嬉しそうにする反面、浮遊島では満足に子作りをさせられなかったことに寂しそうな様子も見せる。

幻獣は、幼体の時は魔力を吸収して育ち、魔族の天使族や竜魔族たちも魔力消費が激しい。

そのために浮遊島にいる幻獣や魔族たちは皆、限られた土地と浮遊島内の魔力濃度を減らしすぎないために、数が増えないように本能的に個体数を調整していたらしい。

それが環境による制限がなくなったことで、幻獣だけではなく早期に【虚無の荒野】に移住した魔族たちの間でも妊娠の報告が次々と上がってくるのだ。

だが当然、全てが順調と言う訳ではない。

小型の幻獣たちや住人の移住と子作りにより魔力消費量が増加した結果、【虚無の荒野】の魔力濃度が一時的に横ばいになるなど、ヤキモキとした気持ちになる。

「一度に浮遊島の住人や幻獣たちを受け入れるのは無理だから、魔力濃度が安定し次第、順次移住する人や幻獣たちを受け入れましょう」

『畏《かしこ》まりました。そのためにもご主人様には、それらの大きさの幻獣たちが通り抜けられる【転移門】の創造をお願いします』

「ええ、分かっているわ……って言っても結構、魔力を使うのよねぇ」

深い溜息を吐き出しながら、頭の中で必要な魔力量を計算する。

【転移門】は、対になる魔導具として二個一対で創造しなくてはならない。

この5年で【不思議な木の実】を食べ続けて増えた私の魔力量は、約50万になった。

通常の【転移門】を創造するのに、100万魔力量が必要になる。

更に大きな【転移門】の創造となると感覚的には、中型500万、大型1500万以上の魔力量が必要になる。

「はぁ……コツコツと魔力を溜めていきましょう。他にも各地の視察とか色々なことで魔力を使うから、【転移門】の創造だけに魔力を取られたくないのよね」

『それに例の計画のために膨大な魔力の仕込みが必要ですからね』

移住計画は順調だが、悩みは尽きない。

そんな中、私とベレッタのいる部屋にテトとユイシアがやってきた。

「魔女様、ただいまー、なのです！　美味しそうなお魚とお塩をいっぱい貰ってきたのです」

「お帰りなさい、テト、ユイシア。浮遊島はどうだった？」

「私たちが持っていった食材とか、皆さん喜んでいましたよ」

『『『ゴー！』』』

浮遊島の住人たちも【転移門】を通って集落予定地で畑作りや家作りを行い、【虚無の荒野】のメイド隊たちと物々交換の交流が行なわれている。

今日その物々交換にテトとユイシアが行き、クレイゴーレムたちが荷物持ちの手伝いをしてくれたようだ。

こちらから提供するのは、メイド隊が作る農作物とそれらを加工した食品、【創造魔法】で創り出した金属製の道具などだ。

特に砂糖や果物と砂糖で煮詰めたジャムなどは、浮遊島では手に入りにくい甘味であるために、人気が高い。

また、ガラス製のジャムの空き瓶は、浮遊島の人々が作り出すことが困難な物なので、食べ終わった後も食器や花瓶代わりとして重宝されているそうだ。

まぁ、物々交換とは言うが、殆どは移住後の生活を意識し、彼ら自身が自ら作り出す物のサンプルとして渡しているだけである。

差し出す物が少ない浮遊島の住人たちは、幻獣たちから抜け落ちた牙や爪などを物々交換に使おうとするが、あまりに高価すぎるために扱いを拒否した。

もし、私たちとの物々交換の感覚で外部と接すれば、彼らは食い物にされてしまう。

そういった意味で、外界との接触の練習としての物々交換も行なっていき、少しずつ物の価値を覚えていってもらっている。

そうして迂遠ではあるが、少しずつ【虚無の荒野】で提供できる物に慣れさせていき、移住計画を進めていく。

性急な移住計画を推し進めれば、どこかに歪みが生まれるかもしれない。

だから、慎重に、丁寧に、緩やかに、彼らの生活と融合するように見極めながら行なっていく。

そんな注意を払う移住計画の中でも移住派と保守派という二つの派閥が誕生するのは、避けられない事態だった。

36話【移住派と保守派】

幻獣たちの多くが【虚無の荒野】に移り始める中、一部の老齢な幻獣たちは古竜の大爺様の下から離れるのを嫌がり、浮遊島に残る姿勢を見せる。

それに対して、古竜の大爺様は――

『若い者が新たな地で種を発展させ、老い先短い者たちがワシのことを心配して残るならば、共に緩やかな死を迎えるしかないのぅ』

古竜の大爺様は、嬉しそうに、そして寂しそうにも呟《つぶや》く。

この浮遊島は、島の中心にある浮遊石と古竜の大爺様の魔力によって空に浮いている。

そして、１２００年以上もの間、古竜の大爺様の魂は島の浮遊石と深く結び付いているために、浮遊島に縛られて離れることができない。

もし浮遊島の全ての幻獣と住人たちが退去した後、浮遊島には古竜の大爺様が一人残されてしまうことになるのだ。

それを心配するのは、幻獣たちだけではなく、住人たちもそうだ。

「貴様らには誇りという物がないのか⁉　古竜の大爺様に守られながら過ごした日々の恩を忘れたのか！　この裏切り者め！」

「裏切ってなどおらぬし、大爺様のことを忘れてもおらぬ。だが、大爺様が魔女殿に願ったのだ。某らの種族の発展を。それは、某の子らに豊かさをもたらしてくれる」

「昔の暮らしの何が不満なのだ！」

「不満などない。しかし、知ってしまったのだ。島では手に入らない物の数々を。それを自ら作り出す術《すべ》を。ならば、それを使わずにはいられないのだ」

「そんな物！　あの魔女の毒だ！　誇り高い我らを堕落させるための猛毒だ！」

浮遊島の移住派は、竜魔族のヤハドを中心とした若年層が多い。

若年層は、私が派遣する奉仕人形たちによる青空教室による勉強、ユイシアとの交流で話される王都や地上の様子を聞き、外の世界という物を意識し始めている。

また、大きいのは、食事における変化だろう。

切っ掛けは些細なことだ。

ユイシアが持っていた砂糖を使ったクッキーを、魔族の子どもたちと分け合って食べたこと。

浮遊島では、採掘できない金属製の道具が手に入りやすいこと。

雨水や魔法で溜めていた水が【虚無の荒野】では大地から滾々《こんこん》と湧き出る様子を見たこと。

広々とした土地で自らが満足するだけの作物を育てること。

新たな甘味などを始めとする食料、鉄、水——そして広々とした農地、これだけで彼らの意識は大きく変わった。

その他にも様々な物が、彼らの生活を侵食していった。

「私は、私は絶対に認めないからな！」

そうした移住計画という名の文化侵略を危惧する保守派のシャエルが大きな声を上げるが、それでも意見を変えないヤハドを見て悔しそうに背を向けて飛び去る。

「……魔女殿、出てきて下さらぬか？　某たちのやり取りを聞いていたのであろう」

「気付いていたのね。それと、私たちが浮遊島に介入したせいで……ごめんなさい」

陰からこっそりと見ていた私たちは、シャエルが去った後にヤハドの前に姿を現す。

そして、この5年間で大分見分けが付くようになった竜魔族たちの表情から苦笑を読み取る。

「いやいや、魔女殿たちの所為ではないぞ。それに魔女殿たちでなく、他の誰かが浮遊島に来た場合には、今程穏やかに過ごせていたか分からぬ」

確かに、世界に魔力が満ちた将来——浮遊島がどこかの大地に降り立つか、それとも魔法技術が発達して飛行を会得した人たちが浮遊島に乗り込むかもしれない。

その時、幻獣や住人の天使族と竜魔族たちを奴隷や貴重な生物サンプルとして連れ去るかもしれない。

そうなった場合には、彼らは争いの道を選ぶだろう。

「魔女殿は、某たちに知識を与えて下さるが、決して聞き心地の良い内容だけでなく、悪い話も聞かせて下さる」

「それがどうしたの？　知識は一つの側面からだと本質が見えないから、複数の視点からの話を教えているだけよ」

「だが、その知識が無知だった某らを守る力となる。感謝しているのだ」

そう言ってヤハドは、頭を下げた後、どかっと地面に腰を下ろして深い溜息を吐き出す。

「だが、シャエルの言うことも分かるのだ。楽ではないが楽しい日々は、確かに懐かしむ気持ちがある。人とは、ままならぬ者だなぁ」

――無知だったから幸せを感じていたのか。

――外の世界の知識を知ったから更に幸福になれるのではないか。

そう欲が出たのだ、とヤハドは自嘲気味に笑う。

ヤハドの呟きに私たちは静かにそれを聞き、しばしの沈黙が続くのだった。

SIDE：天使族・シャエル

「くそっ、何故ヤハドは分からぬ。私たちの誇り高い伝統と文化が壊されようとしているのだぞ！」

1200年の間、穏やかで変わらない浮遊島の生活は、ここ数年で激変した。

魔女という存在が作り出す道具や食べ物の数々は、容易に私たちの文化を破壊する。

私たちの伝統的な食事がいかに粗末で質素であるかを見せつけるように、砂糖や香辛料などの使われた食事。

また、海面まで降りて網を投げる天使たちの伝統的な漁は続けているが、それは島の者たちが求めるのではなく、あくまで魔女との物々交換の品を用意するために過ぎないのだ。

【転移門】を潜り抜けた先の広大な大地で農作物を育て、魔女の森で山菜や果物を拾うことで昔ほど食糧に困ることが減った。

その他にも幻獣たちの抜けた牙や爪、体毛などと物々交換しようとしたが、魔女は取引を断った。

いずれ浮遊島の全ての幻獣たちが魔女の土地に移住するために、わざわざ交換して手に入れる必要がないということだろうか。

魔女と交流することで竜の戦士たちは、浮遊島では絶滅してしまった家畜のニワトリを手に入れた。

定期的に卵が手に入るために、天使たちの漁の価値が相対的に低くなった。

危険で実入りの少ない私たちの漁よりも、魔女の土地で川魚を採ることに切り替える天使たちもいる。

「このままでは、島から人が居なくなってしまう。そうなったら、大爺様が一人になってしまうではないか！」

今は、保守的な者たちや大爺様を心配して島に残ることを考える者もいる。

だが彼らは、大爺様の説得と魔女の甘言により、少しずつ移住に前向きになっている。

「どうすればいいのだ。私がこの島を守るにはどうすればいいのだ。教えて下さい、ルリエル様……」

私の先祖である使徒が奉っていた古い女神像に祈りを捧げる。

長い時間で【状態保存】の魔法も消えて劣化した偶像は、既に手足や翼が取れた姿である。

私に縋《すが》れる物は、こんな古ぼけた偶像しかなかった。

そして、私はその祈りから一人の声を聞く。

『私は、女神・ルリエル様の御遣い。私が守護する子らに禍根を残さぬために、手を貸そう』

それは、天使族の祖となる使徒に憑《つ》いていた天使の声であった。

使徒の亡き後、天使族たちを見守る守護天使となった彼が手を貸してくれることで、魔女に抗う力を得たのだった。

37話【ユイシアの成長】

私とテトが浮遊島からの移住の受け入れを頑張る一方、ユイシアも日々魔力を限界まで使って魔法の反復練習と威力向上に努めていた。

私としては【不老】にならなくてもいいと思うために、ユイシアには【不思議な木の実】を出していない。

それでも当人の鍛錬と魔力の消費によって、この5年間で魔力量が驚異的な成長を見せている。

名前：チセ（転生者）
職業：魔女
称号：【開拓村の女神】【Aランク冒険者】【黒聖女】【空飛ぶ絨毯《じゅうたん》】【女神リリエルの使徒】【古竜の盟友】
Lv92

体力4000／4000
魔力25431０／517790
スキル【杖術Lv5】【原初魔法Lv10】【身体剛化Lv2】【調合Lv6】【魔力回復Lv10】【魔力制御Lv10】
【魔力遮断Lv9】……etc
ユニークスキル【創造魔法】【不老】

【ユイシア（人間）】
職業：見習い魔女
称号：【Dランク冒険者】【魔女の弟子】
Lv34
魔力155200／155200
スキル【格闘術Lv4】【水魔法Lv8】【火魔法Lv6】【風魔法Lv3】【身体強化Lv6】【調合Lv5】魔力回復Lv4】【魔力制御7】……etc
ユニークスキル【遅老】

ユイシアの魔力量は、この5年で5万から15万へと驚異的な伸びを見せ、スキルのレベルも軒並み上がっている。

その一方私は、戦闘スキルを磨く必要性がなかったために、【不思議な木の実】を口にして伸ばしていた魔力量以外には、特にステータスに大きな変化はなかった。

もうこのレベルまで成長すると魔物を沢山倒しても中々レベルが上がらないのだ。

そして今日は――

「行きますよ、チセさん」

「ええ、いつでもいいわ」

この5年間で、新たに装備を新調したユイシアが短杖を手にしている。

対する私は、昔から使っている樫《かし》の木の杖を手にして向き合う。

私の魔力量は50万だが、午前中に魔力を消費する作業を行なったために残り魔力量は25万で、杖には特殊な効果がない。

対するユイシアの魔力量は15万で、更に新調した杖には幻獣の素材が使われているお陰で、水属性の増幅率が高い。

現状、水魔法に限れば、私以上の力を持っていることになる。

「魔女様、頑張れー、ユイシアも頑張れー！」

『にゃぁ～！』

『クロ様、危ないので私の手の中で大人しくしていましょう』

少し離れたところでは、テトとクロ、そしてユイシア付きとなったメカノイドのアイが応援している。

「はぁぁぁっ――《アイス・ランス》！」

そんな応援を受けたユイシアが先手必勝とばかりに、１００を超える氷槍の出現を切っ掛けに模擬戦が始まる。

この模擬戦では、【創造魔法】で創り出したダメージを自身の魔力で身代わりする魔導具を互いに身に付けているが、見る人が見れば、殺し合いにも匹敵する規模の魔法の応酬である。

空気が凍り、大地が抉《えぐ》れ、周囲に死の気配を振りまく。

「成長力と水魔法の適性は、私より上よねぇ――《マルチバリア》！」

地上に降り立ったまま、ユイシアの魔法を相殺し、結界魔法を厚く展開して防ぐ。

さらに、こちらも反撃として魔法を放てば、ユイシアもそれを魔法で相殺しに掛る。

だが、私の魔法がその隙を縫ってユイシアに当てていく。

ユイシアは、結界魔法を展開してダメージを軽減しようとするが、それを貫いてダメージを与えるために、ユイシアの魔力が大きく削られていく。

「はぁはぁ……これが私の全力です！――《アイス・エイジ》！」

私の魔力を一気に削るために、ユイシアが氷の範囲魔法を発動させた。

山のような氷塊が降り注ぎ、無数の氷柱が地面から突き上げ、氷結した地面と吹雪の名残である白く積もった雪が辺り一面を覆い尽くす。

一人の魔法使いの手によって引き起こされた光景だと考えると恐ろしくなる。

「おおっ、これはテトもカッチンコッチンになっちゃうのです」

この模擬戦を観戦していたテトの呑気な声が響いている。

結果として、【虚無の荒野】の荒れ地には、ユイシアが作り上げた氷の世界が広がっており、辺りに冷気と静寂が広がっている。

「はぁはぁ……これで私の…………負けですね」

全力を振り絞ったユイシアの肩に私の杖が乗せられ、息を乱したままその場に座り込む。

ユイシアの方が条件的に有利なのだが、私はまだまだ余力を残している。

「お疲れ様。攻撃魔法の威力は申し分ないけど、結界魔法の練度が低いから防御が抜かれてたのが課題ね。それと最後は焦りすぎよ。防御用の魔力まで攻撃に回すのは悪手だから、注意ね」

ユイシアとの模擬戦での問題点を挙げていくと、ユイシアは眉尻を下げながら尋ねてくる。

「どうやって最後の攻撃を避けたんですか？　広範囲魔法ですよ」

ユイシアがサザーランド家の屋敷で使った巨大な氷塊を生み出した魔法を、上級魔法として昇華した技である。

触れる者を全て凍てつかせる魔法を掻い潜り、どうやって背後に回ったのか気になるようだ。

「それは【転移魔法】の短距離転移でユイシアの後ろに回ったのよ。ほら、こんな感じでね。――

《ショートジャンプ》」

軽く踏み出すと共に、目視できる場所に転移する《ショートジャンプ》を使ってみせれば、ユイシアが乾いた笑みを見せる。

大規模な攻撃を受け止めるより、要所要所で回避した方が効率がいいのだ。

「やっぱりチセさんには敵いませんね」

「この5年間で凄い成長したわよ。だけど、範囲と威力が大きい魔法は、途端に汎用性が低くなるのよ」

「汎用性……ですか？」

例えば、暑い日に涼しくなりたい時には、氷の塊を生み出したり、そよ風を起こす魔法くらいで十分だ。

他にも、山火事や火災が起きた時、消火するための放水や雨を降らす魔法で十分なのだ。

「ユイシアが範囲魔法を扱えるようになった努力は凄いわ。でも、過剰なのよ。使い道としては、魔物のスタンピードの鎮圧か、戦争くらいしかないのよ」

「もし、森で使ったら、森がめちゃくちゃになるのです」

私たちとの生活の中で森林などの自然を大事にして、ゼロから森林を作り上げる苦労と時間を聞き及んでいる。

そんな長い時間を掛けて作り上げられた自然を容易に破壊できる魔法を持つことに改めて、身を震わせている。

「チセさん、テトさん。やっぱり、魔法って怖いですね」

「ええ、だからね。範囲魔法を極めたところで使い道が限られるのよ。だから、ユイシアは、範囲魔法に使った魔力をもっと狭い範囲で高密度な魔法に形作るのも一つの手段ね。私がユイシアの結界を貫いたみたいに相手の防御を貫ける魔法も必要よ」

範囲魔法は、広範囲で派手であり、弱い相手を無数に相手取る場合には有効である。

だが、単体の強力な相手に対しては、攻撃を通すにはそれ用の魔法を使う方が効率的なのだ。

「例えば、こうね。――《アイスソーン》」

私がユイシアの範囲魔法の半分程度の魔力で氷の礫《つぶて》を作り出す。

そして、それを地面に放てば、茨のように広がり、圧倒的な冷気を振りまく。

「綺麗……」

「触ったら、指が取れるわよ」

「ひぃ!?」

慌てて手を引くユイシアが見つめる氷の茨には、呪いに等しい性質を付与している。

相手の防御を削るのではなく、それを貫通して身体に潜り込み、内部から氷の茨により肉体を傷つけ、冷気で主要な血液や臓器などを凍らせる。

また攻撃を外しても魔法によって維持される超低温の冷気は、僅かに触れただけでも伝播し、相手の体を徐々に凍らせる。

見た目は美しい氷の茨だが、殺傷力が非常に高い魔法だ。

そんな魔法をいつまでも残すと危ないために、私は軽く手を振って魔力の供給を切り、魔法を消す。

「やっぱりチセさんの魔法は、凄いです。それに比べて、私はまだまだです。しかも未だに【不老】スキルには変化してませんし……」

自信なさげなユイシアは、【不老】スキルの習得に拘《こだわ》る。

私が【不老】スキルを手に入れたのは、魔力量5万を超えた時だったが、【不老】スキルの習得条件の魔力量は個人差があるのか、それともまだ他に条件があるのだろうか。

だが、そんな焦りを感じているようなユイシアに対して、私は尋ねる。

「ユイシアは、前は宮廷魔術師になりたかったけど、その理由ってなんだっけ？」

「それは……お金をいっぱい稼げて、亡くなったお父さんとお母さんを安心させられるような立派な魔法使いになることです」

「じゃあ、立派な魔法使いの定義はなに？　強い攻撃魔法を使えること？」

私の質問にユイシアは、頭を軽く横に振る。

「違う、と思います。チセさん、私は間違えてたってことですか？」

ユイシアの質問に私は少し、意地悪な問い掛けをしたかなと思う。

「間違えてはいないわ。でも、私が思うのは、立派な魔法使いってのは人のためになる人のことだと思うわ」

「魔女様が、いつもやっていることなのです！　困っている人を助けるのです！」

「人のため……ずっとやってることは変わらないじゃないですか」

困ったように笑うユイシア。

浮遊島の人々と付き合う中で、頼まれ事を引き受けることがある。

子どもが熱を出したから薬を作って欲しい。

自分たちの力がどこまで外の世界で通じるか力試しをしたい。

外の世界の便利な道具を教えて欲しい。

新しい集落作りの手伝いをして欲しい。

森の中で怪我を負った幻獣たちの求めに応じて、回復魔法で治療したりした。

それらは、魔法や魔力を少ししか使わなくてもできる立派なことだ。

「それじゃあ、今後のユイシアの課題としては、人の役に立つ魔法の工夫についてね」

「役立つ魔法の工夫ですか？」

私は力強く頷《うなず》く。

現時点のユイシアは、実戦経験はCランク魔物と戦ったことがあるが、実力で言えば超一流だろう。

だが、ただ破壊と殺傷に向いた攻撃魔法だけを扱うのでは周囲から恐れられ、孤独になってしまう。

だからこそ、便利な魔法や生活を豊かにする魔法、そうした道具を作り出す魔法技術を覚えることは、人から恐れられることを減らして人生の質を上げることに繋がるのだと思うのだ。

「魔女様も困った時は、いつも魔法で道具を創り出しているのです」

「まぁ、便利だからね。【創造魔法】は……」

ユイシアには工夫が必要と言っているが、私はそれを【創造魔法】で創り出しているから工夫の過程が存在しない。そこがズルいのかな、と思ってしまう。

そして、真面目なユイシアは、その場でぶつぶつと呟《つぶや》き始める。

その後、魔法の修練は継続するユイシアだが、魔法の工夫という方向性は性に合っていたようだ。

本人の性格が真面目であるために、コツコツとした魔法の基礎研究を繰り返し、また【遅老】スキルによる長期間の研究と膨大な魔力量で実験を繰り返すことができる。

更に、個人でも魔法使いとしての腕が立つために研究資金を稼ぐ術《すべ》には事欠かない。

これは、冒険者にして魔法研究家のユイシアの進路が決定した瞬間でもあった。

38話【収穫祭と決闘】

幻獣たちが少しずつ移り住み、浮遊島の住人たちも新たな住居を建てて生活の基盤を【虚無の荒野】に移した。

保守的な住人や古竜の大爺様を心配する幻獣たちが残ろうとする中、一人ずつに話し掛けて、少しずつ時間を掛けて不安を解消していく。

ある住人は、古竜の大爺様のことが心配であること――

ある住人は、住み慣れた我が家と離れるのが惜しいこと――

ある住人は、妻の墓の代わりに植えた木を残して行けないこと――

ある住人は、年老いて病気を抱える自分が他の人の迷惑になるより早く死にたいと願うこと――

一人一人に根気強く話を聞き、不安を探り、妥協点を見つけているところだ。

そして移住計画5年目の晩秋――

『いやぁ、目出度い。今年も祭りが開けるなんて――』

毎年、秋の収穫祭の時期には、浮遊島でも細やかな祭りが催されてきた。

既に一部の住人たちが【虚無の荒野】で暮らし始め、ベビーラッシュが起こる中、この浮遊島の集落の真ん中で収穫祭が開かれる。

収穫祭には、古竜の大爺様も顔を出し、転移門を通ってやってきた住人や幻獣たちが新たに生まれた赤ん坊や幻獣の幼体を見せに来る。

『目出度いのぅ。これでワシも安心することができる』

「大爺様、あなたにはまだまだ某らを見守ってもらわねばならぬのだ」

『そうじゃのぅ、魔女殿もその対策をしておるようじゃから楽しみじゃのぅ』

大爺様も片手で酒樽を持ち上げて、一気飲みしている。

三年前から住人たちが自分たちで造り上げたお酒である。

味はまだまだ雑味があるそうだが、それでも美味しそうに、楽しそうに皆が飲んでいる。

「今年も無事にお祭りが開けて良かったわね」

「それに今年の料理は、去年よりも美味しいのです！」

私は、少し離れた場所から祭りの様子を眺め、テトが運んでくれた料理に舌鼓を打ち、周りから子どもたちの甲高い声が響いている。

また一年を過ごしたんだなぁ、という気分にさせられる。

ユイシアは、変わらず子どもたちに好かれているのか、お祭り用のお菓子を配り歩いている。

そんな和やかな祭りの雰囲気の中で、険しい表情をした人々が現れ、住人たちの間に緊張が走る。

「――シャエル」

この5年間、シャエルを先頭にして未だ保守派を貫く住人たちがやってきたのだ。

移住派の住人や幻獣たちの間には次々と明るい話題が生まれる一方、保守派の者たちは強固な態度を取り続けているために、他の住人たちから少し距離を置かれている。

そんな保守派の住人が祭りの場にやってきて、何を起こすのかと緊張が走る。

「……魔女よ！　私は、お前に決闘を申し込む！」

槍の矛先を私に差し向けたシャエルがそう高らかに宣言すると、今度は移住派の住人たちの中でヤハドが代表して声を上げる。

「シャエル！　お前達は恩人である魔女殿に対して、なんて事を――　『分かった。その決闘、受けて立つわ』　――なっ⁉」

そんな抗議の声を上げるヤハドの言葉をぶった切るように私は、シャエルたちからの決闘を受け入れる。

「決闘で互いの要求は？」

私は、マジックバッグから【魔杖・飛翠】を取り出して、小首を傾げながらシャエルに尋ねる。

「既に移住を決意している奴はいい。――だが！　これ以上の地上への移住の勧誘と浮遊島への干渉を止めろ！」

シャエルの要求はつまり、保守派の住人たちをそっとしておいてくれ、と言う内容だ。

対する私は――

「なら、私が勝った場合は、あなたたち保守派の人たちは一度私の話を聞いて欲しい」

「ふん、私たちに有無を言わさず移住を命じる内容じゃないとは、随分と温《ぬる》い要求だな！」

そう言って、挑発的な笑みを浮かべるシャエルだが、私はたった一回でもまともに話がしたいのだ。

この5年間、とある計画のために動き、保守派の人たちに話そうとするが、シャエルたちは皆強固な態度で聞こうとしないのだ。

そんな私とシャエルの決闘を住人たちが心配そうに見つめる中、古竜の大爺様が一歩前に踏み出す。

『――ならば、ワシが決闘の開始を宣言しよう。双方、構え！』

古竜の大爺様は、ただ公平な審判として私とシャエルを一瞥する。

『――始め！』

「祭りのど真ん中で激しく決闘する気はない！　私に付いてこい！」

「ええ、いくわ。――《フライ》！」

シャエルが白い翼を羽ばたかせて上空に飛んでいく中、私もシャエルを追って杖に跨がって飛び立つ。

「ここまで上がってきたら、周りに迷惑が掛からない！　さぁ、いくぞ！」

「ええ、来なさい！　――《マルチバリア》！」

上空まで上がったシャエルが翼を翻し、私に向かって槍を突き出してくる。

私は杖に乗って飛翔したまま、シャエルに向かって手を翳《かざ》し、真っ向から多重結界を張って受け止める。

急降下による加速で勢いの乗った槍の突きは、結界を何枚か割ることに成功するが、私まで届かず、結界の球状に沿うように受け流す。

「まだだ！　はぁぁっ！　――《ウィンド・カッター》！」

「全部、振り切る！」

杖で飛翔を続ける私の下方に回り込んだシャエルが、死角になりやすい下から風刃を放ちながら追従する。

私は、【魔杖・飛翠】を加速させながら飛んでくる風刃を避けていくが、飛ぶ事に特化した天使族のシャエルは更に追ってくる。

「逃がすか！　――《エア・コンプレッション》！」

シャエルは、私が飛ぶ先を予測して、進行方向の空間の空気を圧縮し始める。

「爆《は》ぜろ！」

「くっ、きゃっ!?」

そして圧縮された空気が一気に爆ぜ、解放された空気が私に襲い掛かり、空中で大きく体勢を崩し、杖を手放してしまう。

張っていた多重結界も何枚か割れ、地上から見守っていた住人たちから悲鳴の声が上がるが――

「――《アポート》！」

手元から離れた杖を呼び寄せて掴むと同時に、空中で加速させる。

その直後、落下する私に向けてシャエルが放っていた追撃の風刃を避け、再び杖に乗り直す。

「ふぅ、今のはちょっとヒヤッとした。圧縮した空気の爆発ね。見切りづらい」

そう呟《つぶや》いているとシャエルが追いながら、声を張り上げている。

「私を、私たちを侮辱しているのか!? これは互いの信念を賭けた決闘だ！ 私を攻撃しろ！ さもなくば、殺す！」

再び、加速して槍で私を貫こうとするシャエルに対して私は、魔法を使う。

「――《サイコキネシス》」

突撃してきたシャエルの真横から念動力の不可視の手を振るう。

「きゃっ!? な、なんだ!?」

今度はシャエルが空中で体勢を崩し、何が起こったのか確かめるために、辺りを見回す。

だが、その動きが止まった瞬間を狙っていた。

「――《サイコキネシス》」

「くっ、体が動かない！ 魔女！ これもお前の仕業か！」

念動力の不可視の手がシャエルを捕らえて拘束する。

そして、私の翳す手の動きに合わせて拘束したシャエルを動かしていくと、シャエルが私を射殺しそうなほど睨《にら》み付けてくる。

「私は魔女を殺すつもりで攻撃を放っていたのに、魔女は私など羽虫のように軽く払い、捕らえる。貴様には、私たちなどその程度の価値しかないとでも言うのか！」

「いや、そんな被害妄想を言われても……」

昔から極力人を傷つけないようにやっていた結果、念動力の手で捕らえたのだ。

それにシャエルの突撃の勢いが強すぎるので、真っ正面から受け止めるのは危ないと思って念動力で横から力を加えるようにしたのだ。

「私たちは、納得できない！　古竜の大爺様を残してどこかに移り住むなど！　大爺様の魂は、浮遊島を浮かせるために浮遊石と繋がっている！　大爺様だけは移住できないのだ！」

「ええ、知っているわ」

シャエルの慟哭《どうこく》に私は、ただ淡々と肯定する。

移住計画を立てるために、最初の一年目に色々と調べた結果、知ったことだ。

あれだけの質量の浮遊島を浮かべる魔力がどこから賄われているのか、それを調べる過程で行き着いた。

そんな私の返事は、更にシャエルの怒りに火を注いでしまったようだ。

「知っているだと!?　なら、もし私たちがいなくなったら、浮遊島を結界で覆う必要もなくなる！

そうなれば、浮遊島の魔力が拡散して私や幻獣たちは古竜の大爺様に寄り添えなくなるんだぞ！」

魔力を多く必要とする幻獣や魔族である天使族や竜魔族たちはその性質上、低魔力環境下での活動に適していない。

元々浮遊島は、周囲を覆う結界によって温度や魔力濃度が調整されていた。

それが消えた場合、シャエルたちは容易に浮遊島に来られなくなるのだ。

「私は、私たちは、大爺様を一人にしないために！　負けるわけにはいかないんだ！　来たれ、我が一族の守護天使！　我が身に宿りて、敵を討つ力を与えよ！　――《御使い降臨》！」

「な、何を――！」

念動力の手によって拘束されていたシャエルは、その手を強引に振り解き、上空へと飛んでいく。

そして太陽を背にするシャエルの羽が白く光り輝き、その身からは先ほどよりも数段強い魔力を発している。

「祖先の使徒様から見守ってくれた御使いの天使様が私に力を貸してくれたのだ！」

『悪く思うなよ、リリエルの使徒よ。これも禍根を残さぬためだ』

シャエルの言葉とは異なり、男性の念話が頭に響き、天使により一段と魔力が強くなったシャエルに警戒する。

「これが私の最強の一撃！　これで決着を付ける！」

槍を構えて、再び急降下の突撃体勢を取っている。

だが、先ほどよりも槍の先端に恐ろしいほど魔力が集中しており、下手に多重結界で受け止めても容易に貫かれることが予想できてしまう。

「――魔女様（チセさん）！」

島の広場では、声を上げているテトやユイシアのために、大丈夫と言うように笑みを浮かべて頷《うなず》いてみせる。

「堕ちろ、魔女！　はぁぁぁぁっ！」

「――《サイコキネシス》《マルチバリア》」

私は、念動力の不可視の手でシャエルを阻み、多重結界で槍の刺突を防ぐ。

だが、羽から魔力を放出して加速し続けるシャエルを押し止めることができず、槍の切っ先が多重結界を少しずつ割りながら私に迫ってくる。

突き立てられた槍の押し込みに合わせて結界ごと下方の海に向かって押し込まれていく私は、考える。

（ユイシアとの模擬戦みたいにシャエルの背後に転移して回避すれば、私が勝つ。だけど――）

「――真っ向からシャエルの攻撃を防いで、私の話を聞かせる！　――はぁぁぁぁっ！」

私は、結界魔法を維持しながら、【魔杖・飛翠】の端に付けた安全装置のミスリルのキャップを外し、杖の先端に嵌《は》まる浮遊石に緑色の燐光《りんこう》が発するほど魔力を込めていく。

『はぁぁぁぁぁぁぁっ――！』

魔法でも何でもない浮遊石に膨大な魔力を注ぎ込み、生み出した斥力場でシャエルの突撃を弾《はじ》き返す。

弾かれたシャエルは、突撃の勢いのまま高速であらぬ方向に飛び、槍先に収束していた高密度な魔力が島の下方に広がる海に放たれ、衝撃波が激しい水柱を上げる。

「――っ⁉　いけない！」

斥力場の反発で必殺の一撃を弾かれたシャエルは、力を使い果たしたために、その身に宿していた【御使い降臨】が解除されて墜落し始める。

私も杖に乗って墜落するシャエルを追い掛けるが、海面手前で気力を振り絞ったシャエルが翼を広げて何とか体勢を立て直している。

「……かっはっ⁉　はぁはぁはぁ……」

「シャエル……もう勝敗は付いているわ。みんなの所に戻りましょう」

杖に乗りながらシャエルの所まで降りていく私を、シャエルは睨み付けてくる。

「まだだ、まだ決着は付いていない！　まだ負けて――　『シャエル！』　――っ⁉」

私が声に魔力を乗せてシャエルの名を強く呼ぶと、ビクッと一瞬体を硬直させ、罰の悪そうな顔をする。

既に魔力はほぼ尽きて浮遊状態を維持するのがやっとなのである。

「さぁ、帰りましょう」

私は、少しずつ高度を下げて結界を解いてシャエルに手を差し伸べる。

シャエルが私の手を取れば、あとは浮遊島まで乗せて飛ぶことができる。

そんなシャエルは――

「――魔女っ！」

杖の石突きで私の体を突き飛ばす。

踏ん張りの利かない空中で突き飛ばされた私は、シャエルから大きく距離を取らされる。

その直後、海面から細い水流が放たれ、シャエルの翼を貫き、周囲に白い羽が飛び散った。

39話【シーサーペントの腹の中】

私を突き飛ばしたシャエルが海面に墜落する姿を見て、私は一瞬唖然としてしまう。

そして、次の瞬間、正気に戻った私はシャエルに手を伸ばす。

「――シャエル⁉　今助けるわ！」

「来るな！　これが私のケジメだ！」

傷つきながらも爛々《らんらん》とした目で吠えるシャエル。

そして、落下していく海面からは、巨大な海蛇の魔物――シーサーペントが堕ちてくるシャエルを呑み込むために口を開けて待ち構えていた。

シャエルを弾《はじ》いた際に、放たれた衝撃波がシーサーペントを刺激して呼び寄せてしまったようだ。

私と【御使い降臨】したシャエルも膨大な魔力を振りまき戦ったために、シーサーペントにはさぞ魅力的な餌に見えただろう。

決闘の終わり際に気を抜き、海中より近づくシーサーペントに気付くのが遅れた。

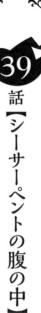

「ははっ、死に様がシーサーペントに丸呑みかぁ。大爺様、一緒に居られなくてごめんなさい……」

目を瞑《つぶ》り、シーサーペントに食べられることを受け入れたシャエルだが、そんなシャエルに追いつき、今度こそ手を伸ばす。

「決闘までして話し合おうとしてるのに！　死んで逃げるなんて、許さないわよ！」

「なっ、魔女！」

シャエルの体を捕まえた直後、海面から伸び上がるようにシーサーペントの頭部が迫り、私たちを丸呑みする。

だが、私とシャエルを包み込むように球状の多重結界を張っているために、シーサーペントに呑み込まれても私たちは生きている。

「ふぅ、間一髪で間に合った。――《ライト》」

シーサーペントに丸呑みされて辺りが真っ暗になったために、光球で明かりを灯せば、結界の周囲をみっちりとシーサーペントの食道で圧迫されている。

「うわっ……魔物を解体して見慣れてるけど、ちょっとグロいわね」

「な、な、な……」

シーサーペントの食道からは消化液が放出され、更に煽動しながら呑み込んだ私たちを奥へ奥へと導こうとしている。

そんなシーサーペントの体内を観察していると、抱き締めていたシャエルが声を震わせている。

「なんで私を助けた！　私が死ねば、説得する手間が省けただろ！」

シャエルの言いたいことは分かる。

浮遊島の保守派の御旗であるシャエルが亡くなれば、他の保守派の住人たちも渋々ではあるが移住を受け入れ、【虚無の荒野】への移住が完了になるだろう。

そんなシャエルの額に私は、デコピンする。

パシン、と良い音と共に魔力の乗ったデコピンが満身創痍《まんしんそうい》なシャエルの額を打ち、地味に痛いらしく涙目になりながらも混乱したように目を丸くしている。

「私は古竜の大爺様から、浮遊島の住人が全員移住したら、魂と結び付いている浮遊石と一緒に消滅して卵に返るつもりだって聞いているのよ」

浮遊島を維持する理由がなくなれば、古竜の大爺様は浮遊島ごと消えるつもりで居たらしい。

古竜の【不滅】は、新たな卵となって生まれ変わり、知識のみが継承されるというものだ。

故に新たに生まれる古竜は、別の自我を持った存在――言うなれば、二代目緑青の古竜と言ったところだろう。

「なら、何故！　何故、私たちをそのままにしてくれない！　種の発展が大爺様の願いなら、幻獣と住人の大半が移住した時にもう良かっただろ！」

大爺様を孤独にさせないでくれ、と絞り出すような声と共に、私の体に縋《すが》ってくるシャエルを抱き留める。

「ここじゃあ、ゆっくり話もしていられないから帰りましょう。――《サンダー・ボルト》！」

私は、杖を構えてシーサーペントの体内に高圧電流を流し、感電させる。

十秒ほど電流を流したところで、丸呑みしていたシーサーペントの食道が弛緩し、口が開いてそこから光が差しているために、浮遊しながら抜け出す。

「大爺様たちが心配しているから帰りましょう。――《テレポート》！」

海面に浮かぶシーサーペントの死体に触れ、浮遊島の上空に出るように転移する。

そして、シャエルを連れて浮遊島の上空に転移した私は、念動力の魔法でゆっくりと浮かべたシーサーペントの死体を下ろしていく。

「シャエルの攻撃の余波に巻き込まれたみたい。今日の英雄に感謝して解体をお願いね」

「いや、私は、ちが……」

『『『――うぉぉぉぉっ！　すげぇ！』』』

浮遊島の住人たちの歓声が上がる中、シーサーペントを討伐したのをシャエルであることにする。

「決闘の結果は、引き分けだったわ。それじゃあ、シャエルの治療をするために先にお暇《いとま》するね。テトは、シーサーペントの解体を手伝ってあげて」

「了解なのです！」

「お、おい、魔女！　下ろせ、下ろせよ！」

私の魔法で空中に浮かべて運ばれるシャエルは、シーサーペント討伐の成果の押しつけや運ばれることに抵抗するが、羽の傷などがある体で全力を尽くしたところで思うように体が動かない。

そうして、【転移門】で屋敷に移動して、ベッドに寝かせて治療を行なう。

「――《ヒール》。これで怪我はいいけど無理はしないでね」

「……柔らかい寝床だ。まさに魔女が作りし堕落のための道具だな」

寝かされたベッドの柔らかさ加減に大げさなことを言うシャエルに、私は苦笑を浮かべる。

「後でお祭りの料理を運んでもらえるように頼むから、今はゆっくり休みましょう。私もクタクタよ」

私とシャエルは、屋敷の部屋で二人っきりになる。

しばらく互いに言葉が見つからずに沈黙が続く中、シャエルが先に口を開く。

「何故、私たちをそのままにしてくれなかったんだ」

シーサーペントの体内でも尋ねられた疑問に対して、再び尋ねてきた。

「そうね。私にも欲しいものがあったのよ」

「くっ、やはり浮遊島の住人と幻獣たち全てを欲するか！　それとも古竜の大爺様の亡骸か！　浮遊石の消滅と共に死を選べば、肉体は残るからな！　この強欲な魔女め！」

この場にテトやベレッタがいたら問答無用でお仕置きされそうな言葉だが、思い込みの激しいシャエルの言葉を聞き流しながら答える。

「私が欲しい物は――古竜の大爺様の発する魔力よ」

「魔力……」

「浮遊島を維持し、幻獣たちが生きるのに必要なだけの魔力を放出できるのはとても魅力的よね」

試算した結果――古竜の大爺様の魔力量は、約３００万魔力だろう。

いわば、生きた世界樹の大木にも等しい魔力生産量だ。

今までのように限界まで魔力を放出して世界に還元しなくても、存在してくれるだけで世界再生の助けになる存在だ。

浮遊石と共に消滅するなど、見過ごせる話ではない。

「待て待て！　貴様は！　魔女は、何を考えているんだ！」

「……浮遊島の転移よ。ここに」

そう言って、【虚無の荒野】の管理用魔導具を取り出し、全域の地図を表示する。

手付かずの北側は除外して、南東方向の地図を拡大すれば、天使族と竜魔族の集落ができている。

そして、その集落の北側に巨大な窪地を作り上げているのだ。

「浮遊島をそのまま地面に降ろしたら傾いちゃうからね。島の下部に合わせて大穴を掘っておいたわ。この上に浮遊島を丸ごと転移して地上に降ろして、古竜の大爺様もこの地に移住する計画を立てていたのよ」

私の言葉にシャエルは、信じられないと言うような表情を浮かべている。

大爺様自身では無理だが、第三者による浮遊島ごとの転移は、理論上可能であることはベレッタの計算と大爺様の経験によって保証されている。

「浮遊島を転移させるためには、一度住人や幻獣たちに退去してもらわないと危ないからね」

浮遊島の転移には莫大な魔力を使うために、浮遊島の各所に魔力を補充した【魔晶石】の配置もほぼ終わっている。

「浮遊島が転移した後は、古竜の大爺様の魂と浮遊石との繋がりを剥がしていく。何年掛かるか分からないけど、大爺様を自由にするつもりよ」

「魔女……貴様は、それ程までに私たちに心を砕いてくれていたのか。それなのに、私は……」

自身の行いを思い出して項垂《うなだ》れるシャエルの頭を抱えるように抱き締める。

「ごめんね。本当ならすぐに言えれば良かったんだけど、不確かなことを言ってぬか喜びはさせたくなかったのよ」

転移に必要な座標計算や魔力量の計算と準備など、色々としなければならず、すぐには言えなかったのだ。

「……分かった。その浮遊島の転移を成功させるなら、私も納得して移住しよう。他の保守派の住人たちも説得する。それで、その浮遊島の転移はいつなんだ?」

「いつでも行けるわ。でも、お祭りの最後にはピッタリよね」

私がそう戯《ふざ》けて言えば、今まで険しい表情をしていたシャエルも私と同じような悪戯《いたずら》っぽい笑みを浮かべて笑うのだった。

40話【浮遊島の大規模転移】

Aランク魔物のシーサーペントの存在により決闘がうやむやになった後、シャエルは、保守派の人たちと話し合いをしたいという名目で【虚無の荒野】に呼び寄せた。

また、私たちも収穫祭の続きとして浮遊島にいる住人たちを【虚無の荒野】の方に誘導した。

それにより一時的に浮遊島から人が居ない状況を作り出し、浮遊島の転移の準備を始める。

『メイド隊、配置は済んでいますか？』

『『『――はい、メイド長！』』』

ベレッタを筆頭とする奉仕人形たち20人は、この5年で全てがメカノイドに進化している。

進化が一気に進んだ理由として考えられるのは、浮遊島からの移住者との交流だろうか。

人の心は、他者との関係性の構築によって形成されるのかもしれない。

それが奉仕人形たちの感情を育て、魂を与え、魔族・メカノイドへの進化を促したと考えている。

そんなメイド隊は、浮遊島の転移予定地の周辺に配置されている。

万が一に、浮遊島の転移ポイントがズレたり、転移の衝撃で落下物が発生した場合、メイド隊に協力させ、《サイコキネシス》の魔法で対処してもらう予定だ。

そして、ユイシアとシャエル、ヤハドは――

「皆さん！　今年のお祭りの最後の総仕上げをします！　安全のために村の広場に集合をお願いします」

「保守派！　魔女の返答の答えが見れるぞ！　見逃すと絶対に後悔するぞ！　あっ、お前、勝手に浮遊島に帰ろうとするな！」

「幻獣たちも集まっているな！　魔女殿は何を始めようと言うのだ？」

人の誘導に協力してもらっている三人が居る【虚無の荒野】では、何が始まるのか分からず、だが期待や興奮、不安などが交じる雰囲気が住人たちを包んでいく。

その一方、浮遊島の方では、私とテト、古竜の大爺様。そして、最後まで大爺様に寄り添う老齢の幻獣たちだけしかいないために静かであった。

「一応、最後の確認で【魔力感知】をしたけど人は居なかったし、【転移門】も閉じたから誰も入って来れないわ」

「最後は、竜のお爺ちゃんもお引っ越しなのです！」

『このようなワシなど捨て置けば良いのに、魔女殿たちはお人好しだのぅ』

シャエルに伝えた通り、古竜の大爺様を浮遊島ごと転移する計画を手伝ってもらったが、大爺様自身が未だに半信半疑の様子だ。

『わざわざ、このような大掛かりなことをしなくて良いのにのぅ』

「だって仕方がないじゃない、望んでいる人がいるんだもの。その願いを叶えてあげたくなる性分なのよ」

そう言って、古竜の大爺様の正面に立ち、両手で杖を握り締める。

「魔女様は、テトが支えるのです！」

「ええ、お願いね。行くわよ――」

私は杖に魔力を通し、力一杯、浮遊島の地面に突き立てる。

古竜の大爺様を中心に、島の各所に配置した【魔晶石】が魔力で繋がり、巨大な転移魔法陣を形成し始める。

それは島の地表部分だけでなく、下部の岩盤の表面にも伝い、空中にも魔法陣が描かれ、球状の立体積層型魔法陣となる。

青白く輝く立体積層型魔法陣は、互いが機械の歯車のように回転を始め、激しい魔力の奔流が島全体を包み込む。

「この日のために、魔力制御を鍛えてきたつもりだけど、キツいわね！」

「魔女様、頑張るのです！」

この5年、魔法技術を鍛えてきたのはユイシアだけではない。

私だって、ベレッタと共にこの浮遊島を転移させるために、裏で【魔力制御】を磨き続けてきた。

眩しい程の輝きと魔力の奔流に杖を手放しそうになる中、テトが背中を支えてくれるが、それでも転移魔法陣がバラバラになりそうだ。

万が一の時は、発動しないように安全面を考慮して魔法陣を設計したが、今回の機会を逃すと、また魔力を溜めるのに3年以上掛かるだろう。

そんな膨大な魔力が流れ込む私の杖に――

『ワシのことなのだから、ワシが手を貸すのも道理じゃろうて』

そう言って、古竜の大爺様が爪先で杖に触れると、立体積層型魔法陣で難しい部分の制御を担当してくれる。

「大爺様……ありがとう！」

「凄いのです！　どうやったのですか？」

『ははは、伊達《だて》に長く生きておらぬ。人が使う儀式魔法の要領で、ちょいとな』

軽く言ってのけるが儀式魔法は、複数人が同時に一つの魔法を使う技法だ。

その性質上、途中から他者が加入するのは難しいはずなのだが……

「まぁいいわ。このまま一気に行くわ！」

加速し始めた転移魔法陣が輝きを増す。

そして遂に、大海の上空に浮かぶ浮遊島は、その場から消失し、後には魔力光の残滓《ざんし》が広がって消えるのだった。

SIDE：ユイシア

浮遊島の住人たちを一カ所に集めて、万が一に問題があれば、私の魔法やチセさんが用意した結界魔導具を発動させる準備をしている。

『なぁ～』

「あっ、クロさん。クロさんも見に来たんですね」

私の足下に近づいてきたケットシーのクロさんが背中を登り肩に乗ってくる。

そうして、クロさんと共に空を見上げていると、北の上空に青白い輝きが生まれる。

青白い輝きがドンドンと膨れ上がり、その内側に浮遊島の影を見ることができる。

それと共に、光が弾《はじ》け飛び、見慣れた浮遊島の転移が成功する。

さらに、しばし遅れて、魔法の余波の風圧が私たちの下に届き、ローブをはためかせる。

『綺麗……光の花が咲いた』『おい……！　あれは、俺たちの島じゃないのか⁉』『ってことは、大爺様も一緒にいるってことか！』

青白い魔力の光がゆっくりと広がって消える中、浮遊島が徐々に降下してくる。

転移の衝撃で浮遊島下部の岩盤の一部がパラパラと剥がれ落ちるが、それも地上で待機していたベレッタさんたちが対処しているだろう。

「――っ！　大爺様！」

「あっ、シャエルさん、まだ危ないですよ！　――《フライ》！」

夜の空に飛び立ったシャエルさんを追うために、私も駆け出してチセさんが用意してくれた箒《ほうき》に飛び乗る。

風魔法の適性が低い私だが、練習してコツを掴み、チセさんを真似した箒による飛翔ができるようになった。

とは言っても、チセさんが決闘で見せたような高速かつ立体的な軌道で飛ぶのは、まだまだ難しい。

それでも、そんな箒に乗ってシャエルさんを追い掛けて、浮遊島に乗り込むとチセさんたちがいた。

「テト、疲れたわ。もうこんなことコリゴリね」

「しばらくはのんびり過ごすのです」

『魔女殿、守護者殿。ワシをこの地に連れてきてくれたことに、感謝を』

地面に座り込んでテトさんの体に寄りかかるチセさんは、古竜の大爺様の言葉にちょっと悪そうな笑みを浮かべる。

「まだ古竜の大爺様の魂と浮遊石の分離作業が残っているわ。それが終わったら、【虚無の荒野】の再生の方を手伝ってもらうからね」

『クワッハハハッ、よかろう！　魔女殿に協力し、この地を守ることを誓おうぞ』

こうして海洋に浮かぶ浮遊島は消滅し、彼らは完全に【虚無の荒野】の住人となった。

その後、古竜の大爺様に会いに行く住人や幻獣たちが列をなしてお祭りが継続する中、私とクロさんがチセさんに会いに行けば、テトさんに寄り掛かるように眠っていた。

「しー、なのです。魔女様、疲れて寝ているのです」

「分かりました。寝顔だけ見て、退散しますね」

『にゃぁ～』

大規模転移魔法など、危機に瀕した信者たちを安全な場所まで逃がすために神話の中で使われた魔法に後から気付き、その凄さを実感する。

だが、眠っているチセさんは、いつもの大人びた雰囲気の形を潜め、外見相応に可愛らしい寝顔をしていたのだった。

41話【神々の空間での語らい】

大規模転移魔法の発動から一ヶ月が過ぎ、【虚無の荒野】は少しずつ落ち着きを取り戻す。

また住人が増えたことで、信仰の拠り所として【創造魔法】で一軒の教会を建てた。

中には、私が【夢見の神託】で見えた女神たちを想像して創り出した神像を設置して、そこの管理をシャエルが名乗り出る。

「魔女よ！　この教会は私に任せるといい！　女神ルリエルの使徒の末裔《まつえい》として、立派に管理して見せるぞ！」

浮遊島には聖書などはないが、まぁ神像を崇めたり、農作物をお供えする場、住人たちの憩いの場として使われるようになる。

ついでに古竜の大爺様を奉るための祠《ほこら》も隣に用意されて両方が活用されている。

ただ、まだ見ぬ天空神レリエルと冥府神ロリエルの神像だけは、一般的な教会に置かれている物になっているために他の三人の女神像と比べて再現度が低いのはご愛敬である。

…………………

……………

……

夜――しばらくの間なかった【夢見の神託】の黒い空間に私とテトが立っていることに気付く。

「ここは、リリエルたちの空間よね」

「また会えるのですか！　嬉しいのです！」

『こんばんは、チセ、テト。浮遊島の件、ありがとうね』

顔を上げればリリエルが降り、その左右にはラリエル、ルリエルもいた。

『チセちゃん、本当にありがとう～。浮遊島を気に掛けていたけど、女神としてのリソースをあの島ばかりに掛けられないから現状維持で留《とど》めていたのよ』

リリエルが私にお礼を言うと、その隣から出てきたルリエルが私を抱き締めようと腕を伸ばす。

私は咄嗟《とっさ》に身構えて一歩下がるが、そんなルリエルの服をラリエルが掴んで引き留める。

『ったく、ルリエルは相変わらずスキンシップが激しいなぁ。だから、レリエルとロリエルから距離を取られるんだろ？』

『え～、だって、可愛い子はつい構いたくなるじゃない？』

『あなたたちは、重要な話があるんでしょ』

生真面目なリリエルが、姉神と妹神を叱りつける様子を眺めながら、これから何があるんだろうかと身構える。

そして、ニコニコとおっとりとしたお姉さん的な雰囲気を出していたルリエルに対して、私はあることを尋ねる。

「そう言えば、天使族のシャエルが【御使い降臨】していたけど、アレってもしかして、ルリエルの入れ知恵なの？」

『どうしてそう思ったのかしら？』

シャエルの祈りを聞いて、祖先の使徒に憑《つ》いていた守護天使が力を貸してくれたが、天使本人の『禍根を残さぬ』という言葉が気になり、あれから考えたのだ。

「ルリエルの天使が『禍根を残さぬ』って言ってたけど、私を倒して全て元通りって意味じゃなくて、シャエルに全力で戦わせて不満を解消させて、保守派全員を納得させるってことじゃないの？」

そして、その指示をしたのが、目の前のルリエルではないか、と予想しているのだ。

『あら、分かっちゃった？』

そして、私に指摘されたルリエルは、悪びれる様子もなくそう言い放ち、私はやっぱりと溜息を吐き出す。

シャエルが途中で【御使い降臨】してパワーアップした時、ビックリしたんだから、と思っていると、微笑んでいたルリエルがすっと真面目な雰囲気に変わる。

『あのまま、チセちゃんたちが保守派の子たちを一人ずつ説得して浮遊島の転移を成功させても、心の底に残った不満は解消されないままでしょ？　そしたら、いつかどこかでそれが出てくるわ』

それが私たちに対する反発や【虚無の荒野】から出て行くことに繋がる可能性があった。

だから、互いに全力で戦って、不満を昇華して後腐れなくする方にルリエルは誘導したのだ。

そして――

『改めて、幻獣と住人たちの保護と移住、そしてあの子たちの不満を受け入れてくれて、ありがとう。お陰で、浮遊島を守る結界を張る必要がなくなって、私の負担を減らすことができたわ。それに役目を終えて死ぬつもりだった緑青の古竜ちゃんも助けてくれた』

「別に……クロの故郷だから、立ち寄って助けただけよ。それに古竜の大爺様の件はまだ終わってないわ。魂と浮遊石の剥離作業が残っている」

「今回は、難しいお話ばかりで、テトは力になれなかったのです」

そう真っ直ぐにお礼を言われると、少し照れるのでいつものように魔女の三角帽子で顔を隠す。

テトはテトで、ベレッタのように各所の調整などができずに落ち込んでいる。

そんな私たちを微笑ましく見詰めるリリエルが優しく諭してくる。

『チセたちのお陰で【虚無の荒野】の再生も順調なのよ。浮遊島の住人たちを受け入れたから魔力消費は大きくなっているけど、いずれ魔力生産の方が上回って、近いうちに浮遊島の結界同様、【虚無の荒野】の結界も完全に消えるわ』

浮遊島の方ではテトは目立った活躍ができなかったが、地道にコツコツと自然の再生に務めていたのをリリエルは見ていたようだ。

『チセたちの苦労の甲斐があって森や平原、湿地とかの多様な自然環境が生まれたわ。土地が蘇ったのだから、あとは自由に生きて良いのよ』

「自由に生きていい、って生きてるつもりなのよねぇ」

「魔女様は、いつも楽しんでいるのです！」

私は、割と気ままに生きているが、リリエルたちにはそう見えなかったのだろうか、と内心肩を落とす。

たまの休日には、幻影魔法などで変装して指名手配されているはずのローバイル王国に向かい、画家の青年——いや画家の男性から絵画を購入したり、有名な食器工房の新作食器などを見に行ったりしている。

だが、まさか私たちがローバイル王国を飛び出して1年で、国王が幽閉されて政変が起こり議会政治に切り替わり、私たちの指名手配も解除されているとは思わなかった。

議会政治を取り入れているが、貴族の権限が強いために議員の多くが貴族で構成され、少数だが外部機関として冒険者ギルドや商業ギルドのマスターたちも議会に参加しているそうだ。

まぁ、それはさておき——

『さて、話し合いも終わったところで、最近の【虚無の荒野】について色々と教えろよ！』

リリエルとルリエルとの大事な話し合いが終わったところで、ラリエルがこちらに絡んでくる。

しかも、リリエルもスッと何もない空間からテーブルと椅子、ティーセットを取り出し、話を聞く体勢を整えている。

『さぁ、ここからは、チセたちを労《ねぎら》うお茶会よ。最近あったことを色々と聞かせてちょうだい』

「分かったわ。それじゃあ、色々と聞いてもらおうかしら……」

「【虚無の荒野】では色々起きているのです！」

——新たに生まれた幻獣の赤ちゃんたちが可愛いこと。

——ベレッタたちが私たちに色々な服を着せてこようとすること。

——最近、【転移魔法】で買いに出かけた本が面白いこと。

——ユイシアと共に、獣人や竜人種族の持つ固有スキル【獣化】や【竜化】スキルを参考に、大人への変身魔法を研究していること。

——また、古竜の大爺様の昔話などを聞きに行ったことなどを語る。

一つ一つは、日常の何気ない話であるが、それをリリエルたちは楽しそうに聞いてくれる。

今では、数百人の住人を守る立場であるために、知らず知らずの内に無理していたのだろうか。

リリエルの言うとおり少し休んだら、テトと一緒に肩の力を抜いて、気ままに過ごそうかなどと考える。

42話【古竜の咆哮《ほうこう》と旅立ちの時】

地上に降りた浮遊島には、古竜の大爺様の住処《すみか》の洞窟がある。

その洞窟の奥には、浮遊島の中心に向かうための斜めに下がる細い道が存在した。

「魔女様、これでいいのですか？」

「ええ、しっかりとした造りだから、照明魔導具も取り付けましょう」

「こ、この先に浮遊島を浮かせていた浮遊石があるんですか……」

私とテト、ユイシアは、古竜の大爺様の魂と浮遊石との繋がりを引き剥がすために、古竜の大爺様の住処から浮遊石まで繋がる洞窟の道を整備していた。

「なんで私なんかが手伝うことになるんですか……」

「まぁ、そこは古竜の大爺様のご指名だから、かしらね」

テトが整備した洞窟の壁に照明魔導具を設置しながら進めば、球状の空間に行き着き、その中央には巨大な緑の結晶体が空中に浮いていた。

「はぁ……なんだか幻想的ですね。これが浮遊石ですか」

ユイシアは、空中に浮かんでいる浮遊石に感嘆の溜息を漏らす。

島を浮かせる必要がないために、古竜の大爺様が浮遊石への魔力の供給を抑えている。

それでも大爺様と繋がっているため、浮遊石には常に一定量の魔力が供給されており、淡い緑の輝きを灯している。

元々はこの巨大な浮遊石を中心に、浮遊島の底部に見えていた小さな浮遊石同士が共鳴し合い、島一つを浮かべる浮力を生み出していたのだろう。

そんな浮遊石に感動していたユイシアだが、ふと私に尋ねてくる。

「ところでチセさん？　あの浮遊石ですが、なんだかチセさんの杖先にあるものに似ている気がするんですけど……」

「うん？　言ってなかったかしら？　これも浮遊石ってこと」

「聞いてないですよ！　って、あれ？　それじゃあ、その大きさの浮遊石が付いた杖が狙われたってことは、この大きさってもっと危ないんじゃないですか！」

そうこう話している間にも、テトが黙々と巨大浮遊石までの道を造ろうと近づくが……

「魔女様～、近づけないのです～」

「えっ？　ホント？」

私とユイシアもテトと同じように球状の空間に入ろうとするが、その空間の手前で押し返されてしまう。

テトは、途中からその反発の力が妙に嵌《は》まったのか、ぼよんぼよんと言うような柔らかな反発を楽しんでいる。

「魔女様、結構楽しいのです！」

「これは……浮遊石の斥力ね」

「チセさん、斥力ですか？」

「そうよ。簡単に言えば、浮遊石を中心に発する結界みたいなものね」

厳密には違うが、人を寄せ付けない点では似たような物だろう。

「えっ、じゃあ中に入って作業できないじゃないですか！」

「ああ、なるほどね。だから、古竜の大爺様は、ユイシアを指名したのね」

「どういうことなのですか？」

古竜の大爺様と繋がる浮遊石の斥力に干渉して中和できるのは、同じ浮遊石の杖を持つ私だけだ。

だが、私が斥力を中和しながら、古竜の大爺様と浮遊石との繋がりの分離作業は難しい。

そうなると、次に候補に挙がるのは、魔力量の多いテトかベレッタになる。

どっちも元がゴーレムと奉仕人形なので、精密作業は得意である。

だが、古竜の大爺様は、あえてユイシアを指名したのだ。

「ユイシアにしか頼めないことね。お願い、ユイシア」

「無理ですよ！　私なんて無理です、無理！」

「大丈夫よ、時間はあるし、きっと古竜の大爺様の願いを達成すれば、意味が分かるわ」

私は【魔杖・飛翠】に魔力を通して斥力を発生させ、斥力結界を中和する。

「わ、分かりました。――《フライ》！」

「頑張って、ユイシア」

「頑張るのです！」

軽くだが空を飛べるユイシアがゆっくりと球状空間に浮かぶ浮遊石に向かい、私とテトが応援する。

そして、私はユイシアの作業を確かめるために、目元に魔力を集中させる。

浮遊石には、緑色の管のような魔力が無数に伸びている。

それらが古竜の大爺様の魂と繋がり、魔力を得ているようだ。

「どうすれば……切っちゃえば良いんですよね？」

あくまで魔力の繋がりには、実体がない。

そこでユイシアは、自身の放出した魔力を薄く、鋭く刃物状に仕上げる。

「これで、切れば……くっ、硬い……」

高密度な純魔力の刃は、それだけで攻撃力のある魔法である。

だが、古竜の大爺様の魂と繋がる魔力の管は、並の強度などというものではなく、一本切断するのにユイシアの魔力を10万以上費やす必要があった。

「チセさん、もう限界です……」

「お疲れ様、戻って地上の話を聞きましょう」

そうして古竜の大爺様の下に向かえば、ただにこやかに、そのまま頼むとだけ言われた。

まだ数百本もある魔力の管を一本切り離すだけで、ユイシアは疲労困憊《ひろうこんぱい》になる。

私が内部に入ってやりたいが、斥力結界が邪魔をして入れない。

無理に入って浮遊石を傷つければ、それに連動して古竜の大爺様の魂も傷つけてしまう。

そこから週に1本のペースでユイシアは、浮遊石から伸びる魔力の管の切除に挑む。

最初の1年目では、毎回疲労困憊となり辞めたいことを言っていたが、浮遊島の元住人たちの期待を受けて立ち向かう。

3年目には、効率よく切断する要領を覚えたのか、それほど負担なく1本切れるようになった。

5年目には、魔力量が増えたために一回で2本まで切れるようになりペースは倍増する。

そして、10年目の春。

私が62歳。ユイシアが32歳になった時、遂に最後の魔力の管を切除することができた。

「やった、切れた。あっ――――!」

古竜の大爺様から完全に切り離された浮遊石は、そのまま浮力を失い、地面に落ちて砕けてしまう。

「ああ、凄い貴重な物なのに勿体ない」

「巨大な浮遊石一つは、非常に危険なものよ。むしろ、小さな欠片になった方がよかったかもね」

『GYAOOOOOOOOOOOOOOOO――』

そして、洞窟の入り口から響く咆哮に私たちは顔を上げる。

「魔女様、竜のお爺ちゃんが喜んでいるのです！」

「ユイシア、行きましょう！」

「はい！」

私たちは、通い慣れた洞窟の階段を上り、地上に出れば、古竜の大爺様が空を舞っていた。

浮遊石に縛られて、一度も飛んでいる姿を見たことがない私たちは、大爺様の自由な姿をただただ見上げていた。

そのまま、一頻《ひとしき》り上空を旋回した大爺様は、私たちの前に降りてくる。

『魔女殿、守護者殿、弟子殿。ワシと浮遊石との繋がりを断ってくれたことを感謝する』

「私は何もしてないわ。頑張ったのはユイシアよ」

私は、そう言ってユイシアの背中を押して一歩前に出す。

『改めて、魔女の弟子。いや、魔女ユイシアよ。感謝する』

「い、いえ、それにあの管を切っている時、凄い魔力を細かく扱って疲れたんですけど、同時に凄い鍛えられたと思います」

ユイシアがそう答えると、大爺様は嬉しそうに口元を緩める。

『ユイシアは、いずれ魔女殿と同じ境地に至るだろう。その手助けになれば、と思い修練がてらやらせたのだ』

古竜の大爺様の言う私と同じ境地とは、【不老】スキルに至ることだろう。

この10年、古竜の大爺様と浮遊石との繋がりの剥離作業でユイシアは、魔力量や魔力制御能力が共に鍛えられた。

大爺様の言うように、いずれ不老の魔女になるだろう。

『さて、ワシはもう少し、久しぶりの大空を堪能しようぞ！』

そう言って、古竜の大爺様は再び風を巻き上げて大空を飛び、幻獣や浮遊島の住人たちに浮遊石から解放されたことを知らせに行く。

続いて、古竜の大爺様が過ぎ去った後、ユイシアが振り返ってくる。

最初に出会った頃は12歳の少女だったが、共同生活で5年。私に弟子入りして15年――今では20歳前後くらいの美しい女性に成長していた。

「チセさん、テトさん。私、人々の役に立つ立派な魔法使いになるために、旅に出たいと思います！」

ユイシアの真剣な眼差しに、私は頷《うなず》く。

「まぁ、前々からそう言うんじゃないかと思ってたわ」

「ずっと、うずうずしていたのです！」

ユイシアの決意は、実は傍から見ればバレバレだったりする。

なので、知られていたのは私たちだけではなく……

『なぁ～』

「うわっ⁉　クロさん⁉　それにお嫁さんのトラさんも！　どうして！」

『差し出がましいようですが、私たちが連れて参りました』

「ベレッタさんが連れてきたんですか⁉　って、痛い、痛い、クロさん、トラさん。痛いですって」

こうして古竜の大爺様が飛び立ち、ユイシアが旅立とうと言い出すのを予知していたベレッタたちメイド隊も集まってくる。

『クロ様とトラ様もユイシア様に同行したいと申しております』

「そうなんですか。一人で旅立とうと思っていたのに、付いてくるんですか？」

『『なぁ～』』

それほどまでにケットシーのクロとトラの夫婦は、ユイシアを気に入っているようだ。

「それとね、もう一人……」

私がそう言うと、背中に山のように膨れた鞄を背負った人物が一歩前に踏み出す。

「えっと……アイさん、その背中の荷物はなんですか？」

ベレッタに次いで魔族・メカノイドになったアイが限界まで詰め込んだ背負い鞄を持って、綺麗にお辞儀をする。

『はい、私もユイシア様に同行して、他の姉妹たちのために先行して世界の情報更新を行なおうかと思います。既にご主人様、ベレッタ様から許可は頂いております』

「え、えぇぇぇぇっ！　聞いてないですよ～！」

一人で旅立とうと決意していたユイシアだが、その旅には、ケットシーのクロとそのお嫁さんのトラ、そしてメカノイドのアイが同行することを申し出た。

特にメカノイドのアイは、ユイシアが【虚無の荒野】の屋敷で生活し出した当初から様々な世話をしてきて最早、専属使用人のような意識を持っているようで、どこまでも付いて行くつもりだろう。

『ユイシア様。私がいれば、掃除、洗濯、食事などは完璧にこなします』

「掃除、洗濯、食事……」

『また世のため、人のためになる魔法研究の助手としてもお使い下さい』

「う……ううっ！」

一人で過酷な旅に出る決意をしていたユイシアだが、その決意が早くも揺らいでいる。

『私を同行させていただけましたら、メカノイド謹製の衣類を常に供給することをお約束いたします』

「……よろしくお願いします」

ベレッタたちが作る衣類の着心地の良さを知るユイシアは、もう昔の衣類に戻ることができず、頷く。

『それでは雇用契約としてユイシア様には、一日に5万魔力の補充をお願いします。そうすれば、私はあなたの使用人となりましょう』

「は、はい……外の魔力環境だと長時間活動できないから私が魔力を補充する必要があるんですよね。それに――」

『『なぁ～』』

「クロさんとトラさんにも魔力ですか……私が一日に使える魔力は、半分ほどになるでしょうか……とほほ」

思っていた旅立ちと違うことに肩を落とすユイシアは、早速アイに魔力補充を行ない契約を結ぶ。

「それじゃあ、必要な物はアイに殆ど持たせてあるけど、私からの餞別《せんべつ》はこれね」

私は【創造魔法】でユイシアに合わせて創造したマジックバッグを渡す。

付与魔法で使用者制限を付け、中身は時間遅延効果が付いている。

同様の物は、貴重品入れとしてアイにも持たせている。

「それと、これは世界樹の種よ。どこかに長期間住むことがあるなら植えておくといいわ」

「アイやクロたちの魔力回復に役立つのです！」

「それからベレッタたちが作ったローブと三角帽子。私が付与魔法を掛けてあるから、便利なはずよ」

「魔女様と色違いなのです！」

「こっちは、魔力タンクとして使える【魔晶石】のネックレス。10万魔力ほど蓄えられるからコツコツ貯めておくといいわ」

「魔力を沢山補充できると幸せな気分になれるのです！」

「それから……」

『ご主人様、テト様、ユイシア様が困っています』

弟子の旅立ちに色々と世話を焼く私とそれの説明を補足するテトは、ベレッタに止められてしまう。

ユイシアとの付き合いは、もうかれこれ20年になるだろう。

毎回、別れとは寂しい物である。

そして最後に——

『魔女殿の転移も良いが、ワシの背に乗って好きな所に下ろしてやろう』

「古竜の大爺様！　分かりました、よろしくお願いします！」

感謝を述べ、古竜の大爺様の背に乗ったユイシアとアイ、そしてそれぞれの腕の中に、ケットシーのクロトラ夫婦が入り込む。

『では行くぞ！』

「チセ先生、テトさん！　絶対、立派になりますから！」

「ええ、無理はしないでね。いつでも帰ってきていいから！　困ったことがあったら私を頼りなさい！」

「また会う日を楽しみにしているのです！」

見送りに手を振り合う中、古竜の大爺様は一気に南に飛び去り、すぐに見えなくなってしまう。

「……行っちゃったわね」

「寂しくなるのです」

なんだかんだでユイシアとの共同生活は楽しかったし、弟子入りをお願いされた後も変わらずチセさん呼びだったのに、最後の最後で先生だなんて。

「【不老】になることを勧めないで適当にしか教えていないのに、先生だなんてね」

「魔女様は、十分に色々なことを教えていたのです！」

空を見上げて、袖で強く目元を拭って振り返ると、ベレッタが提案してくれる。

『ご主人様、ご提案がございます』

「なに？　ベレッタ？」

『メイドのアイが抜けた事で、我らメイド隊の戦力が低下しました。また【虚無の荒野】の住人増加に伴う業務も増加しており、戦力拡大のために奉仕人形の増員計画を進言します。まずは20体。将来的には１００体の増員をお願いします』

「分かったわ。少し寂しかったけど、また賑やかになりそうね」

「やっぱり、魔女様は笑っている方が似合っているのです！」

ここに一つの出会いと別れが終わった。

だけど、真面目で向上心のあるユイシアなら、きっと【不老】スキルを獲得してまた会いに来るような気がしていた。

Extra

番外編【今度は魔女が弟子に会いに行く】

弟子のユイシアの連れてきたケットシーたちが【創造の魔女の森】に来て、二ヶ月が経《た》った。

この地に来たケットシーたちは自分の番《つが》いを見つけて、半数が【創造の魔女の森】に留《とど》まることを決めた。

そして、番いを連れて戻るケットシーに加えて、外界に興味のある子たちが集まり、私たちがユイシアの下に連れて行く。

「みんな、準備はいいかしら？」

『『――にゃぁぁぁぁっ！』』

返事をするように力強く鳴くケットシーたち。

集まったケットシーたちは、外界で暮らすために妖精の羽を隠す隠蔽魔法を使い、普通の猫に擬態している。

「魔女様、ユイシアと会うの楽しみなのです！」

『本日は私も同行させていただきます』

ベレッタも外界に出た同胞のメカノイドのアイに会うために、私たちに同行する。

「それじゃあ、行くわよ。――《テレポート》！」

そして、テトとベレッタ、集まったケットシーたちを魔力で包み込み、【転移魔法】を発動させる。

私の魔力の範囲内にいる者たちを纏めて転移させ、ユイシアが理事長を務める魔法学園のある都市郊外の平地に降り立つ。

「ふぅ、魔法学園に直接入れれば楽なんだけど、防衛魔法が組まれているのよねぇ」

魔法学園を擁する学園都市全体には、防衛魔法が組まれており、外部からの攻撃魔法や内部への直接転移などを防いでいる。

私の魔力量なら無理矢理に都市内部に転移できるが、そんなことをすれば都市に掛けられた防衛魔法が破壊されて大騒ぎになる。

なので、こうして都市の外に降りてから中に向かうのだ。

「ユイシアの治める魔法学園……久しぶりに来たわねぇ」

遠くから眺める魔法学園には、高い塔が幾本も建ち並び、その奥には巨大な世界樹が枝葉を広げている。

高い山を背にした世界樹を中心に扇状に広がる魔法学園とそれに付随する都市。

あの都市は、最初にユイシアが山の麓《ふもと》に建てた家と世界樹があり、その周りに魔法使いたちが集まって次第に学び舎となり、今では学園都市として中立地域となっている。

そんな学園都市の外に降り立ったケットシーたちは、私たちの足下を駆け抜けて、一目散に都市に向かっていく。

「速っ⁉　私たちとは、一緒に行かないのね」

「行っちゃったのです。大丈夫なのですか？」

『元々は、あの都市で放し飼い同然で暮らしていたケットシーたちですからね。放っておいても問題はないでしょう』

駆け出したケットシーたちを、私たちは呆れるように見送る。

魔力を摂取するケットシーたちは、世界樹やこの都市で暮らす魔法使いたちが発する魔力だけで生きられるので、放し飼いでも問題ないようだ。

それでももし食べ物が欲しくなれば、都市から少し離れた場所にある森で野鳥やネズミなどを狩ったり、野良猫のふりをして町の人たちから餌を貰うこともできる。

私たちは苦笑いを浮かべながら駆け出すケットシーたちを見送り、その後を追うようにゆっくりと都市の方に歩き出す。

そして、学園都市内では、広々とした道幅と背の高い建物が建ち並び、私たちの頭上を箒《ほうき》や杖に乗った魔法使いたちが飛んで移動している。

そんな景色を眺めながらユイシアが理事長を務める魔法学園に辿り着けば、正門の守衛さんに止められてしまう。

「あー、お嬢ちゃん？　ちゃんとアポイントメントはあるかい？　いきなり、ユイシア様に会いたいって言っても会えないんだよ」

優しく、丁寧に対応してくれる守衛さんだが、部外者の私たちは早々に入れないようだ。

「一応、事前に連絡を入れてあるんだけど、通れない？　チセが来たって伝えてくれますか？」

「そう言われてもねぇ。お嬢ちゃんがどこの貴族の子かは知らないけど、学園都市の代表のユイシア様もお忙しくて中々会えないんだよ」

完全に中立な学園都市では、どの国の王侯貴族だろうと立場で無理を押し通すことができないと、守衛さんが優しく諭してくる。

そのように徹底されており、またそうした相手が多いために守衛さんも対応に慣れているようだ。

「それに今日は、ユイシア様の大事なお客さんが来る予定だから、他の面会者は全員断っているんだよ」

私よりも優先すべき大事なお客さんが来たのなら、それはお仕事関係だろう。

弟子のユイシアが立派にお仕事していると思えば、むしろ誇らしく思う。

「そう……残念ね。仕方がないから帰りましょうか」

「ユイシアやクロたちに会えなくて残念なのです！」

ケットシーたちも散り散りに駆けて行ってしまったが、連れてくる目的を達成したことだし、後で連絡を入れればいいか、と思い正門から去ろうと踵《きびす》を返した時、声が響く。

「――先生！　待って下さい！　先生！」

箒に乗って慌ててやって来たユイシアの呼び止める声に振り返る。

「ユイシア、どうしたの？　大事なお客さんが来るんじゃないの？」

「先生以上に大事なお客さんはいませんよ！　って言うか、なんで帰ろうとするんですか！」

魔法学園に入学するような幼い外見の私に対して、先生と呼ぶユイシアを見た守衛さんが、今まで対応していた私がその大事なお客さんであると気付いて、顔色を悪くする。

「も、申し訳ございません！　こちらの方々がユイシア様のお客人だと思いませんでした」

自身の失態に脂汗を掻いて、腰が直角に曲がるほど頭を下げる守衛さんにユイシアは、溜息を吐き出す。

「いえ、こちらこそ連絡不足でした。私の師匠とだけ伝えて、具体的な容姿や案内のための招状を用意していませんでした」

それでも身を縮めて申し訳なさそうにする守衛さんに、魔法学園に入るための手続きをしてもらう。

「ありがとう。それと、ごめんなさいね。きっとこの姿だと紛らわしかったわよね」

そう言って、私は変化の魔法を発動させる。

12歳で成長の止まった体であるが、変化の魔法を使えば自らの外見や服装を自由に変えられる。

私は、自分が順当に成長してユイシアよりも少し年上の魔女らしい美女に変身してみせる。

「こっちの姿で会いに来ればよかったわね」

「は、はひぃ……」

そして、私の姿に驚いた様子の守衛さんの前で元の姿に戻る。

大人な女性姿の私が一瞬で少女に戻り、何故か落胆している守衛さんの前を通って、テトとベレッタを連れてユイシアの後を付いていく。

「それにしても、よく私たちが来たことが分かったわね」

「凄くタイミングが良かったのです！」

歩きながら私とテトがユイシアの登場タイミングについて聞くと、ユイシアの足下に何匹ものケットシーが集まってくる。

「先生より先に帰ってきたケットシーたちが伝えてくれたからこうして出迎えに来れたんですよ。じゃなかったら、危うく追い返す所でした」

知識を蓄えたケットシーは、人語も解することができるので、ケットシー伝いに聞いたのだろう。

ユイシアに先導されて学内を歩けば、学内各所にいる魔法学園の生徒や先生たちから手を振られ、挨拶をされる。

そうして私たちが学園の奥にあるユイシアの邸宅まで辿り着けば、ユイシア付きのメイドのアイが出迎えてくれる。

『お帰りなさいませ、ご主人様。それと、いらっしゃいませ、チセ様、テト様、ベレッタ様』

『お久しぶりですね、アイ……』

そして、ベレッタとアイのメカノイド同士が互いにジッと見つめ合う中、ユイシアが困ったような表情を浮かべている。

「あの……アイさんとベレッタさんが睨《にら》み合っているんですけど、大丈夫ですか？」

「大丈夫よ。きっと、メカノイド同士で念話の情報交換をしているだけだから」

見つめ合っている一秒の間に、数百、数千という情報を高速でやり取りしているのだろう。

ベレッタたちは問題ないとして――

「ユイシア。私たち、クロたちに会いたいんだけど、良いかしら？」

「久しぶりに会いたいのです！」

「はい。家の裏の世界樹の木の根元ですね。行きましょうか」

そう言って、少し寂しそうなユイシアが私たちを案内してくれる。

ユイシアの邸宅の裏手には、私が旅立つ時に持たせた世界樹の種が植えられ、成長していた。

そして、その木の根元の木陰は、沢山のケットシーたちが寝そべる憩いの場所となっている。

そんな世界樹の木の根元に近づくと、黒い毛並みとトラ柄のケットシーが現れて、私とテトの足下に頬ずりしてくる。

『にゃぁ～』

私とテトがそんな二匹のケットシーをしゃがみ込んで撫でれば、ついでに私たちの魔力もちゃっかり吸収する。

そして満足した黒猫のケットシーが案内するように歩き出し、その先には小さな墓石があった。

「久しぶりね。クロ、トラ……」

「お久しぶりなのです！　寂しくなかったですか！」

私とテトは、墓石の前で膝を付き、小さく手を合わせてから声を掛ける。

だが、墓石の下に収まるケットシーのクロやトラ……その他大勢のケットシーたちは、既に亡くなっているために返事はなく、ただそよ風に揺られる世界樹の木の葉の音だけが周囲に響く。

「先生、テトさん。クロさんとトラさんの子どもたちが増えているので、寂しくはないと思いますよ」

そう言って、ここまで案内してくれた黒猫のケットシーがユイシアの肩まで駆け上がり、顎下を撫でられてゴロゴロと満足そうに喉を鳴らす。

そして、ぽつりぽつりとユイシアが言葉を零す。

「クロさんたちが亡くなって、もう何百年になるでしょうね。ずっと一緒に居ると思っていたから、実感が湧きませんでした」

ケットシーが長寿な幻獣と言えど、私やユイシアのような不老の魔女に比べれば、やはり寿命は存在する。

ユイシアがケットシーのクロたちを偲べば、慰めるように周囲からケットシーたちが集まって、甘えてくる。

「み、みんな……苦しいですよ」

ただ、集まるケットシーの数が数だけに、ユイシアの体がケットシーたちに覆われて揉《も》みくちゃにされていく。

「ふふっ、好かれているわね」

「でも、ちょっと重そうなのです」

「先生、テトさん……笑ってないで、助けて下さい」

にゃあにゃあ、と鳴いているケットシーたちに、揉みくちゃにされるユイシアの姿が面白くて笑ってしまう私とテトは、ユイシアを助けるためにケットシーたちを引き離す。

「はいはい。あなたたち、あんまり集まりすぎるとユイシアが苦しそうよ」

「もう少し数を減らすのです」

ケットシーたちを抱えて、ぽいぽいと雑に放り投げる。

猫の柔らかな体と妖精の羽を持つケットシーたちは、次々と綺麗な着地を決めて、抗議の鳴き声を上げる。

クロとトラのお墓参りなのに、しんみりした雰囲気も静謐《せいひつ》な空気感も台無しで笑ってしまう。

一部の念話などが使えるケットシーたちからは、なにするにゃ～、折角慰めていたのににゃ～、とでも言うような思念が届き、苦笑いを浮かべる。

「先生、テトさん、助かりました」

「全く、落ち着いてお墓参りもできないわね」

「でも、これはこれで楽しいのです！」

そして今度は、私とテトもターゲットに加わり、集まったケットシーたちに、三人で仲良く猫塗《ねこまみ》れになってしまう。

「あははは、クロさんたちのお墓参りをすると毎回、クロさんたちの子どもたちに邪魔されて全然しんみりとできませんよ！」

「ふふっ、でも、それが一番クロが願ったことなのかもね」

「寂しい顔していると、猫パンチが来るのです！」

不老な私たちと命あるケットシーとでは、どんなにケットシー側が長生きしてもいずれ別れが来る。

ケットシーのクロとの別れを始め、多くの過去をユイシアは振り返りそうになる。

その度に、クロたちが残したケットシーの子孫たちがユイシアの寂しさを紛らわせて支え続けてくれた。

そして今、ユイシアは立派な魔女になったのだった。

あとがき

初めましての方、お久しぶりの方、こんにちは。アロハ座長です。

この本を手に取って頂いた方、担当編集のIさん、作品に素敵なイラストを用意してくださった、てつぶた様、また出版以前からネット上で私の作品を見て下さった方々に多大な感謝をしております。

現在、ガンガンONLINEにて春原シン様によるコミカライズ版が連載されております。

可愛らしいチセとテトのやり取りが楽しめるコミック版も、ぜひ読んで頂けたらと思います。


5巻は、全体の纏まりを出すために、Web版の4章26話から5章の内容を再構成して加筆修正を行いました。

その結果、厚みを増した前巻よりも更に文字数が増えてしまいました。

原因としては、魔力チートな魔女の作品構造自体が非常に話を増やしやすい形になっているからです。

魔力チートな魔女の1話は、約3000~5000文字を目安に書いております。

なので、小説一冊の全体の流れを見て、足りない内容や突発的に書き足したい話などがある時、非常に加筆修正がしやすいのです。

そうした加筆しやすい状況の中で、執筆中の閃きと勢い、またＷｅｂ版の感想をフィードバックした内容を書いていくうちに、どんどんと文字数が増えてしまいました。

今後も文字数には気をつけていきたいですが、書いているとやっぱり妥協せずに自分が納得する物を書こうとするので、きっと何度も同じことを繰り返すと思います。


最後に、【虚無の荒野】に新たな住人たちを迎え入れた不老の魔女のチセたちは、様々な住人や幻獣たち、そして今後外から訪れる人たちとの関わりを持つことでしょう。

そうしたチセたちの物語の続きを、楽しみにお待ち頂けたらと思います。


これからも私、アロハ座長をよろしくお願いします。

最後に、この本を手に取って頂いた読者の皆様に改めて感謝を申し上げます。

GC NOVELS

魔力チートな魔女になりました a Witch with Magical Cheat 創造魔法で気ままな異世界生活 5

2021年9月5日初版発行

著者 アロハ座長

イラスト てつぶた

発行人 子安喜美子

編集 伊藤正和

装丁 森昌史

印刷所 株式会社平河工業社

発行 株式会社マイクロマガジン社
〒104-0041 東京都中央区新富1-3-7 ヨドコウビル
［販売部］TEL 03-3206-1641／FAX 03-3551-1208
［編集部］TEL 03-3551-9563／FAX 03-3297-0180
https://micromagazine.co.jp/

ISBN978-4-86716-176-0 C0093

本書は小説投稿サイト「小説家になろう」(https://syosetu.com/)に掲載されていたものを、
加筆の上書籍化したものです。

ある日拾ったボロボロのクマのぬいぐるみは、
GC NOVELS
史上最強の大賢者、転生先がぬいぐるみでも最強でした
The Strongest Magical Teddy Bear!
1
ジャジャ丸
イラスト◎わたあめ

300年前の世界から
転生してきた
最強の
大賢者さん
でした――。
史上最強の大賢者、転生先がぬいぐるみでも最強でした
1
ジャジャ丸
イラスト◎わたあめ
異世界"テディベア"ファンタジー
大好評発売中！
B6版／1,000円＋税

神剣に狂わされた
友を救え！
棚架ユウ
イラスト／るろお
転生したら剣でした
12
9月24日発売
B6判／定価:1,100円（本体1,000円+税10%）

エロいスキルで
異世界無双
4
著：まさなん
イラスト：B-銀河
アレック
VS奴隷商人、
決着！
9月30日発売
B6判／定価:1,320円（本体1,200円+税10%）

聖王国と決着!?
腐敗した聖職者達から国を奪い返せ！
ご主人様とゆく
異世界
サバイバル！
6
Text リュート
Illustration ヤッペン
9月30日発売
B6判／定価:1,320円（本体1,200円+税10%）